幽玄F

佐藤究

河出書房新社

YUGEN F

KIWAMU SATO

目次

幽玄F

装丁　川名潤

第一部　太虚《たいきょ》の蛇

本多がしたその孔雀明王経の話に、慶子は甚だ興味を示した。

「蛇に咬《か》まれたとき利《き》くんですって？　それはぜひ教えていただきたいわ。御殿場の家の庭にはよく蛇が出るんですもの」

「陀羅尼《だらに》のはじめのところを一寸《ちょっと》おぼえていますがね。

怛《た》儞《ど》也《や》他《た》壱底《いっち》蜜底《みっち》底里《ちり》蜜底《みっち》底里《ちり》弭里《びり》蜜底《みっち》
というんです」

「チリビリビンの歌みたいだわ」


——三島由紀夫『暁の寺（豊饒の海・第三巻）』

1

航空機の墜落事故で亡くなった少年の亡霊が、町をさまよっている。

かつてそんなうわさが、関東地方を中心にひろがった。

少年の亡霊は幼く、七、八歳で、白昼のさなかにあらわれ、誰かが声をかけて呼びとめてやらないかぎり、彼方《かなた》に遠ざかるジェット旅客機の影を、どこまでも延々と走って追いかけてゆく。うわさの中身とは、だいたいそういうものだった。

それは二〇〇八年、平成二十年ごろに流れはじめ、しだいに細部《ディテール》が変わり、いくつかの現代怪談、あるいは都市伝説となった。

少年の衣服は燃えている、よく見れば少年の足は宙に浮いている、少年があらわれると雀《すずめ》の群れがさわぎだす。

ひろがるうちに、さまざまな尾ひれがついて語られていった話、それらすべての発端になったのは、じつは亡霊などではなくて、生きて実在する人物だった。

墜落事故もまるで関係がなかった。

うわさの素材《モデル》になったのは、一人の少年だった。

少年の名は、易永透《やすながとおる》といった。

彼は本当に空をあおぎ、息が切れるまで走って、現実の町で、ジェット旅客機を追いかけた。少年を知る住民たちは、ランドセルを背負い、転がるように駆けてゆく姿を眺めながら、彼が途中で事故に遭ったりしないことを願うばかりだった。

飛行機を追いかける少年、易永透は、二〇〇〇年に東京の四谷《よつや》で生まれた。

走って飛行機を追いかけるほかには、とくに目立ちもせず、ふだんの口数も極端に少ない、おとなしい子どもだった。どこか見知らぬ町の、見知らぬ人々のあいだで自分の姿が誇張され、それも死者の霊となって語られているなど、夢にも思わなかった。


同じ翼のある存在でも鳥には興味がなく、透はただ、飛行機だけに心をうばわれた。

息子がどうしてそうなったのか、両親も首をかしげていた。身内に航空関係者はいなかったし、仲のよい飛行機好きの友だちがいるわけでもない。

通訳の仕事に就《つ》いている父親は、飛行機への格別な関心など持たない人物で、都内の私立高校で数学を教える母親のほうは、あきらかな飛行機ぎらい、つまり高所恐怖症だった。

透は、はるか頭上のジェット旅客機を目にすると、いても立ってもいられず、なにかに取り憑《つ》かれたようにあとを追い、たとえ学校の遠足の途中でも、かまわず一人で駆けだした。

列に戻りなさい、引率の教師はそう叫んで透を追いかけた。

同級生たちはおもしろがって、教師に追われる透に、逃げろ、と声援を送った。

芝生に放《ほう》られたボールを追う犬のように、透はジェット旅客機を追跡した。だがいくら走ったところで、ガードレール、道路を往来する車、建物の壁、空き地を囲む金網の柵《フェンス》などに、かならず行《ゆ》く手をはばまれる。地上は、障害物ばかりだった。

透は激しく息を切らしながら、空を見上げた。青く透きとおってはいても、硬いガラスや、やわらかい水ではない空。見えない風は、雲の動きとなってあらわれていた。

ゆったりした後退角《こうたいかく》で伸びる主翼と、ターボファンエンジンを覆ったカバーの輪郭が、だんだん識別できなくなっていった。機影はさらに、さらに小さくなり、点のなかに吸いこまれるようにして、ついには消えた。


十一歳になったとき、はじめて透は、本物の飛行機に乗る機会を得た。

通訳の仕事で東京の会社と山形の半導体工場を行き来する父親が、移動のついでに、鶴岡市に住む叔父の家へ透を連れていってくれることになった。

二〇一一年七月二日、土曜日の朝、前夜に一睡もできなかった透は、父親といっしょに空港の出発ロビーを歩き、搭乗ゲートを通過し、普通席の座席に腰かけて、シートベルトを装着した。

午前七時十分すぎ、羽田空港の滑走路を双発《そうはつ》ジェット旅客機のエアバスＡ３２０が離陸して、庄内までの、およそ一時間のフライトが開始された。

前夜遅くまで仕事の書類に目を通していた父親が、アイマスクを着け、移動中のつかのまの眠りに入ると、透はすばやくシートベルトを外して席を立ち、父親を起こさないように、その両ひざをそっとまたいで通路に出た。

エアバスＡ３２０は、学校の図書室にあった航空機の図鑑で調べたとおり、ナローボディ機だった。通路が二本あるワイドボディ機とはちがって、機内には一本の通路しかない。

その一本だけの通路を、透はひたすら前進していった。誰にも声をかけられずに歩いたが、プレミアムクラスの席に差しかかったところで、とうとう客室乗務員に呼びとめられた。

客室乗務員は腰をかがめ、自分の席に帰れなくなったのかと透にたずねた。

透は首を横に振った。それからこう言った。「コックピットを見せてほしいんです」

客室乗務員に連れられて、コックピットを目にすることなく自分の座席に戻ってきた透は、憮然《ぶぜん》とした顔つきで、残りのフライト時間をすごした。気圧の変化で耳が遠くなり、その耳を両手でふさいだりしながら、窓の外をぼんやりと眺めた。紫外線に充《み》ちた大気に浮かぶ雲の群れは、光につらぬかれた大理石の輝きを帯びていた。隣にすわった父親は、アイマスクを着けたまま身動きしなかった。

エアバスＡ３２０が庄内空港の滑走路に着陸し、機体とターミナルビルが搭乗橋《ボーディング・ブリッジ》でつながれ、乗客が順番に降りはじめたとき、透の表情はすっかり沈んでいた。

父親と並んで、うつむきがちに機体を降りかけた透に、客室乗務員が声をかけた。透を座席に連れ戻した張本人だった。

彼女は細長い紙の筒を、透に差しだした。「当機の機長から特別にプレゼントです。フライト中のコックピットはお見せできませんが、このカレンダーには、同じ機体のコックピットの写真がありますよ」

筒状に丸められた航空会社《エアライン》のカレンダーを、透はだまって受け取った。

到着ロビーを歩きながら、透はこらえきれずに、透明なテープを爪ではがしてカレンダーをひろげた。図工の授業で使う画板のような、特大サイズだった。

一月、二月とめくって、透はすぐに、複座のコックピットの写真を見つけだした。夜間のフライトの様子で、機長と副機長のうしろ姿が写り、その頭上にさまざまなスイッチが並び、二人が向き合っている液晶画面は、暗闇のなかで神秘的な光を放っていた。

精密で無駄のない、完璧に閉じられたグラスコックピットの宇宙がそこにあった。

透には、これまで目にしたどんな星空や花火よりも美しく感じられた。カレンダーをひろげたまま歩いて、コックピットの写真を眺め、立ちどまっては眺め、空港のなかで何度も父親の背中を見うしないかけた。

やがて透は、大写しになったコックピットの片隅にある走り書きに気がついた。印刷ではなく、銀色のペンで手書きしてあった。

機長からのメッセージにちがいない。透の胸は高鳴った。

先を歩く父親に追いつくと、なにが書いてあるのかをたずねた。

父親はため息をつき、しかたなく透のひろげるカレンダーの写真をのぞきこんで、

CLEARED FOR TAKEOFFと筆記体で書かれた文字を読んだ。

「クリアード・フォー・テイクオフ」と父親は言った。「離陸を許可するって意味だな。カレンダーはあとでゆっくり見るんだ。ちゃんと前を向いて歩きなさい」

透はうなずいた。

たったいま到着したばかりなのに、これから空へ向かって出発するような気持ちになった。ぎこちない手つきで、カレンダーを筒状に丸め、自分にしか聞こえない声でささやいた。

クリアード・フォー・テイクオフ。離陸を許可する。

2

透が中学二年生になった春、両親が離婚した。離婚調停の結果を受けて、親権は父親が持ち、母親は家を出ていった。

通訳の仕事で多忙な父親は家を空《あ》けることが多く、透は週の大半を、一人で生活しなくてはならなかった。掃除、洗濯、炊事をこなし、熱を出して寒気に襲われ、しかしかぜ薬が見つからない夜には、ふらつく足どりで薬局に行き、自分で買ってきた薬を飲んで眠った。

透にとっては、両親の争いはどうでもいい問題だった。孤独には耐えられそうな気がしていた。だが、学校の勉強だけに集中できない環境は気がかりだった。将来の目標のために、成績は少しでもよくしておきたかった。

目にしたジェット旅客機を追いかけて走るかわりに、透は換気扇の真下に立つようになった。ダイニングキッチンで湯気や煙を吸引するファンの構造が、航空機のターボファンと共通しているのを知って以来、換気扇の風量を最大に設定して、その下で耳を澄ますのがたのしみだった。

音の大きさこそ物足りなかったが、目を閉じていると、巨大な空が吐きだす息のような、あの荘厳な響きが感じられて、ジェット旅客機の面影がよみがえってきた。

父親も母親もいなければ、料理すら作られていないダイニングキッチンで、透は換気扇の回る音を聞きつづけた。


わずらわしい洗濯や炊事とちがって、家の掃除は好きだった。掃除というよりも、掃除機のかたちが気に入っていた。ダイソンの掃除機、海外のメーカーが生んだサイクロン式掃除機の形状は、透にとって、半透明《スケルトン》のカバーで覆われたターボファンエンジンそのものだった。

サイクロン式掃除機を動かしたい一心で、透は毎日掃除をした。ダイニングキッチン、リビング、廊下、自分の部屋はもちろん、いなくなった母親の部屋にまで掃除機をかけた。モーターの作動する様子を眺め、音を聞きながら、透は、複座のグラスコックピットの写真の記憶を呼びさました。そして窓のかたちに切り取られた晴天の空、そのなめらかな青色の光、あるいは雨の日の、黒い雲が視界をさえぎり、叩きつける雨滴《うてき》が窓を覆っている様子、その細部までを思い浮かべた。

透が一人で家にいる夜に、父方の祖父から電話がかかってきた。

「また一人か」と祖父は言った。

「一人」と透は答えた。

「こっちに夕食を食べに来なさい」

透はなにも答えなかった。

「どうする」と祖父は訊いた。

「じいちゃんのところに行くよ」

「そうか」


透が住む同じ四谷に祖父の家もあった。透はいかめしい木造りの門を抜け、飛び石を歩き、鐘楼《しょうろう》と供養塔と墓石を眺めながら玄関まで進んだ。祖父の家は寺の境内にあり、本堂の隣に建っていた。祖父は真言宗《しんごんしゅう》の住職だった。

やがて透は、祖父の寺で生活し、そこから学校に通うようになった。

玄安寺《げんあんじ》の僧たちは透の祖父のことを和尚《わじょう》さんと呼んだ。法要の薫香《くんこう》がからだに染みついたその僧たちが、透の身の回りの世話をしてくれたが、たいていのことは透は一人でできた。

祖父は冗談を口にせず、ごくまれにしか笑わない人だった。透だけではなく、誰にたいしても声を荒《あら》らげたり、手を上げたりすることはなかったが、しかしひとたび道理の通らない行為を見つけると、無言で大きな目を瞠《みひら》いて相手を見つめ、太い眉がその眼光の鋭さと合わさって、たちまち相手は萎縮した。

透にとっても、どちらかといえば祖父は怖い存在だった。それでも、口数が少なく長いおしゃべりが苦手な透は、自分と似て簡潔に話す祖父のほうが、実の親よりもいくらか話しやすかった。

僧たちが祖父に接するときの、敬意以上にどこか怖がっているような態度を見て、透は自分の両親を思いだした。父親も母親も、あきらかに祖父を遠ざけていた。その証拠に、親権を持ったはずの父親が、祖父の家にいる透に、一度も会いに来ることはなかった。

3

中学を卒業して、透は高校生になった。

一人で入学式に出るつもりだったが、祖父がついてきてくれた。

高校に入っても、やはり透の口数は少なく、親友と呼べる友人はできなかった。

透はとにかく授業に集中した。あとで必死になって遅れを取り戻さなければならないような、そんな事態はなるべく避けたかった。目を酷使すれば、それだけ視力が落ちる。

航空機のパイロットになるために、透は視力の維持を心がけた。同級生に無知を笑われながら、漫画も小説も読まず、ゲームもやらなかった。

体育の授業のサッカーやバスケットボールでは、ボールを遠ざけようとして消極的に立ち回った。ボールが目に当たるのを恐れていた。かわりに短距離走や持久走、鉄棒、懸垂といった種目には、積極的に取り組んだ。水泳にも熱心だった。部活には入らなかったが、家では腕立て伏せや腹筋運動を何度もこなした。

どれほどからだを鍛えても、喧嘩はしなかった。眼球を危険にさらして殴り合うような真似は、透にとってあり得なかった。


境内の墓地に隣接する倉庫の奥に、大きな四角い箱が置かれているのを透は知っていた。月に何度か、僧たちが倉庫に入り、その箱の前で読経《どきょう》している姿を見たのがきっかけだった。

ある夏の日、透は無断で倉庫の鍵を開けて、暗く湿った空気を吸いこみ、箱に近づいた。片手に懐中電灯を持っていた。

一辺が一・五メートル程度の木製の箱。指先で叩くと板に厚みを感じられ、黒ずんだ板の表面には、かすれた梵字《ぼんじ》が書いてあった。その内側になにが収められているのか。

墓地に並ぶ卒塔婆《そとば》と似たような文字が書いてあるので、あり得るとすれば中身は誰かの遺灰か遺骨だったが、透は僧たちに訊いてみようとは思わなかった。

透は箱のふたに手をかけた。釘打ちされて微動だにしないようならあきらめるつもりでいたが、一枚の板はかすかに浮いた。ふと、箱のなかに死体が入っている気がした。じっとしたまま、頭に浮かんできた奇妙な想像を追い払おうと努めた。想像のなかの死体は、着物姿で、白骨化して、頭頂部にわずかな毛髪が残された状態にあった。

耳を澄ますと、境内のどこかの屋根で鴉《からす》が鳴く声が聞こえた。

透はいっきに板を持ち上げた。

箱のなかは、からっぽだった。上からのぞきこむ透が見たのは、縦横やはり一・五メートルばかりの、ただの四角い穴だった。深さはもう少しあるように見えたが、それは錯覚にすぎなかった。

透は箱のなかを注意深く観察し、虫がいないかをたしかめた。危険はなさそうだったので、箱のなかに入ってみることにした。

箱のなかで、透は目を閉じた。

しばらくして透は、深海に棲む発光生物があやしく明滅しているような、複座のグラスコックピットを思いえがいた。デジタルの画面に表示される数値や図が、暗闇に力強く輝き、ターボファンエンジンの音が聞こえてきた。

透は懐中電灯を縦にして、すわった自分の両脚の前に突き立てた。それは操縦桿になった。途切れとぎれに鴉の鳴き声が聞こえるほかは、ひっそりと静まっていた。

クリアード・フォー・テイクオフ。離陸を許可する。

目を閉じたまま、透は、誰にともなくそう告げた。自分だけのコックピットを、透が発見した瞬間だった。

住みこみの僧が調理した朝食を一人で食べていると、祖父が急にあらわれて透はおどろいた。

この時間、祖父はかならず本堂にいるはずだった。

祖父は言った。「おまえ、勝手に倉庫に入ってないか」

たずねられた透は、だまって首を横に振った。

「そうか」祖父は透の目をじっと見つめた。「嘘じゃないな」

「はい」

祖父が去って、朝食を食べ終えた透は、食器を下げて部屋に戻り、実家から持ってきたダイソンの掃除機をかけた。


土曜日の午後、数学の予習を終えた透が、倉庫の奥に見つけた箱のなかで目を閉じていると、人の気配を感じた。

目を開けて見上げると、視線の先に祖父の顔があった。

上から自分を見下ろすその顔に、思わず透は、本堂の入口に置かれた十二神将《じゅうにしんしょう》の憤怒《ふんぬ》の表情をかさね合わせた。

透は立ち上がろうとしたが、それより先に板で頭上をふさがれ、その板に土嚢《どのう》のような重しがいくつもかさねられる音を聞いた。

和尚さん密閉したら空気がなくなって死にますよ、と若い僧が祖父に言う声がして、鉛筆が一本、ふたのあいだにねじこまれ、重しはさらに積みかさねられて、わずかな空気の出入口を確保された箱のなかに透は閉じこめられた。

力を込めて持ち上げれば、板を動かせるようにも思えたが、透はそうしなかった。自力で脱出などすればよけいに祖父を怒らせるだけだとわかっていた。透は箱のなかでじっとしていた。懐中電灯の明かりもつけなかった。

暗闇に足音が聞こえて、透はグラスコックピットの幻影からわれに返った。

「透」と祖父が言った。

透は返事をしなかった。

「どうした。腰が抜けたのか。透。返事をしろ」

「はい」

「どうして嘘をついた？」

「ごめんなさい」

「なんでこの箱に入ろうと思った？」

「飛行機のコックピットに似ていたからです」

「この箱がか？」

「はい」

祖父はしばらくだまっていた。

「おまえ、この箱がなにか知っているのか」

「知りません」

祖父の長いため息を透は耳にした。

「おまえ、パイロットになりたいんだろう。こういうことで嘘をつく人間が、その仕事に就けると思うか?」

透はなにも答えなかった。答えなかったが、祖父の言うとおりだと思った。きつく目を閉じ、歯を食いしばった。

祖父に命じられた僧が、重しの土嚢を床に下ろしている音を透は聞いた。

「もういい。出てきなさい」

「俺はこのままでいいです」と透は答えた。「パイロットになれないのなら、ここにずっといたほうがいいよ」

箱の外に立つ祖父は、隣の僧の顔を見た。僧の表情には困惑が浮かんでいた。

祖父は、おもむろに倉庫の床に正座して、合掌した。つづけて両手の指で密教の印《いん》を結び、真言《しんごん》を唱え、陀羅尼《だらに》を唱えはじめた。

長い密教の呪文を終えると、祖父は板を持ち上げて、透に向かって手を差し伸べた。

4

部屋で英語の課題に取り組んでいた透は、背後のドアがひかえめにノックされる音を聞いて、鉛筆をそっと放した。その鉛筆は、空気の入るすきまを作るために、あの箱のふたに挟まれていたものだった。

透がドアを開けると僧の顔があった。「和尚さんからのことづけです。午後十一時に本堂に来るようにと申されておりました」

「はい」と透は言った。


午後十一時ちょうどに、透は本堂に入った。

夜中の玄安寺の本堂に足を踏み入れるのは、これがはじめてだった。

透の視線は南面《なんめん》の内陣《ないじん》に釘付けになった。

内陣は燃え上がる修法《しゅほう》の火に照らされ、天蓋《てんがい》を飾る瓔珞《ようらく》、宝珠《ほうじゅ》、羽をひろげた鳥を透《す》かし彫りにした華鬘《けまん》が、熱を帯びた光に内部から溶かされているような、なにかすさまじい黄金に輝いていた。


東に掛けられた胎蔵界曼荼羅《たいぞうかいまんだら》図。

西に掛けられた金剛界《こんごうかい》曼荼羅図。

二つの曼荼羅のあいだに、八祖《はっそ》大師《だいし》の肖像画が掲げられていた。

龍猛菩薩《りゅうみょうぼさつ》。

龍智《りゅうち》菩薩。

金剛智《こんごうち》三蔵《さんぞう》。

不空《ふくう》三蔵。

善無畏《ぜんむい》三蔵。

一行阿闍梨《いちぎょうあじゃり》。

恵果阿闍梨《けいか》。

弘法大師《こうぼう》――空海《くうかい》。

祖父は五色《ごしき》の糸を縒《よ》った縄で囲まれた、正方形の大壇《だいだん》の中心にすわっていた。火舎《かしゃ》から立ちのぼる煙が、細い身をくねらせてたなびく様子を眺めながら、透はある発見をした。それは、この空間が、たぶん祖父にとってのコックピットなのだ、ということだった。

祖父のすわる正方形の台、闇で火の光に照らされる仏具、肖像、曼荼羅図、それらのすべては緻密《ちみつ》に計算されて配置され、透の目には、一つの空間に機能を凝縮した、ジェット旅客機のグラスコックピットとまったく同じに映った。

「透。こっちへ来なさい」

透は祖父のそばに近づき、正座をした。

「呼ばれた理由はわかるな」

「はい」

「おまえが遊びで入ったあれは、箱ではなく棺《ひつぎ》だ。山形のとある寺から譲り受けた」

透はだまってうなずいた。もちろんはじめて聞く話だった。

「ずっと昔、百八十年ほども前の天保《てんぽう》のころ」と祖父は言った。「月山《がっさん》の近くに住んでいた僧が、衆生《しゅじょう》救済を祈願して、つまり当時の飢饉《ききん》に苦しむ人々を救いたいと心から念じて、土中《どちゅう》入定《にゅうじょう》を遂げた。土中入定というのはな、生きながら土のなかに入って即身仏《そくしんぶつ》となることだよ。おのれの意志で断食をつづけ、生きたまま木乃伊《ミイラ》になる」

「ミイラですか？」

「そうだ」

透は箱のふたを動かそうとしたとき、そこに死体が隠されている気がしたのを思いだした。祖父に話すべきかどうか迷ったが、話さずにおいた。

「おまえが遊びで入っていいものではない。わかるな？」

「はい。でも遊びで入ったんじゃないです」

祖父は口を閉ざして、透をにらみつけた。「あれがパイロットになる修行か」

祖父の鋭いまなざしを受けとめながら、透はだまっていた。

祖父は言った。「飛行機のパイロットは空を飛ぶ人間だろうが。棺のなかに入るものではない――」

きびしい口調で孫に諭《さと》した祖父は、ふいに口をつぐんだ。それから大きな目を細めて突然に笑いだした。

「いや、案外、同じものかもしれん」ひとしきり笑ったあとに、祖父は言った。「衆生救済を願って土中入定するということは、なるほど、弥勒浄土《みろくじょうど》へ飛ぶということだ」

祖父がどれほどたのしそうに笑っていても、透は神妙な表情をくずさなかった。大笑いしているからといって、祖父は上機嫌だとはかぎらない人間だった。

内陣に掛けられた曼荼羅図に祖父の影が二重になって映り、左右にゆらめくのを透は見た。

「あの棺にはもう近づくな」

「はい」透はうなずいた。

「倉庫にはまれに蛇が出るからな」

「蛇ですか？」

祖父はうなずき、すぐに法衣《ほうえ》の膝を掌《てのひら》で叩いて、立ち上がった。そのしぐさに合図されたかのように、本堂の外で蟋蟀《こおろぎ》が鳴きだした。

5

高校二年に進級した二〇一六年の春、身体測定が実施され、苗字《みょうじ》の五十音順に並んだ透は、視力検査のことだけを気にかけて体育館に入った。

はじめに身長をはかり、つぎは体重だった。透は自分の前にいる男子生徒が、去年の測定で使われたのと同じアナログ式の体重計に乗って、静かに両足をそろえる姿を見ていた。目の前の生徒は小柄で、透より頭一つぶん背が低かった。

「四七・三」目盛りの針を凝視する教師が、記録係の教師に告げた。

小柄な男子生徒が体重計を降り、透が前に出ようとしたとき、男子生徒が立ちどまって、記録係の教師にかすれた声で質問した。「四七・三キロの九倍だと、いくつになりますか」

訊かれた教師は記録用紙から顔を上げた。

「なんだって」

「いえ、なんでもないです」男子生徒はあわてたように頭を下げた。

教師は眉をひそめ、男子生徒をじっと見た。手にした鉛筆を指先で一度だけ回し、「つぎ」と言った。

話はそれで終わりだった。うしろで待っていた透が体重計に乗った。数秒の間《ま》を置いて「五四・九」と教師が言った。

校舎の別の場所で測定している女子生徒の悲鳴に似た笑い声が、風に乗ってグラウンドを越え、体育館にまで届いてきた。その声を真似て男子生徒の一人が叫び、恥ずかしがってみせると、失笑のさざ波がひろがったが、透は無表情だった。自分の耳にした、あの奇妙な質問の意味について考えていた。

身体測定を終えて教室へ戻った透は、すぐに溝口《みぞぐち》の席へ向かった。新しいクラスになったばかりで、溝口と会話したことはなく、そもそも他人にすすんで話しかける行為自体が、透にとってはひさしぶりだった。

「さっきのあれはどういう意味なんだ」と透は訊いた。

溝口は怯えた目つきで、机の前に立った透を見上げた。

「なにが」と溝口は訊きかえした。

「四七・三キロの九倍だと、いくつになるって、訊いてただろう」

「あれか。聞こえてたのか」溝口は下を向き、自分を責めるように小声で言った。「まあ、どうせ言ってもわからないよ」

「どういう意味なんだ」

しつこく食い下がられた溝口は、透の視線をさけて、いまにも席を立ちそうな様子で椅子の背もたれに手を添えた。「教えても、意味ないけど」

「四二五・七キログラムだ」と透は言った。「四七・三キロの九倍、これになんの意味があるんだ」

「Gだよ」問いつめられた溝口は、しかたなく答えた。「重力加速度ってやつ」

「Gって、航空機が離陸するときのGか」

透の発した言葉に、溝口は急に目が覚めた顔つきになった。

「もしかして、易永は航空機好きなの？」

透は無言でうなずいた。

「それならそうと言ってくれよ」溝口の表情が、みるみる明るくなっていった。「スポッター的な感じか？」

「スポッターってなんだ」と透はたずねた。

溝口は少し拍子抜けした様子で言った。「航空機の写真を撮ったり、シリアルナンバーとかテイルコードの記録を集めたりするんだけど。俺もそのスポッターだよ」

溝口の説明を聞いた透は、たしかに自分もそういうタイプなのかもしれないと思ったが、いま話している溝口と自分は、どこかが決定的にちがうような気もした。

「それで、四二五・七キロってなんのことなんだ」

「9Gでかかる負荷。俺がパイロットだった場合だけど」溝口は親指の先で自分の胸に軽く触れた。「訓練されたパイロットの肉体でも、9Gまでが限界なんだ。自重の九倍の力がかかる状態。きょう測定した最新の体重で、俺は自分の9Gの負荷を知っておきたくてさ。こういうの、趣味なんだよ」

「9Gを超えるとどうなる」

「瞬間以上は耐えられない。視界が暗くなって、すぐ気絶する。Gロックっていうんだ」

「そういうこと、ほかにも知ってるのか」

二年になったクラスで、はじめて言葉を交わす透の語調と態度に、なんの役にも立たない知識への冷笑ではなく、思いがけない称賛と本当の関心を認めた溝口は、ノートを取りだし、余白に1G＝9・81m／s^2と書きしるした。

机を回りこんで溝口の横に立った透は、過去の授業で習ったおぼえのない数式を眺めた。

「これがGの式だ」と溝口は言った。「単位のところはメートル毎秒《まいびょう》毎秒って読む。この1Gの加速で、もう一人の自分の体重にのしかかられる状態になる。これでもかなりのスピードだよ。レーシングカーの急発進ぐらいかな。ちなみにエレベーターの上昇でもGはかかるし、あれで0・2G程度だ」

「9Gの加速は？」

「最大で5Gのジェットコースターなんかより、はるかに圧倒的に速い」

たのしそうに話す溝口にそうたとえられても、透は遊園地でジェットコースターに乗った経験がなく、なにも思い浮かばなかった。

相手の沈黙を、会話のつづきをうながしていると受け取った溝口は、最初の小声よりずっと力強い調子で言葉をつづけた。「9Gの加速っていうのは、スタートの一秒後に、いきなり時速三〇〇キロ以上の世界に叩きこまれるような加速だよ」

「静止した状態からか？」

「うん」

透は教室の窓からグラウンドを眺め、たった一秒で自分が時速三〇〇キロ以上にまで加速し、自重の九倍を暗算して、四九四・一キロの重さに押しつぶされる状態を、どうにかして想像しようと試みた。

「すごい負荷だ」と透は言った。「そんなG、いったいどこでかかるんだ」

透に訊かれた溝口は、答えのわかりきった問いをふしぎに思っているような、抑揚のない乾いた声で答えた。「どこって、戦闘機だけど」


週末になると溝口にさそわれて、透は羽田空港まで航空機見物に出かけるようになった。地下鉄と電車を乗り継ぎ、日によってはバスやモノレールに乗ることもあった。

溝口はデジタル一眼レフカメラのほかに、数種類の望遠レンズ、三脚、撮影に使う脚立《きゃたつ》なども持ってきていた。溝口の愛用するカメラ、ニコンＤ８００の価格を聞いた透は、その高価さにおどろかされた。

値の張るカメラを所有し、海外取材にでも行くような撮影機材を運ぶ溝口の熱心さを見て、どうして写真部に入らないのかと透はたずねた。溝口の答えは、空港以外の撮影に興味がないからという単純なものだった。

カメラを持たない透のために、溝口は高倍率の双眼鏡を用意した。カメラと同じ高級品だった。空港に着くまで、透は双眼鏡の入ったケースと、それまで溝口が自分で担いでいた撮影用の脚立を運んだ。

北風のあるうちにまずR／W05から離陸を撮ろう、南風が吹いてきたらR／W22に行ってみよう、カメラを手にした溝口は、そんな言いかたをしたが、透にはまったく意味がわからなかった。

しばらくたって透は、R／WというのはRunWayすなわち滑走路の略で、数字の部分は、方位を十で割ったときの上二桁だと溝口に教えられた。

「見ろ。新しい塗装のE175がタキシングしてるぞ」

溝口はまたしても透の知らない用語を使った。

透は、E175がブラジルの航空機メーカー〈エンブラエル〉の機体だとはわかっていたが、タキシングの意味を知らず、溝口に質問しなくてはならなかった。

「エプロンから滑走路まで、機体が自分の動力で地上移動することだよ」と溝口は答えた。

「誘導されて動くから、誘導滑走とも呼ぶんだ」

「なるほど」と透は言った。しかし溝口の説明のなかで、今度はエプロンという言葉が初耳だった。

透に訊かれた溝口は、ファインダーをのぞいたまま答えた。「ああ、エプロンっていうのは駐機場」

ある日曜日、羽田空港の撮影スポットで、いつものように機体をニコンD800に取りつけた望遠レンズで追いかける溝口に向かって、きみはパイロットになりたいとは思わないのか、と透はたずねた。

「そりゃなりたいよ」飽きもせずファインダーをのぞきながら、溝口は言った。「易永はパイロットになるんだろ?」

「なるよ」

「俺はだめだ。左目の視力がほとんどなくてさ。一歳のときの高熱が原因でね。裸眼の視力規定は昔より甘くなってるけど、さすがにこれじゃ無理だな」

透はだまりこんだ。

「そんなに気の毒そうな顔をするなよ。心底なりたいわけじゃなかったから。あこがれの空想レベルだ」溝口はあえて透の顔を見ることなくそう言った。


新たな航空機が着陸し、新たな航空機が離陸した。西から吹いていた風は、いつしか東向きに変わった。

「易永、おまえ進路はどうする」ふいに溝口が言った。「どこの大学にする」

「大学か」

「決めておけよ。進路相談がまたあるからな」

「とりあえず勉強して、どこかの大学に入るよ」と透は言った。これでは漠然としすぎていると自分でも思ったが、透にはそれしか答えようがなかった。

「それで?」問いかける溝口の声が、心なしか笑っていた。

「それで、卒業したらどこかの航空会社《エアライン》に入る」

「適当だな」とうとう溝口は声を上げて笑いだした。「それって、ジェット旅客機のパイロットになるってことか?」

「なんで笑うんだよ」

ファインダーを見つめる溝口は、やはり笑いながら言った。「お客さまの安全をあずかって快適な空の旅を提供する。航空会社《エアライン》で旅客機の機長とか副機長になるっていうのは、その仕事に命を懸けるってことだ。だけど易永は、ちょっとそういう人間には見えないな」

「俺はパイロットになれないっていうのか」

「そうじゃない。そのうち自分でもわかるんじゃないか? たぶん、わかると思うよ」真顔に戻った溝口はようやくファインダーから目を離して、腕時計で時刻をたしかめ、ゆっくりと脚立を降りてきた。

6

透にとっての空は、世界そのものだった。

どこまでもはてしなくひろがって、自分と全人類、全生物の頭上に君臨していた。

空の絶対性は疑いようがなかった。祖父が弥勒浄土と呼んでいる場所がなにを指すのかはさっぱりわからなかったが、それが自分の見上げる空なのだとすれば、むずかしいことはなにもなかった。

　空のない一日などあり得るはずもなく、まさに不動の空間といえた。だが、空そのものは不動なのに、その色調、その眺めは一日として同じではなかった。

　光り輝く碧空《へきくう》の青の濃淡、夕焼けの赤の配合、それらのすべては変化した。漂う雲は、どれほど巨大な構築物に見えたとしても、とどまることを知らない風の手によって絶えまなく削り取られ、ちぎり取られ、押し流されて、ついにはかき消された。

　どこから見上げるかは問題ではなく、あらゆる空が絶対的で、同時に無限に移り変わる特別な領域だということを、透はよく知っていたが、それでも空港の真上に眺める空は格別だった。子どものころのように走って追いかけなくても、その空にはつぎつぎと航空機があらわれた。溝口と空港の撮影スポットを回っているうちに、空港という存在がなくなって、乗客を運ぶ旅客機という概念も消えてゆき、ただ滑走路と、航空機と、空だけになった。それこそは完全な眺めだった。そしてその完全さは、透には受け入れがたい、ある不完全さの上になり立っていた。

　それは、自分が向こう側にいない、という決定的な不完全さだった。

　透は滑走路の彼方の空にもいなければ、駐機場《エプロン》の内側にさえいなかった。それどころかフェンスにへだてられた遠い位置から、カメラを抱えた溝口といっしょにうろついて、航空機の離着陸を傍観しているにすぎなかった。

　なぜ俺は、向こう側にいないのか。

　その思いは、あこがれよりも、悲しさと呼んだほうがふさわしかった。悲しさはやがて焦燥に変わり、それから説明のつかない激しい感情の奔流となって、透の内側であばれ回った。透は歯を食いしばり、皮膚を突き破ってあふれだしそうになる感情を必死に抑えつけながら、じっと双眼鏡をのぞきつづけた。平静をよそおっている透の内部から突き上げてくるのは、両親にも、祖父にも、誰にたいしてもかつて感じたことのない、すさまじい怒りのようなものだった。あるいは絶望のようなものだった。

俺がいつかパイロットになりたいから、こんなふうに感じるのだろうか。俺だけが？　さえぎるもののない完全な空間、あの絶対的な空から遠くへだてられているのは、自分一人ではないはずだった。地上にいるすべての人間が、青空からへだてられ、重力の末端をむなしく這いずり回っていた。

どういうことなんだ？　ほかの人たちは、この現実になにも感じないのか？

透は懸命に激情を抑えつけて、深く息をついた。そして双眼鏡をのぞきつづけた。もしこれが借りものの双眼鏡でなかったら、とっくに足もとに叩きつけて壊していた気がした。

一機のエンブラエルＥ１９０が離陸し、上昇した機影がすっかり雲に隠れてしまうと、カメラをかまえて脚立に乗っている溝口に向かって、そろそろ昼飯にしないか、とめずらしく透から呼びかけた。

7

透は、相変わらず仏教に興味を持たなかった。

だが、玄安寺に勤める真言宗の僧たちの髪型、丸刈りは、機能的な面でじつにすぐれている、とつねづね思っていた。洗髪も楽そうだし、乾くのも早いはずだった。頭をすっかり剃《そ》り上げる祖父のまねはできないが、丸刈りなら問題なかった。

透は思い立って、僧の一人にバリカンを借り、自分で鏡を見ながら器用に髪を刈り上げた。

なにかの部活に入っているわけでもない透の、突然の丸刈りは、教室でひときわ目立った。寡黙で感情を表に出さない透は、たった一人の友人である溝口をのぞけば、クラスの生徒たちにとっては近寄りがたい存在だった。なにをするかわからない印象を持たれている上に、透の成績がいつも学年上位にあることも、謎めいた雰囲気を加味する要素になっていた。

四谷の寺から透が通学しているのを知った男子生徒のなかには、透のことを「坊さん」と呼ぶ者もあらわれたが、たとえそう呼ばれたところで、透には人に話せるような仏教の知識は皆無だった。

本堂に掲げられた胎蔵界曼荼羅図と金剛界曼荼羅図、その二つをおおまかにドローイングするくらいのことはできても、図に秘められた概念の理解はなく、そもそも頼まれて曼荼羅をえがく機会もなかった。

唐突な透の丸刈りは、「あいつは高校卒業後に実家の寺を継ぐんだろう」といううわさがひろまったおかげで、いつしか生徒たちのあいだに自然に受け入れられた。

クラスでいやがらせを受けるのは、たいてい溝口だった。小柄で気の弱い溝口は、休み時間や放課後にわけもなく罵声を浴びせられ、面白半分に物を投げつけられたりした。やがて溝口と親しい透にも、浅はかな悪意の手が伸びるようになった。

たしかに学校へ持ってきたはずの英語の辞書がなくなって、それを溝口に告げると、溝口は「捨てられたんじゃないのか？」と言った。

透が教室の隅のごみ箱のなかを探してみたところ、溝口の言ったとおり、誰かの食べ残したパンといっしょに辞書が捨てられていた。

ごみ箱から辞書を取りだした透は、溝口の机に行って訊いた。「誰がやったのか、わかるか？」

「そういうことをやるのは――門村《かどむら》だよ」溝口はためらいがちに、同じクラスの男子生徒の名を口にした。

翌日も、その翌日も辞書は捨てられ、しかし透は、門村が犯行におよぶ現場をなかなか押さえられなかった。だがある日、ごみ箱を探す自分を門村が笑って見ている姿に気づいた。あとは溝口の言葉があれば、それでじゅうぶんだった。

視力を維持するためにほとんど見なかったインターネットの動画を、透は携帯で見はじめた。透が検索したのは格闘技のテクニックで、みずからの拳や足を痛めかねない打撃以外の技だった。そして透は、ブラジリアン柔術の〈飛びつき三角絞め〉の解説動画にたどり着いた。

――相手の右腕を巻きこむ場合――こちらに伸びてきた右腕をつかみ、引きこむように飛びついて、相手の首に自分の右脚を巻きつけ、左脚を自分の右足首にかさねてロックする。交差した両脚で首を絞めれば、頸動脈を圧迫された相手は脳に酸素が回らなくなる――

透は、バレーボール部副主将の門村の利き腕が右手なのをたしかめ、一八一センチの長身を頭に入れ、帰宅するとすぐに境内の桂《かつら》の木に脚をからめて、飛びつき三角絞めの練習をくりかえした。自分の動きを携帯で撮影し、部屋に戻ってから解説動画と比較して、技を掛けるときの脚の角度を日々修正していった。

水曜日の四時限目の授業が終わったとき、透は席を立った門村に近づき、「門村君、ボタンが落ちたよ」と声をかけて、右手を差しだした。

透がにぎっているのは自分の制服から引きちぎったボタンだったが、門村は怪訝《けげん》な顔をしながらも、思わず利き手を出して受け取ろうとした。その右腕をつかんで透は飛びつき三角絞めをしかけ、前のめりに倒れた門村を絞めつづけた。巻きつけた右脚の角度、相手の頭の位置、左脚のロック、すべてが理想的だった。顔面を紅潮させた門村は抵抗できず、その全身からふいに力が抜けた瞬間、透は真夏の夜にシャワーを浴びたような爽快《そうかい》さを味わった。門村は絞め落とされ、動かなくなった。

危険を察知した溝口が駆け寄ってきて、ぐったりしている門村から透を引き離そうとしたが、透はすでに脚の力をゆるめていた。

下になって技をかけた体勢のまま、透は朦朧《もうろう》としている門村が回復するのを待った。

ようやく門村が目を開けると、透は言った。「おまえが辞書を捨てるたびに絞め落とす。毎日やってやる。いやなら俺と溝口のことは放っておけ」

教室で恥をかかされ、激昂《げっこう》した門村はあばれだしたが、これを予期して三角絞めの体勢を保っていた透は、もう一度、門村を絞め落として、天井を見ながら、人間を失神させるときの言いようのない爽快感に微笑んだ。

制服が夏服に変わり、伸びてきた髪をまた短く刈った透が登校すると、なにやら目を光らせた溝口が透の席にやってきて、一枚のチラシを差しだした。

そこにはこう書いてあった。

三沢《みさわ》基地航空祭2016
二〇一六年九月十一日（日）
青森県　航空自衛隊三沢基地　午前九時から午後三時

溝口の手からチラシを受け取った透は、なんとなくどこかで聞いたおぼえのある催しの名称を、小声で読み上げた。そして展示予定の航空機の機体名を読んでいった。四谷の上空を通過する陸上自衛隊のヘリコプターくらいは眺めたことがあったが、チラシに印刷されている航空自衛隊の機体は、どれも見たことのないものばかりだった。

「入場料はいくらなんだ」

「無料だよ」

「無料って、ただなのか」

溝口はうなずいた。「かかるのは交通費だけだ。俺は毎年たのしみにしてるんだよ。でも朝からはじまるから、当日の出発だと間に合わない」

透は一人で東京の外に出た経験がなく、三沢までの交通費がいくらかかるのかも知らなかったが、宿泊費まで合わせれば、祖父のくれるこづかいの金額ではとても足りない気がした。

「もし行けたとしても、俺は野宿だな」と透は言った。「金がないよ」

腕を組んで机に置いたチラシを見つめる透に、溝口はこう提案した。「宿泊費は俺がなんとかするから、交通費だけ用意してくれ」

「どうやって行く」

「飛行機に乗りたいところだけど」資金に余裕のない透を気づかって溝口は言った。「俺たちの場合、高速バスか新幹線のどっちかだ」

「バスのほうが安いだろう」

「だめだ。バスは酔うから、俺は新幹線にしか乗れない」

透は思わず顔を上げて溝口を見た。「ときどき空港まで乗ってるじゃないか」

「長距離の高速バスは苦手なんだ」

新幹線で八戸《はちのへ》まで移動し、それから電車に乗って三沢まで行くという溝口の計画に、透はしぶしぶ同意するしかなかった。

夏のあいだ、透は、青森県三沢市の航空祭を見物する費用を工面するべく、とにかく出費しないように努めた。どれほど暑くてもコンビニエンスストアのアイスは一度も買わず、自販機の冷えた飲料も買わなかった。水筒のなかでぬるくなった水を飲み、昔から授業でシャープペンシルを使うのがきらいだったので、鉛筆を仏壇で燃えつきた線香ほどに短くなるまで削って使った。毎週のように溝口と出かけていた羽田空港行きも交通費がかかるのでやめた。

週末になっても家にいるようになった透は、境内の草むしりを祖父に命じられ、丸刈りの頭にタオルを巻きつけて、若い僧たちといっしょに草をむしった。航空祭行きを考えている透には、この労働に報酬が一円も出ないことが惜しまれた。

報酬のかわりに祖父が透にあたえたのは、作業中に出くわすかもしれない蛇や毒蟲《どくむし》の災《わざわ》いを取りのぞく孔雀明王《くじゃくみょうおう》の真言だった。

「オン・マユラ・キランディ・ソワカ」と祖父は透に言った。「陀羅尼《だらに》は長いから、せめてこの真言を唱えて草をむしりなさい」

軍手の指で草をむしり、絶えまなく汗を流しながら、透の頭に浮かぶのは航空祭に行けるかどうかという問題ばかりだった。金を稼ぎたくても、アルバイトは校則で固く禁じられていた。

頭上には無限の青がひろがり、日輪《にちりん》の光が境内に充ちて、気温は上昇しつづけ、額を伝い落ちる汗の塩分が透の目を刺した。

烈《はげ》しく蟬《せみ》が鳴くのを聞き、一心不乱に草をむしっている透の視界の片隅に、なにか艶《なまめ》かしいうごめきが映りこんだ。緑色の長いものが灰色の毛のかたまりにからみつき、もつれ合った二つは太い桂の根元でまだらな木漏れ日を浴びていた。

透は、はじめて野生の蛇を見た。

一匹のアオダイショウが丸々と肥った鼠《ねずみ》を捕え、絞め殺そうとしていた。

透はその場に立ちつくして、ときおり鱗《うろこ》を光らせる蛇が、必死にもがく鼠を窒息させる様子をじっと眺めた。そのうち蟬の声が、オン・マユラ・キランディイ・ソワカ、オン・マユラ・キランディイ・ソワカとくりかえしているように思えてきた。

このひどい暑さはどうにかならないかなあ、とぼやいた僧の声が遠くに聞こえた。


九月になって、航空祭まであと一週間となった。

透は夕食後、祖父に向かって、すでに何度か話した航空機好きの同級生のことをあらためて話し、彼から三沢基地の航空祭にさそわれていると伝えた。宿代はその友人が出してくれるので、自分は貯めたこづかいで新幹線の往復切符を買う、すると残金は二千円程度になり、いくらかは現地の電車代で消えるが、一泊二日の旅なので食事抜きでもどうにかなる。透は事務的な、まるで他人の旅行を説明するような口調で、感情を込めずに淡々と語った。

透の話を聞いていた祖父は、適当なあいづちを打って新聞をめくるだけで、透の遠出についてはとくになにも言わなかった。

透が部屋に戻ると、すぐにドアがノックされた。

ドアを開けた透は、そこに立っている僧と、その手にある白い封筒を見た。

「和尚さんからです」と僧は言い、白い封筒を透に渡して去った。

透がなかをたしかめると、一万円札が五枚入っていた。もっと早く祖父に青森行きを打ち明けるべきだったとくやんだが、かといって、なにかをねだる自分に祖父が施《ほどこ》しをくれる姿はまったく思い浮かばなかった。


ホームに向かう途中、駅構内の売店で溝口と透は弁当を買った。

新幹線用のホームに立って、買った弁当の入った袋を足もとに置いた溝口は、カメラバッグからニコンＤ８００を取りだし、入線してくる車両の撮影をはじめた。

その様子を見ていた透は、溝口が新幹線に乗ると言って譲らなかった理由は、高速バスに酔うというより、ただ新幹線の写真を撮り、ただその車両に乗りたかっただけなのだと気づいた。

一匹のトンボがホームに迷いこんできて、透はその飛翔を目で追った。トンボは高速で宙に幾何学図形をえがいた。

透はすばやく腕を伸ばし、顔色一つ変えずにトンボを捕獲した。境内でよくやっている遊びで、透にとっては動体視力の訓練だった。羽を傷つけないように、やわらかく閉じた指をひらくと、トンボは透の掌に止まったまま、エメラルドを基調にした虹色に輝く複眼にホームの景色を映していた。

「すごいな」新幹線の撮影に夢中になっていたはずの溝口が、あきれた顔で透を見ていた。

「飛んでるトンボなんて、ふつう素手で捕まえられるか?」

溝口がカメラのレンズを向けると、即座にトンボは羽ばたき、透の手から灰色のホームの上空へと浮き上がっていった。

8

航空祭前夜に滞在する八戸市で、溝口が予約したのは、安価なビジネスホテルやカプセルホテルではなく、観光客の多くが宿泊する高級ホテルだった。

過去に何度か泊まったというそのホテルで、他人と相部屋だと熟睡できない溝口は、個別に予約を取り、自分の提案したとおりに、透の宿泊費も負担した。

透はフロントで未成年者宿泊用の〈親権者同意書〉を提出した。予約を取った溝口を通じて、あらかじめホテルから送付されたその書類に、祖父のサインをもらってきていた。

カードキーを受け取り、エレベーターに乗り、透は沈黙の上昇のなかにかすかなGを感じながら、溝口の話を思いだして、自分の体重の一・二倍の負荷を、透は頭のなかで計算した。

二人は九階で降りて、長い廊下を歩いた。溝口の部屋の向かい側に、透の部屋番号があった。ドアを押しひらいた透は、想像以上のひろびろとした空間に目を見張った。ここでは中ランクの部屋だと聞かされてはいたが、高校生が一人で眠るためだけに使うにはあまりに大きく、豪華すぎるように映った。

高価なデジタル一眼レフカメラといい、この部屋といい、溝口が親にもらっているこづかいはいったいどれくらいの額なのか、それが透は気になった。

シーツの白がまぶしいベッドで大の字になり、透は八面体のシェードで電球を囲んだフロアライトの光を見た。その向こうには、濃い緑色に統一された大型のソファとテーブルがあった。部屋の壁は大理石の斑紋を模した壁紙《クロス》で覆われていた。

透はあくびをして立ち上がり、スクリーンのような横長の窓からのぞく八戸の空を眺めた。厚い一枚ガラスの窓は、嵌《は》めごろしで開けられなかった。

透は溝口と夕食に出かける約束をしていたが、その時間よりずいぶん早く部屋のドアがノックされたので、てっきり溝口が飛行機の話をしにきたのかと思った。だが溝口の用件は別にあった。

「門村を絞め落とした技があっただろ?」素足にホテルのスリッパを突っかけた溝口は言った。「あれ、教えてくれよ」

「飛びつき三角絞めのことか」と透は言った。

「それだ」溝口はうなずいた。

「誰を絞め落とすんだ?」

「別にそういうつもりじゃないけど」

「あとにしろよ。俺は腹が減ってきた」

「晩飯の前に頼むよ」と溝口は言った。「食後に教わったら、俺、吐くかもしれない」

それもそうだと透は思いながら、しかし溝口を前にとまどっていた。人になにかを教えた経験はなく、飛びつき三角絞めもインターネットの動画で独学したにすぎなかった。

とりあえず溝口に技をかけることにして、ひろい部屋のカーペットの上にあお向けになり、溝口の右腕を引きこんだ。

怯《おび》えた顔の溝口は、本気で絞めるなよ、タップしたらすぐ放してくれよ、と同じ言葉をしつこく口にした。

透が溝口の右腕ごと首を極《き》めると、溝口は即座に左手で透の脇腹を叩いて降参した。

それから二人の特訓がはじまった。

透が練習台になり、溝口が下から三角絞めをしかけ、溝口がある程度こつをつかんでくると、透は相手が力まかせに腕を引き戻そうとした場合の対処法を教えた。非力な溝口がその状況に直面する可能性は高かった。

相手に飛びついて技を極める練習に移る前に、透は道着のかわりに備品のバスローブを羽織った。そしてやわらかいマットレスの敷かれたベッドに立ち、バスローブの袖をつかむように指示して、溝口に飛びつき三角絞めをくりかえさせた。最初は力なくマットレスに落下していた溝口も、少しずつポイントを理解してゆき、十回に一度は技を極められるようになった。

練習に熱中するうち、いつのまにか夜の十一時をすぎていた。あわてて二人は食事に出かけたが、ホテルの近隣の店はどこも営業を終えて、明かりを灯しているのは二十四時間営業の牛丼チェーン店しかなかった。

二人はカウンター席に並んで腰かけ、溝口は生卵を箸で溶きながら透に質問した。「飛びつき三角絞めって、英語でなんていうんだっけ」

透はコップの水を飲み、しばらく考えた。「なんだろうな――三角絞めだけならトライアングル・チョークだけど、飛びつきだから、最初にジャンピングとか付くんじゃないか？」

「わかんないなら、ちょうどいいや」と溝口はつぶやいた。「俺はあの技を〈バイパー〉って呼ぶよ」

溝口の声は小さく、透にはよく聞きとれなかった。

「なに？」と透は訊いた。

友人の問いに、溝口は笑って答えなかった。


翌朝二人は六時半すぎに、ホテル内のレストランで朝食をとった。ふっくらと仕上げられたオムレツにあわただしくナイフを入れる溝口は、航空祭の入場ゲートは米軍の手荷物検査がきびしく、しかもゲートから会場まで一キロ以上も歩かされるので、出遅れると長い行列のなかに閉じこめられると透に語った。

「すごい人なんだ。日本中のファンが集まる」

「でっかい花火大会みたいなものか」

「人の数でいえばそうだけど」溝口はうなずいた。「易永、おまえ花火大会行ったことあるの？」


身支度を終えて部屋を出た二人は、エレベーターの到着を待った。しかしエレベーターは、いつまでたっても九階にやってこなかった。カメラバッグを抱える溝口はいらだちをつのらせて、光っている下降ボタンを神経質に何度も押し、閉ざされたドアを相手に悪態をつきはじめた。

待ちのぞんだ航空祭当日になり、溝口の気持ちがいままでになく昂《たかぶ》って、その興奮の度合いがさらに増してくるのを、透はさっきの朝食のときから感じていた。

「もう階段で下りよう」と溝口が乱暴な口調で言った。

緊急避難を呼びかけられたような急ぎ足で階段を下りる溝口の背中を、透は追いかけた。そして七階の踊り場をすぎたところで、溝口が左足を踏みはずした。

自分たちのほかは誰も使っていない階段を、カメラバッグともつれ合うように激しく転がり落ちてゆく溝口を見て、透の頭を、アオダイショウに絞め殺されようとしている鼠の姿がよぎった。

透は一瞬立ちどまり、それからいっきに階段を駆け下りた。

階段の途中に倒れ、左の足首を押さえてうめく溝口は、自力では立てなくなっていた。頭部こそ打っていない様子だったが、溝口の顔からは血の気《け》が引き、きつく食いしばった歯のあいだから、透の耳にしたことのないうめき声を漏らしていた。

透はホテルの従業員に助けを求めた。

足を骨折しているかもしれないので――そう言って従業員は救急車を呼んだ。

溝口は最後まで病院に行くのを拒んだが、立つことも歩くこともできないのでどうしようもなかった。

透は溝口に渡された金でチェックアウトを済ませると、階段から担架で運ばれた友人に付き添って救急車に乗りこんだ。

救急車は透の知らない町を、休日診療をやっている外科医院に向かって走りだし、ホテルから、航空祭から、期待に胸を躍らせた出発の朝から、残酷に遠ざかった。

車両のなかで横たわって天井を見つめる溝口が言った。「易永だけでも航空祭に行ってくれ」

透はなにも答えなかった。

すると、それまでずっと痛みに耐えていた溝口が泣きだした。「すまない、俺のせいで。本当にすまない」

救急車は短くサイレンを鳴らした。日曜日の交差点で、溝口の嗚咽《おえつ》と赤信号での通過を予告する救急車のアナウンスがかさなり合うのを、透はじっと聞いていた。


自身の体重の軽さが、不運のなかにわずかな幸運を呼びこんだのか、溝口の足の骨は折れていなかった。中等度の左足関節捻挫《ねんざ》、それが溝口に下された診断だった。

ギプスで固定された左足首を覆う専用の保護ブーツを履き、松葉杖をついて待合室にあらわれた溝口は、両目を赤く腫《は》らしていた。

透は他人をなぐさめたり、はげましたりした経験がなく、馴れない松葉杖でぎこちなく近づいてくる溝口の姿を、椅子にすわって見ていることしかできなかった。

……そうだ、こっちに来い。歩け、溝口……

自然と心に浮かんでくる言葉に、怪我を負った友人への思いやりが欠けているのを透は感じた。俺は冷酷な人間だ、と思った。両親が離婚したときと同じだ。俺には溝口を友だちと呼ぶ資格がない。

透の眼前に立った溝口は、目を赤くしていたが、もう泣いてはいなかった。おもむろに壁の上のほうを見た。そこに時計がかかっていた。

「まだ間に合う」と溝口は言った。「写真が撮れないのがくやしいけどな」

不敵に笑った溝口は、両脇でからだを支えている松葉杖を交互に見て、それから透に視線を向けた。

透は溝口の執念深さにおどろき、同時に救われる思いがした。

当初は乗る予定のなかったタクシーをつかまえて、透と溝口は航空自衛隊三沢基地のメインゲートへ向かった。乗車賃は透が祖父にもらった金で支払った。

溝口の荷物はすべて透が運んだ。アメリカ兵の入念なチェックを受け、溝口は装着したばかりのギプスに金属探知機を当てられた。

ゲートから会場までの長い道のりを、懸命に松葉杖をついて進む溝口に合わせて、透は歩いた。その速度はあまりに遅く、逆に会場から離れてゆくような錯覚すらおぼえるほどだった。

航空自衛隊とアメリカ合衆国太平洋空軍《PACAF》のオープニングフライトで華々しく航空祭が幕を開けた時刻から、すでに六時間近くがたっていた。

溝口が階段から落ちなければ、二人は九月の青空を舞台にした数々の展示《デモンストレーション》を目にするはずだった。

大型輸送ヘリCH－47J〈チヌーク〉の空中消火活動。

双発ジェットの救難捜索機U－125A、救難ヘリUH－60Jの合同捜索救難展示。

三菱重工業が設計と製造を手がけるF－2の模擬空対地攻撃およびVADSの空砲射撃。

マクドネル・ダグラス社が開発し、過去の実戦で一機も撃墜されたことがなく、世界最強の戦闘機の名をほしいままにしたF－15〈イーグル〉の空自《くうじ》所属機であるF－15Jの機動飛行。

さらには空自の誇るブルーインパルスの六機編隊が、あらゆる観客はもちろん、アメリカ兵の目さえもたのしませる曲技飛行。

——それらのすべては終了していた。

だが、プログラムはまだ終わっていなかった。

出遅れた溝口が三沢までやってきて見たかったものは、まさにこれからはじまろうとしていた。

一九八六年に世界的にヒットしたハード・ロックの名曲〈ザ・ファイナル・カウントダウン〉が流れ、スピーカーのアナウンスが、新たな機動飛行の開始を告げていた。

溝口に合わせて這うような足どりで進んでいた透の目に、一機の戦闘機の離陸する姿が映った。

戦闘機の滑走距離は、これまで透が見てきたジェット旅客機の三分の一にも達しない短さで、耳をつんざく爆音が聞こえたかと思うと、生命でも鉱物でもない鈍《にぶ》い灰色が、たちまち青空を斜めに切り裂いた。機体はつぎの瞬間に身をひるがえし、8の字をえがいた。

透には、それは数字ではなく無限記号の∞に見えた。それこそは真実の——究極の無限を意味する無限記号だった。

重力に逆らい、襲いかかる強烈なGのなかで、ノートや答案用紙、鉛筆やペンを必要としない、ただ軌道だけで空中にえがかれる架空の無限記号。

気がつくと、透は走りだしていた。

溝口の荷物を担いだまま、子どものころのように、戦闘機の飛ぶ空のほうへ向かって夢中で駆けた。背後で松葉杖をつく溝口のことは、頭からすっかり消えていた。

息を切らしながら走り、しかし一度も地上を見なかった。

一機の戦闘機が空で踊っていた。降りそそぐ爆音の雨、天のはてに駆け上がる急上昇、このまま墜落するかのような急降下、機体は弧をえがき、ドリルの刃のように回転し、単発のターボファンエンジンのノズルカバーからのぞく炎は、太陽の表面のようにオレンジ色と漆黒の混在する輝きを放って、それらのすべてがかつて透の見たことのないものだった。

大きなジェット旅客機の、水平線に消えてゆく貨物船のような単純な直線上をたどる軌道とはあまりにも異質で、その異質さをもたらしているのは、一も二もなく圧倒的なエンジンの力、機動飛行という名が示すとおりの、圧倒的な機動力だった。

近づいてくる雷鳴、遠ざかる雷鳴。

いかに戦闘機がすばやくても、重力が人間を支配している現実は変わらないはずだった。重力という絶対者、神にもひとしいその巨人の指が、小ざかしい蚊のような一機の戦闘機を捕まえようと、右へ左へ動くのを透は見た。戦闘機は巨人の指から絶えまなく逃げ延び、触れられる寸前でかわし、指と指の間隙《かんげき》を瞬時にかいくぐり、ときには枝から落ちる葉のようにひらひら下降して、巨人の手の追跡をあざ笑い、炎を吐いては青空を飛びつづけた。まだらに浮かぶ雲は、狼に怯えて固まった羊の群れを思わせた。

ふいに戦闘機の主翼の両端から白く細い筋がたなびいた。機動飛行が生みだした二本の飛行機雲《ベイパー・トレイル》は、たったいま青空が切り裂かれている現実の証《あかし》だった。

傍若無人な戦闘機に切り裂かれる空——

九月の青空は、不可視の重力をもって間断なく戦闘機に襲いかかりながらも、鈍い灰色の小さな侵入者の悪戯《いたずら》な舞いを受け入れ、どこかたのしんでいるように透には見えた。なぜならただ一機の戦闘機こそが、みずからの無限を象徴するからだった。自由と墜落、二つの矛盾する可能性が、一枚の紙よりもはるかに薄い、青く透きとおった光のなかで、完全に表裏一体となっていた。

近づいてくる雷鳴、遠ざかる雷鳴。

たとえ機体が点に見えるほど遠ざかっても、スピーカーから流れるアナウンスと会場を盛り上げる音楽が、地上にひとときの静寂もゆるさなかった。

ようやく立ちどまって、担いでいた荷物を足もとに下ろした透は、ひたすら空を眺めた。双眼鏡を取りだすことさえ思いつかず、両腕は力なく垂れ下がっていた。

松葉杖をついてようやく追いついた溝口は、戦闘機の爆音とアナウンスと音楽にかき消されないように、透の耳もとで声を大きくして言った。

「米軍のＦ－16ＣＭだ」

溝口の声を聞き、透は自分が友人を置いて走ってきたことに気づいた。ゆっくりと溝口の横顔に目を移して言った。

「エフジュウロク――」

「第35戦闘航空団、第14戦闘飛行隊の機体だな」溝口は空を見上げながら説明した。「米軍のF－16の機動《マニューバ》は三沢まで来ないとまず見られない。どうだ、はじめて見る戦闘機は？」

透は溝口の問いには答えずに、ふたたび視線を空に戻した。

「アメリカでF－16が開発されたとき、〈ファイティング・ファルコン〉っていう愛称《ニックネーム》がつけられた」と溝口は言った。「でもパイロットたちの評判が悪くってさ。子ども向けのコミックヒーローの名前みたいだろ？　だからパイロットたちは非公式にF－16を〈バイパー〉って呼ぶんだ」

「バイパー」空を見上げる透は、独りごとのようにつぶやいた。その声は溝口には聞こえていなかった。

溝口は透の耳もとで言った。「毒蛇《どくへび》って意味だよ」

――みなさまカメラのご用意はよろしいでしょうか、とアナウンスが告げた。

F－16CMは水平状態からロールして、両翼を地上に向けて九十度にするナイフエッジの姿勢をとり、機体の上面をあますことなく披露しながら、集まった観客の上空を飛んでみせた。

そのとき透は、自分がなんのために生まれてきたのかを知った。

9

航空祭から戻って四日がすぎた夜だった。

食事を終えると、それまでひと言も発しなかった透は、正座をしたまま、祖父に進路の話を切りだした。

「僕は航空学生になろうと思います」

「ほう」新聞を読んでいた祖父は言った。「――おまえの望むパイロットの道だな」

「はい。航空自衛隊のパイロットになります」

どこかの航空会社が運営する専門学校に入る程度の話だと思っていた祖父は、航空自衛隊という唐突な響きに、めずらしく表情を変えた。

「――自衛隊か？」

「はい」

そう言って透は、溝口に教えられ、さらに自分でも可能なかぎり調べた事柄を、言葉づかいに注意しながら祖父に伝えた。

航空自衛隊のパイロットになるには、航空学生の試験に合格するのがもっとも近道だった。応募資格は十八歳以上二十一歳未満の高卒等の男女、合格すれば空自に採用され、二等空士《くうし》として、山口県防府《ほうふ》市の第十二飛行教育団に入隊する。

透の説明を聞いた祖父が言った。

「住みこみの新弟子ということか」

「はい。学生宿舎での団体生活になります」

祖父は新聞をたたみ、ゆったりと腕を組んだ。僧たちをたじろがせる鋭いまなざしが、透に向けられていた。透はその視線を受けとめて身動きしなかった。

「よくよく考えてのことなんだな」

「はい」

「大学には行かんのか」

「幹部になるのが望みではありません。とにかくパイロットをめざします。航空学生になるのが、いちばんの近道です」

「どういう試験がある？」

「一次は国語、数学、英語の三科目があって、あとは地理歴史、公民、理科から一科目選択、それに適性検査です。合格者の進む二次で航空身体検査、口述試験などがあって、三次は操縦適性と医学適性の検査です」

「科目を聞くかぎり、空を飛べるようになるとは思えんな」

「飛ぶための勉強は航空学生になったあとです。航空学生課程で数学、物理、応用解析、電子工学、空気力学などを学びます」

「ほう」

「そういう二年間の座学のあとに、飛行準備課程や飛行教育課程といったつぎの二年間の訓練に進めます。つまり大学ですごす四年間が、大学に行かずに航空学生になれば、そのままパイロットになる教育期間として費やせます」

「なるほどな」祖父は軽くうなずいた。「しかし近道というのは、だいたい道幅も狭いもんだ」

祖父に言われた透は、溝口の話を思いだした。空自パイロットへの最短距離である航空学生の受験倍率は、毎年約二十八倍というとてつもない高さなので、防衛大学校をめざさないのであれば、航空学生と合わせて、できれば一般曹《いっぱんそう》候補生の道につながる一般大学の受験もすすめられている――

ようするに溝口が言っていたのは、浪人しないためのすべりどめの話だった。だが透は、航空学生について聞かされた瞬間から、ほかの可能性を選択する気はなくなっていた。

保険をかけようとは思わなかった。競争率の高い航空学生の試験に挑み、一発合格する以外に進むべき意味のある道は見いだせなかった。

「――ほかにも受験できますが、僕は航空学生の試験だけ受けます」透はきっぱりと言った。

祖父は沈黙して、やがて湯呑みに手を伸ばした。注がれているのは京都の知人から贈られた宇治茶の玉露《ぎょくろ》で、湯呑みは黒備前《くろびぜん》だった。

「無口なおまえも飛行機の話になると、とたんに舌が回る」茶をすすりながら祖父は言った。

立ち上がって台所に行き、湯呑みに玉露を淹《い》れなおした祖父は、透にも茶をすすめ、サンミッシェルのビスケットを小皿に載せた。キャラメルバターを練りこんだ焼き菓子をうまそうにかじる祖父は、ほどなくして眠りに落ちたように両のまぶたを閉じた。

透は祖父の淹れた茶をしぶしぶ飲んだ。緑茶はあまり好きではなく、もっとも好きな飲料はミネラルウォーターだった。

「ようするに、護国に身をささげるということか」おもむろに目を開けた祖父が、透の顔を見すえた。

「ゴコク――」と透は訊いた。「それはなんですか？」

ビスケットを割る祖父の指の動きが止まった。

「おまえ、護国も知らんのか」

「あとで調べます」

「護国の意味もわからんのに、どうして自衛隊に入りたがる？　――透、なぜ自衛隊のパイロットになろうと思った？」

「航空自衛隊以外に、この国で戦闘機を操縦できる環境がないからです」透は即座に答えた。

祖父は笑った。「戦闘機乗りになりたいのか」

透は無言でうなずいた。

「試験がどんなものかは知らんが」なおも笑いながら祖父は言った。「護国ということについて、自分の頭でよくよく考えておきなさい」

「わかりました」

かじりかけのビスケットを小皿に戻した祖父は、悪びれもしない透の様子になかばあきれた表情になって、自分の額をなでた。

帰宅して課題と予習を終え、入浴も済ませたあと、自分の部屋で『防衛白書《はくしょ》』を読むのが透の日課になった。

世界史の授業で使う参考書のような質感のページをめくり、〈在日米軍関係費〉の図表に書かれた巨額の予算をこまかく見ていたその夜、携帯電話が鳴った。

知らない数字の列が画面に並んでいた。溝口が番号を変えたのかもしれず、透は携帯を右手に取った。

聞こえたのは溝口の声ではなく、女の声だった。低くかすれたその声が名乗った。

「溝口です。溝口聡《さとし》の母ですけど」

「ああ――」と透は答えたが、つぎの言葉が出なかった。溝口の母親と話すのはこれがはじめてだった。

「いつも息子と仲よくしてもらって、本当にありがとうございます。あの、聡が怪我をしてしまったので、易永さんにご連絡をと思いまして」

話しながら〈在日米軍関係費〉の図表に向けていた視線を上げて、透は眉をひそめた。八戸のホテルの階段を溝口が転落したのは、もうひと月以上も前のことで、学校にやってくる溝口は、すでに松葉杖の助けを借りずに歩いていた。いまさらどうして母親が怪我の話をするのか。透にはわけがわからなかった。

「きょう、うちの階段で足をすべらせて、病院に運ばれまして――」

「――きょう？」透は右手で持った携帯を左手に持ちかえた。

「はい。それで骨折してしまいました」

「どこをですか？」

「腰です。検査もあって、ついさっき入院しました」

溝口の母親との電話を終えた透はつぶやいた。

……あいつはなにをやってるんだ。二度も階段から墜落するなんて。

＊＊＊

週末になって、透は溝口のいる病院をたずねた。

病室のベッドから動くことを禁じられた溝口は、母親と話しているところだった。

透が祖父からあずかった見舞い品の菓子折りを渡すと、母親は透に向かって深々と頭を下げた。

母親は息子と小声で言葉を交わし、しだいに話すのは母親だけになり、一方的な話をじっと聞いていた溝口は、とうとうしびれを切らして、手で追い払うしぐさをしながら、わかったよ、わかったからもう帰ってくれ、と言った。

受け取った菓子折りをベッドの脇の床頭台《しょうとうだい》に残して、母親は不安げな顔で病室を出ていった。

――家の階段を転がり落ちて腰を強打し、脊椎《せきつい》圧迫骨折の診断を下され、入院期間は最低でも一ヵ月半、リハビリの進行状況によってはさらに長くかかる、溝口は透にそう語った。

「この調子だと、俺は留年するかもしれない。そうなったら、易永は俺の先輩だな」

透はなにも言わなかった。航空祭の日と同じように、この場にふさわしいなぐさめの言葉を思いつくことができなかった。

自分の発言で沈んだ雰囲気をいやがって、溝口は床頭台に手を伸ばした。そこに母親の持ってきた菓子の箱があった。溝口は無造作に包装紙を破って箱を開けた。A、B、C、D、E――仕切りのある箱のなかに整然と並ぶ二十六個のアルファベットのクラッカーを一瞥《いちべつ》して、溝口は鼻で笑った。「見ろよ、易永。こんなの五歳児向けだろ」

「誰がくれたんだ？」

「うちの親だよ。おまえにやる。箱ごと持っていってくれ。こんな菓子を食ってたら看護師にも笑われる」

「せっかくだから、ここで全部食べるよ」

「本当か？」

「ああ」

クラッカーの箱を静かに眺めた溝口は、そのうちの一枚をつまみ上げた。

「易永にはやっぱりこれか」と溝口は言った。「戦闘機の名前には最初にFがつく。ファイターの頭文字」

「そうだな」と言って透はFのクラッカーを溝口の手から受け取り、口に放りこんですぐに噛み砕いた。

「Aは攻撃機、Bは爆撃機、Cは輸送機、Eは電子戦機、あとKの空中給油機にXの研究機――」溝口は急に口を閉ざし、床頭台の引きだしに手をかけてから、つぎつぎとアルファベットを口に放りこんでいる透に向かって、ふたたび口をひらいた。「じつは俺、絵を描いてるんだ」

「絵？」

「暇だからさ」

「どんな絵だ」

「特別に見せてやるよ」

溝口は引きだしを開けて、Ａ４サイズのスケッチブックをうやうやしく取りだし、透の前でひらいてみせた。

透はスケッチブックをのぞきこんだ。そこには絵と呼べる要素は一つもなかった。抽象画ですらなく、たんにチューブからじかに絞りだされたアクリル絵具が、歯ブラシに垂らされた歯みがきペーストのように一列に並んで、乱雑な色見本の様相を白紙の上にくりひろげているだけだった。

並んでいる色は十色を超えていたが、赤や黄や黒はなかった。すべて青系の絵具が使われていた。

「絵じゃないな」と透は言った。

「これから描こうとしてたんだ」

「全部青で描くのか？」

「空を描こうと思って、親にいろんな青を買ってきてもらってさ。上から順番に――」

溝口はさまざまな青の名称を透に教えた。

ターコイズブルー。

マリンブルー。

スプリングブルー。

ホライズンブルー。

ナイトブルー。

ウルトラマリン。

プルシアンブルー。

アクアブルー。

パステルブルー。

コバルトブルー。

スカイブルー。

紺青《こんじょう》。

瑠璃《るり》色。

露草《つゆくさ》色。

「――十四色ある」と溝口は言った。「易永、おまえならわかるだろ？　このなかに足りない色があるって」

「足りない色？」

「易永はさ――」溝口は重大な秘密を打ち明けるように声を低くした。「このなかに空の青があると思うか？」

透はスケッチブックを手に取った。

自分と同じくらい空を眺めている人間を、透は溝口のほかに知らなかった。その溝口に、ここに空の青があるかと訊かれるのであれば、真剣に考えるべきだった。

透は青の羅列をじっと眺めた。

スケッチブックの十四色には、透の知る空の青はなかった。色合いだとか、別の色との混ざり具合が足りないだとか、そういう問題ではなかった。決定的ななにかが欠けていた。

それらの青に欠けているものを、透はたしかに知っていた。だが透は、自分の心の奥底に流れる思いを、うまく言葉にできなかった。それでも、溝口の言いたいことだけは理解できた。

「空を描こうとしたけど、描けなかった」と溝口は言った。「だって空の青が一つもないんだ。最初は三色で試して、でも合う色がない。また親に買ってきてもらって、それでもちがう。だから易永に訊きたかったんだ」

「ないな」と透は言った。「俺もこのなかに空の青はないと思うよ」

「だろ?」と溝口は言った。

「どうする」

「どうするってなにを」

「空の青が見つからないと、空の絵は描けないんだろ」

「そうだよ」

「どうやって探す?」

「探す気か」と溝口は言った。「俺は無駄だと思うよ。空の青っていうのは、空にしかないんだ」

そこで透は口を閉ざし、溝口もだまりこんでスケッチブックを見つめた。二人の耳に、廊下を数人の看護師があわただしく駆けてゆく足音が聞こえた。

ふいに透が口をひらいた。「目に理由があるんじゃないかな。空の青が絵具にないのは、目のほうに原因があるかもしれない」

「だとしても、どうやってたしかめる?」スケッチブックから顔を上げた溝口は言った。


溝口に借りたスケッチブックを抱えた透は、放課後の校舎を出てゆく生徒の流れに逆行して職員室に向かった。

高校の職員室は二階にあった。透は廊下を突き進み、ドアを開けておざなりな一礼をすると、まっすぐに美術教師のいる机に進んで、スケッチブックを見せて事情を説明した。

美術部員でもなく、授業中に質問してきたこともない透の突然の訪問に、若い美術教師はおどろきを隠さなかったが、入院中の溝口を見舞ったときの話だと聞いて、忙しさを理由に透を追い払うような対応はしなかった。

「僕は絵の色を見るのが仕事だから、本物の空のことは専門外だよ」美術教師はスケッチブックを眺めながら言った。「飛行機好きのきみたちが、ここに空の青がないと言うのなら、きっとそうなんだろう」

「じゃあ空の青は、存在しない色ってことですか?」

「むずかしいね」透の真剣なまなざしに、美術教師は笑った。「心理補色っていう言葉を聞いたことは?」

透はだまって首を横に振った。

美術教師は机の本立てに並べている一冊を取りだし、しばらくページをめくってから机の上にひろげた。左のページには白紙の中心に赤い円が印刷され、右のページには白紙に黒の細い十字が印刷されていた。

「まず左の赤い円を一分間見つめてごらん。そのあとで隣の十字を見る」

透は言われるままに赤い円を凝視した。心のなかで六十秒をかぞえ、言われたとおり十字に目を移した。

細い十字の線のまわりに、ぼんやりした光が浮かんでくるのに透は気づいた。それは白っぽい光から、しだいしだいに色づいて、いつしか透きとおった薄い青になった。

透は息を呑んだ。存在しない色、亡霊の青い光——

無いはずの色が、無いままでたしかに存在していた。

絵具の青に欠けていたものがそこにあった。透の思考は、感覚ではすでに知っていたその欠落に、そのときはじめて追いついた。絵具に欠けていたのは、無限だった。空の色は、無の光とつながっていなければならなかった。

幻《まぼろし》の円にはまさに、透の知っている空の青が映っていた。

透はおどろいて、言葉をうしなった。

微笑みを浮かべて美術教師は言った。「これが心理補色だよ。赤の残像で青緑《シアン》が見える。きみたちの探しているのは、こういう青じゃないかな」

ふたたび週末の見舞いにおとずれた病室で、ひとしきり心理補色について伝えたのち、溝口に別れを告げた透は、エレベーターで病院の一階に下りた。そして近づいてくるサイレンの音を耳にした。サイレンはさらに激しくなり、ふいに鳴りやんだ。

待合ホールにつづく廊下が騒然としはじめた。

看護師たちが、医師の名前や輸血の準備といった言葉を口にしながら、透の脇を走り抜けていった。

ヘルメットをかぶった救急隊員があらわれ、大声で叫ぶのを透は眺めた。

病院の裏手にある水道管が破裂して復旧作業中なので、いつもの救急搬送口が使えない、と救急隊員は言っていた。

救急車から降ろされたストレッチャーは正面口から待合ホールを通過し、透のいる廊下まで突き進んできた。横たわっている女は血まみれだった。顔面は蒼白で、頬や顎《あご》に血しぶきが付着していた。

透は廊下の端に立ちどまって、ストレッチャーが搬送される様子をじっと眺めた。

事件か事故か、透は知るよしもなかった。救急隊員と看護師がストレッチャーを取り囲んでいたが、おびただしく流れた女の血の色は、通路の端に立っている透にもはっきりと見えた。

清潔なリノリウムの床を転がるストレッチャーの車輪の音と、飛び交う罵声に似た医療用語の応酬がすぎ去り、緊急外来のドアが閉ざされてしまうと、廊下は静けさを取り戻した。

透の目には、血の赤が残っていた。

その色の焼きついたまなざしで、透が病院の床を、あるいは壁を凝視すれば、きっとそこには美術教師に教わったあの青緑が、亡霊のようにうっすら浮かんでくるはずだった。

しかし透は、赤と青緑の心理補色を試すかわりに、沈黙して目を閉じた。空が青い理由、無の光の背後に隠された秘密を、まったく予期しなかった時と場所で思い知らされた気がした。

空の青とは、すなわち死の補色だった。

10

消灯時刻の近づいた病室のベッドで、溝口は母親に取り寄せてもらった洋書の航空雑誌のページをめくっていた。もちろん英語しか書かれていなかったが、辞書も引かずに、アメリカ軍の最新戦闘機をめぐる記事を熟読した。

F－15、F－16、F／A－18など、現行配備中の第四世代戦闘機にかわる第五世代戦闘機の開発と受注の座をめぐって、ボーイングとロッキード・マーチンの二社は、熾烈な競争をつづけてきた。

ボーイングの研究機X－32。

ロッキード・マーチンの研究機X－35。

合衆国が望む新たな戦闘機には、まずなによりも取得性《アフォーダビリティ》が求められた。すなわち、とてつもなく高額になってしまった最新のF－22〈ラプター〉より安く製造でき、かつ空軍、海軍、海兵隊の三者の要求を満たしながら、同時に基本設計が共通しているような戦闘機を開発すること。

それはJSF、統合打撃戦闘機《ジョイント・ストライク・ファイター》計画と呼ばれ、その話を知ったときから、溝口は興奮を抑えられず、つねに最新情報に目を光らせてきた。

その概念《コンセプト》は前代未聞だった。

異なる三つの軍事組織が、ただ一つのメーカーから戦闘機を購入するような前例は、アメリカにはなかった。アメリカに前例がなければ、当然、世界の軍事史にも前例はなかった。

溝口は航空雑誌のページをめくり、想像を絶するテストの日々をくぐり抜けて採用された研究機X－35にまつわるレポートをじっくりと読んだ。

JSF計画の勝者の称号は、ロッキード・マーチンにあたえられていた。

採用後の機体はF－35の正式名で呼ばれ、第二次世界大戦時に〈稲妻《ライトニング》〉の呼び名で敵国に恐れられた戦闘機P－38にあやかって、〈ライトニングⅡ〉の愛称がつけられた。

機動力、低視認のステルス性、取得性、すべてを兼ねそなえた第五世代の統合打撃戦闘機、F－35〈ライトニングⅡ〉――

消灯ですよ、と巡回の看護師の声がして、仕切りのカーテンがゆれ、そのすきまから若い看護師の顔がのぞいた。溝口はおとなしく読書灯の電源を切った。

溝口は自分が一羽の闘鶏《とうけい》となって、鶏《にわとり》小屋に隔離された様子を思い浮かべた。

闘犬でも闘牛でもなく、好戦的で、かつ自力では飛べない鳥であることが重要だった。なぜなら戦闘機の操縦席《コックピット》という言葉は、闘鶏場《コックピット》に由来するからだった。

ただし、コックピットをそなえた戦闘機同士の空中戦は英語でドッグファイトと呼ばれ、そこで急に犬が出てくるのを溝口はいつも奇妙に感じていた――

——暗闇に包まれた病室で見る夢のなかで、溝口は一人の有能なパイロットへと変貌した。溝口の乗った機体は滑走路から離陸し、夕暮れの海の上空を飛び、しかし戦闘機の操縦桿をにぎっている人間は、溝口の顔をしていなかった。夢のなかにいる溝口は、未来の透になっていた。いつの日か戦闘機パイロットになる易永透の未来こそが、溝口の未来だった。透の視界、透の操作する装置の感触を通して、溝口は自由自在に戦闘機を乗りこなした。

上下方向に機首を動かすピッチ。

左右方向に機首を振るヨー。

旋回するロール。

乗っている機体はF－15からF－16になり、F／A－18になり、F－2になって、最新のF－35へと移り変わった。統合打撃戦闘機の取得性に応じてA、B、Cの三つのタイプが開発された機体のうち、溝口が搭乗したのは通常型のF－35Aだった。

透になった溝口は、水平飛行でアフターバーナーを点火し、いっきに加速した。機体が音速を超える衝撃波《ショック・ウェイブ》が夕空にひろがった。

訓練中の戦闘機が海の上空を飛ぶのは、むろん景色を眺めるためではなく、超音速に移行する瞬間の爆音で地上に迷惑をかけないためだと、溝口は知っていた。

時空をゆがめて燃えているような深紅の太陽の方向へ、F－35Aはさらに加速した。溝口はいつまでも飛びつづけた。殺風景な病室にふたたび明かりが灯《とも》される朝がやってくるまで。

＊＊＊

平成三十年——二〇一八年の航空学生試験は、一次の筆記試験が九月に実施され、合格した透は二次に進んだ。
十月の二次試験で身体検査がおこなわれた。検査にはいくつかの規定があった。
身長　一五八センチメートル以上一九〇センチメートル以下
胸囲　体重　身長と均衡を保っているもの
肺活量　三〇〇〇ｃｃ以上
ほかに血圧、脈拍、起立耐性、遠距離・中距離・近距離の各視力、色覚、視野、聴力、口腔《こうこう》および歯の疾患の有無など、航空身体検査の合格基準にもとづくさまざまな検査があり、つづいて口述試験の面接、筆記の適性検査が実施された。
これらに合格して三次に進んだ透は、最終の試験を十二月の指定日に静岡で受けた。
合格発表は翌年の一月だった。
新たな航空学生の名簿一覧に、十八歳になった〈易永透〉の名前があった。

11

透さん、和尚さんが本堂にお呼びです、と僧に言われて、日本航空技術協会が発行する『航空技術英単語』を読んでいた透は、気のない返事をしてダイニングキッチンの椅子から立ち上がった。

透は渡り廊下を歩きながら、ついさっきまで目を通していた〈R〉のページの内容を、小声でつぶやいた。

……roll　動　（船・飛行機などを）横転させる、（車輪などが）転がる……roller　名　ローラー、円筒状の回転物……rollout　名　ロールアウト、航空機の新型発表会、顔見せ飛行……

本堂で待っていた祖父は、床に経机《きょうづくえ》を置いてすわっていた。透があらわれると、自分の向かいに腰を下ろすようにうながした。

護摩壇の火が焚かれているわけでもない夜の本堂は暗く、経机に向かう祖父の姿は、ゆらめく灯明の光に淡く照らされているだけだった。

「世のなかに楽な道は一つもない」と祖父は言った。「なかでも、おまえの進む道はとくにきびしいだろう。艱難辛苦《かんなんしんく》が待ち受けるというやつだな」

透はだまってうなずいた。祖父に言われるまでもなく、戦闘機パイロットへの道は航空学生に合格するよりずっと困難だと知っていた。

祖父は卒業証書を収めるような筒のふたを開けて、一枚の和紙を取りだし、丸められたその和紙をひろげてみせた。

「下手の横好きだが、私が描いた孔雀明王だ」と祖父は言った。

祖父の筆による墨絵を透は眺めた。

首の長い鳥が二本の細い脚でしっかりと立ち、翼をひろげた背に蓮華座を乗せて、日輪のような輪郭のその座の中央に、一体の仏が結跏趺坐《けっかふざ》していた。頭に宝冠をいただき、おだやかにこちらを見つめる仏の腕は四本あって、それぞれ蓮華と、倶縁果《ぐえんか》と、吉祥果《きちじょうか》と、孔雀の羽を持っていた。

以前、真夏の境内の草むしりのときに、祖父に教わった毒蟲や蛇除けの真言を、透はまだ記憶していた。その真言の力の根源である孔雀明王の図は、透の目には、離陸態勢に入っている戦闘機を思わせた。コックピット内の複雑な計器と、操縦のむずかしさを象徴するような四本の仏の腕、左右均等にひろがる孔雀の翼、そして全体を支える二本の細い脚は、滑走路を走る車輪付きの主脚の暗示にほかならなかった。

だが孔雀の脚の下にえがかれているのは、滑走路ではなく、サンスクリット語の音を当てた十一行の漢字の羅列だった。

その漢字を指差して、祖父は言った。「透、よく聞きなさい。ここに〈仏母《ぶつも》大孔雀明王心陀羅尼〉が書き写してある。これは旅の厄災、火、水、風の難から身を守り、さまざまな毒害、蛇蝎《だかつ》の害、恐怖から身を守り、大きな難を小さく、小さな難を無難に転じてくれる」

「はい」透はそれ以外に返事のしようがなかった。

「いまからこれを読み上げる。一度しか読まないから、その音に耳を澄ましていなさい」

祖父に言われて、透は十一行の陀羅尼に視線を向けた。空海にも密教にも興味はなかったが、自分の記憶力を試すにはうってつけだと思った。一度しか読まないという祖父の声を、どこまで記憶できるだろうか。

やがて祖父は、高校の授業では透が見たこともない漢字をゆったりと、しかしおごそかな声で、読み上げはじめた。「怛儞也他《タディヤター》、壹底蜜底《イティミティ》、底哩蜜底《ティリミティ》、底哩弭哩蜜底《ティリミリミティ》、底黎比《ティレビ》、弭哩《ミリ》……」

――陀羅尼を読み終えた祖父は、和紙を丸めて筒に戻し、ふたをして、透に差しだした。

「これを持って山口に行きなさい」

「ありがとうございます」と透は言って、ずっと抱えていた質問を、そこでようやく祖父に向かって口にした。「孔雀明王は、どうして孔雀に乗っているんですか?」

「孔雀が災いを食べてくれるからだよ」と祖父は答えた。「蛇を食らう鳥だからな」

＊＊＊

二〇一九年の三月が終わろうとしていた。

二年間の共同生活を送る山口県防府市の学生宿舎への出発が近づいて、透は身辺整理に取りかかったが、中二の夏から寝起きした部屋にある物といえば、机と布団、ダイソンの掃除機、英和辞典、航空技術の英単語帳、祖父にもらった孔雀明王図と陀羅尼をあらわした和紙を収めた筒と、数冊の文庫本くらいだった。

透は、玄安寺の境内に建つこの家に戻ってくる気はなかった。透が去ったあとの部屋には、住みこみの若い僧が二人入ることになった。

日々は淡々と静かにすぎていった。透のささやかな人間関係のなかでただ一人、航空学生試験の合格を聞いて大声でよろこんでくれた溝口は、腰の怪我のリハビリをつづけながら、東京大学の文科一類に合格していた。

二等空士として入隊する日まで、体を鍛えるほかにすることもない透は、夕方の境内の掃《は》き掃除を手伝った。竹箒《たけぼうき》で落ち葉を集めるさなかに、山形から寺に来たばかりの自分と歳の変わらない僧から、こう訊かれた。「透さん、さっき聞いだんだげど、自衛隊のパイロットになるんだが？」

12

訓練のおこなわれる山口県防府市へ出発した透は、新山口駅に向かう新幹線の車中で文庫本を読みつづけた。護国についてよくよく考えるように、と祖父に言われた透が溝口に訊いて、「こういう本も読んでおくといいんじゃないか？」とすすめられた本には、クラウゼヴィッツの『戦争論』や、太平洋戦争敗戦直後の日本の短篇小説を集めた『オキュパイド ジャパン』など、さまざまなものがあったが、そのうちでもっともページの薄い一冊だった。

車輪が線路を走る轟音を聞き、半分あくびをしながら、三島由紀夫の『行動学入門』の第三部、「革命哲学としての陽明学」のページを透はめくった。

——私はさっき、死に直面する行動がニヒリズムを養成するということを言った。陽明学の時代にはニヒリズムという言葉はなかったから、それは大塩平八郎（中斎）の中斎学派がとりわけ強調した「帰太虚《たいきょ》」の説の中に表われている。「帰太虚」とは太虚に帰するの意であるが、大塩は太虚というものこそ万物創造の源であり、また善と悪とを良知によって弁別し得る最後のものであり、ここに至って人々の行動は生死を超越した正義そのものに帰着すると主張した——

ページをめくり、読みつづける透は、そこにいったいなにが書いてあるのか、ほとんどわからなかった。日本史の授業にも出てきた〈大塩平八郎の乱〉がやっと頭に入ってくる程度で、教科書には載っていなかった史実の細かい背景、大塩平八郎がなんとなく想像していた高齢の老人ではなく、決起して亡くなったときは四十五歳だったこと、そうした知識だけが読みとれた。

透は文庫本を閉じて、車窓の空を見上げた。

東の空に、いままで見たことのない長さの飛行機雲がたなびいていた。えがかれた直線は、しだいに風の手で湾曲をあたえられ、鎌首を持ち上げる大蛇が飛翔しているようなかたちへと変化していった。

雲の蛇の下をジェット旅客機の影が斜めに通過して、その小ささが雲の蛇の巨大さを引き立てた。同じ車両に、巨大な雲の蛇を見上げている乗客はいなかった。透は、自分だけが幻を見ている気になってきた。とてつもなく大きなあの雲は本当に空に浮かんでいるのか？　ふと、さっきまで読んでいた本の一文が思い浮かんだ。——太虚というものこそ万物創造の源——だとすれば、いま見上げている雲の蛇は、まさに万物創造の源として空を支配するような、太虚の蛇とでも呼ぶほかない怪物だった。

だが、どれほど巨大であっても、一匹の蛇なのであれば、明王を背に乗せて飛翔する孔雀には食べられてしまうかもしれなかった。

車窓に頭をあずけて、透は眠りに落ちた。ふだんは夢を見ずに目覚めるほうだったが、このときはめずらしく夢を見た。夢のなかで太虚の蛇を追ってきた孔雀の羽は、空そのものの青緑をしていた。

第二部　デッド・シックス

「ずっと南だ。ずっと暑い。……南の国の薔薇の光りの中で。……」

——三島由紀夫『暁の寺（豊饒の海・第三巻）』

13

二年間の航空学生課程を修了した易永透は、やがて飛行幹部候補生となって、約三十五週にわたるF－15の戦闘機操縦課程にのぞんだ。

透の肉体の強靭さは、戦闘機操縦課程でより明確になっていった。複座のコックピットの前後に二人で搭乗するF－15DJで、操縦桿をにぎる後席の教官が予告なしに急旋回をかけ、機体が人間の耐えられる限界の9G領域に突入したとき、前席にすわる候補生で顔色すら変えないのは透しかいなかった。同じ状況下で三人の候補生が意識喪失《Gロック》に陥り、訓練から脱落した。

単独でF－15を操縦する段階に進み、強烈なGのかかる高機動をくりかえしたあとも、着陸してコックピットを降りた透は平然としていた。

空中で候補生を襲うGの威力は、耐Gスーツの保護をかいくぐり、血液の集まる足首の毛細血管を破裂させ、青黒いあざをそこに残すのがつねだった。

透の足首の皮膚も、やはり鉄パイプでなぐられたように腫れ上がったが、一人だけ痛みも疲労も感じていない様子で、フライト後の事後報告《デブリーフィング》に参加していた。

ある日、$\mathrm{VO_2max}$《ブイ・オーツー・マックス》――最大酸素摂取量を測定する六分間のエアロバイクを使用したサイクルテストが基地内でおこなわれ、透は92ml/kg/minという数値を出した。それは全種目のオリンピック選手の統計とくらべても上位に入る数値だった。

その結果に着目した教官が、エアロバイクを降りた透に声をかけた。「易永、おまえクロスカントリーでもやっていたのか？　VO_2maxがトップアスリート並みの数値だぞ」

透は淡々と答えた。「いえ。修学旅行でスキーはやりましたが、クロスカントリーはやっておりません」

戦闘機乗り《ファイター・パイロット》には不可欠のGへの耐性、きびしい指導にも動じない精神力、記憶力、分析力、空間把握能力といった透の才能は、沈着冷静なテスト・パイロットと接しているような印象を、ときとして飛行教官たちにあたえたが、同時に教官たちは、ユーモアや笑顔といった評価項目があったなら、易永透には一点もやれないと思っていた。

なにがあっても表情を崩さない透は、飛行教官に叱咤《しった》され、激しい感情の起伏を日々味わっているほかの候補生たちのあいだで、「あいつは敵国のスパイじゃないのか」とささやかれるようになり、その皮肉はやがて教官たちの耳にも入った。

空自戦闘機パイロット育成課程に潜入した他国の特殊工作員——そう揶揄《やゆ》されるくらいに、透の存在は飛び抜けていた。

脱落者の続出する過酷な日々がすぎ、新人に愛称《タックネーム》をつける飲み会がひらかれた。かつてプロボクサーを志した候補生は〈クリンチ〉、実家がフランス菓子店の候補生は〈タルト〉、そしてすでに〈スパイ〉が実質的なあだ名となっていた透には、さすがに自衛隊でそれはまずいという話になり、「動じない」という意味を指す〈スティル〉のタックネームがつけられた。

志願者のうち、わずか一パーセントほどしか残れないF-15の戦闘機操縦課程を最優秀の成績で修了した透は、二十五歳でイーグルドライバー、F-15パイロットになった。

候補生時代のタックネームが正式な部隊配備後も使われることは滅多になく、部隊の先輩に変えられるのが通例だった。しかし、透のタックネームは変わらなかった。透は〈スティル〉と呼ばれつづけた。

イーグルドライバーになったのち、透は第五世代戦闘機F-35のパイロット候補として三沢基地第三航空団の飛行隊に招集された。

機種転換訓練と戦闘能力点検を完了して、正式なF-35A〈ライトニングII〉のパイロットになったとき、透は三等空尉として二十六歳の春を迎えていた。

＊＊＊

透がF-35Aに搭乗するようになった二〇二六年の夏、北部航空方面隊と在日アメリカ軍の合同訓練が北海道奥尻島《おくしりとう》沖の日本海で実施され、その初日に透に課された訓練内容は、つぎのようなものだった。
――F－35A一機で偵察飛行任務中、敵の二機編隊と遭遇した空中戦を想定――

空は晴れていたが、西から雲が流れてきていた。

午前七時五分《マルナナマルゴ》、奥尻島沖の上空一万フィートで、透の乗ったF－35Aは、アグレッサーすなわち敵役のF－15C、F－16CMの二機と近接遭遇した。

この日、アメリカ側の強い要望により、日本の交戦訓練でさだめられた飛行高度、一万フィートと五〇〇〇フィートのあいだの空域を出ないというルールは無視された。そのため実戦に近い模擬戦が可能となった。

透の乗ったF－35Aは、水平飛行から〈スプリットS〉の機動飛行で機首を下げ、ほぼ垂直に近い角度で、海面へ向かって加速した。

レーダーを逃れるステルス性向上のために、極限まで凹凸を削ぎ落としたクリーン形態と呼ばれる機体は、アフターバーナーを点火して、亜音速から遷《せん》音速へ至り、そして時速一二二五キロの音速を超えた。

プラット・アンド・ホイットニーF135－PW－100エンジンが生みだす推進力に地球の引力を加えて、マッハ1・2で下降する機体、その落下する隕石のような機動は、訓練を管理する者たちに、透が空間識失調《バーティゴ》に陥ったのではないかという不安を抱かせた。

バーティゴは上下の区別がまったくつかなくなる状態で、戦闘機パイロットの命を呑みこむブラックホールさながらの恐ろしい現象だった。

急激な下降へのアフターバーナー使用を危険とみなしたアメリカ軍が、訓練中止《ノック・イット・オフ》の指示を出すよう空自へ伝えた瞬間、機体は水平に戻った。

透はF－35Aを百八十度ロールさせ、背面飛行の姿勢をとった。

急降下で稼いだ加速を翼に宿したまま、F－35Aは、その腹を天に向けて、海上すれすれの、九〇フィートの超低空を飛んだ。これだけ海面に近づけば、かりにアグレッサーから赤外線誘導ミサイルを撃たれても、ゆらめく波が誘導装置を攪乱《かくらん》してくれるはずだった。さらに透の選んだ背面飛行は、太陽の光を受けた垂直尾翼の影が機体に落ちるのを避け、上空の敵の目をあざむくことにつながっていた。

実施中の訓練の模様を撮影している滞空ドローンの映像が本部に送られた。

レーダー波吸収素材《RAM》でくまなくコーティングされたF－35A、無駄な継ぎ目のないステルス・グレーの機体が背面飛行しているその映像は、〈識別不能飛行現象《UAP》〉と誤認されてもふしぎではない、まさに異星からの侵入者といった様相を呈していた。

頭部を覆うヘルメットと一体化したヘッド・マウンテッド・ディスプレイが、上下逆さになった景色を透の視野に映していた。

一隻の船もない水平線の彼方に、アメリカ空軍のＨＨ－60が見えた。その戦闘捜索救難ヘリコプターは、自機に向かって透のＦ－35Ａが突っこんでくると思って、あわてて移動している様子だった。透はかすかに笑った。

自分の目で世界を認識していても、透の見ているのは、生物としての視覚が捉えられる映像ではなかった。機械と人間の融合がそこにあった。Ｆ－35Ａのパイロットは、少なくともそのコックピットに乗っているあいだは、ポスト・ヒューマンと呼べる存在だった。ただし、いかなるコンピューターも重力を帳消しにはできず、Ｇが空の支配者である現実は変わらなかった。

背面飛行時のパイロットにかかるマイナスＧは、眼球の毛細血管に血液を凝集させた。視界が血の色に染まるレッドアウトの危険と隣り合わせになりながら、透は上空のアグレッサーに狙いをさだめた。心拍数は上がっていたが、呼吸は乱れていなかった。

背面飛行の姿勢から空に向かって機首を下げて、急角度のハイレート・クライムで上昇、ふたたび水平飛行に移って、七五〇〇フィートの高度で横並びに飛行する二機の前に出た。

透のＦ－35Ａは二機のあいだに突っこんだ。

地上の兵器ならたがいに機関砲を撃ち合える距離でも、空中戦では事情がちがっていた。あまりに近すぎる機体、真正面《ヘッド・オン》で向き合った相手に、どちらも機関砲の使用を選択できなかった。破壊した敵機の残骸と空中衝突し、同士討ちになるからだった。その状態を透は狙っていた。

獲物を目の前にして武器を使えないアグレッサーをあざ笑うように、透はハーフロールで機体を九十度の姿勢にし、単純な馬力ではＦ－35Ａを上回る二機の第四世代戦闘機の間隙を高速ですり抜けた。

Ｆ－16ＣＭに乗るアメリカ空軍のパイロットは、空中衝突しかねない近さで腹を見せたＦ－35Ａのウェポン・ベイが、すっかり開放されているのを視認した。中身は空だったが、ウェポン・ベイの開放は、機体下部に収納されているオフボアサイトのミサイルが射出されたサインだった。新世代のミサイルは、複数目標を同時に捕捉し、あさっての方向に発射されたとしても孤をえがいてターゲットを追ってくる。

一瞬の静けさののち、すれちがったアグレッサー二機の撃墜認定が無線で透に知らされた。訓練開始から一分八秒後。ヘッド・マウンテッド・ディスプレイに映る八〇〇〇フィートの青空と、その視野に絶えず表示される各種のデータを、透は無表情で眺めていた。

14

航空自衛隊から航空宇宙自衛隊へ組織名が改称されても、隊員たちの緊張感に満ちた日々が変化することはなかった。

二月の深夜、時刻は午前二時を回っていた。青森県の気温は地上でもマイナス八度まで下がり、真っ暗な空から雪に混ざってときおり霰《あられ》が降った。

戦闘機の眠る格納庫に隣接した待機所で、二十四時間体制のアラート任務に就く三沢基地の空自隊員たちは、ストーブで暖を取りながら、思い思いの時間をすごしていた。ただし部屋を出ることは許されず、携帯電話など個人用端末の持ちこみも禁じられていた。


ソファにもたれてテレビのニュースを見る者、腕を組んで天井を見上げる者、時間つぶしのクロスワードパズルを解く者、あるいは仲間とポーカーに興じる者。

透は椅子にすわって、二個のダイスを片手で宙に放り投げては受けとめていた。百回その動作をくりかえすと、ダイスをテーブルに置き、タイ語の辞書を読んだ。来月に海外出張を命じられていた。タイで実施される多国間共同訓練〈ハヌマーン・シルバー〉。日本からも陸海空の自衛隊が参加する予定だった。


辞書をめくる透の隣では、二機編隊のペアを組む上司の松ケ枝《まつがえ》清文《きよふみ》二等空佐が机に向かっていた。松ケ枝二佐は備品のノートパソコンで飛行隊の書類を作成していた。

ポーカーに連敗した整備員が舌打ちして、冷めたコーヒーを飲んだ。それから上体をひねって振りかえり、部屋の片隅を見た。

赤い電話がそこにあった。

誰もがリラックスしているようで、しかし、その電話の存在を片時も忘れはしなかった。

午前三時三十四分《マルサンサンヨン》、赤い電話が鳴った。整備員たちの顔つきがいっせいに変わり、透はすばやくタイ語の辞書を閉じた。最後に目にした言葉はローン・チム・ダイマイ——試食してもいいですか——だった。

受話器を取った運航管理者《ディスパッチャー》は、三機の彼我不明機《アンノウン》が日本の防空識別圏に侵入し、領空に近づきつつあると知らされた。アンノウンとは名ばかりのロシア軍用機にちがいなかったが、証拠がなければアンノウンでしかなかった。

運航管理者は待機所の全員に向かって「スクランブル」と叫び、三等空尉の透が最初に待機所を飛びだした。駆けるいきおいそのままに、透はドアの脇にあるボタンを押していった。すると隣接する格納庫のシャッターがひらきはじめた。松ケ枝二佐と整備員たちが透のあとにつづいた。

対領空侵犯措置任務で〈五分待機〉を命じられた場合、五分以内に戦闘機を離陸させることが求められ、遅れれば処分が待っていた。パイロット、整備員、運航管理者、全員のチームワークが必要だった。

松ケ枝二佐と透の乗ったF－35Aは発令から三分弱で離陸し、雪と霰の舞う漆黒の空へ飛び立った。

領空に迫った三機を発見すると、透のF－35Aは松ヶ枝二佐の機体後方についた。エレメントリーダーの松ヶ枝二佐が、共通周波数で〈通告〉を発し、反応がないので〈警告〉を発した。それでも無視されれば信号用の曳光弾《えいこうだん》を撃ち、こちらの存在を知らせることになる。

僚機《ウイングマン》の透は相手の動きを監視しつつ、左手のスロットルで速度を一定に保ちながら、サイドスティックに添えた右手でいつでも機関砲を発射できる準備をしていた。

アンノウンの三機は〈警告〉を受けた段階で針路を変え、暗闇の防空識別圏を西の方角へと去っていった。

＊＊＊

アラート任務がない日には、一日三回の飛行訓練があった。それぞれファースト、セカンド、サードと呼ばれ、さらに週二回のナイトと呼ばれる夜間飛行も実施された。

飛行隊の練度を維持する訓練とスクランブル発進の連続で、透の日々はあわただしくすぎた。

つかのまの休日、透が町に出るのは、食事とフィットネスジムのためだけだった。非番の日も基地内のジムを使いたかったが、マシンを独り占めするなと先輩の一人に言われ、その言葉が皮肉なのか命令なのかはっきりしないまま、三沢市内の一般向けジムに入会した。会員にはアメリカ兵も多く、彼らはベンチプレスやデッドリフトで隆々とした筋肉を誇りながら、ひたすら汗を流していた。

透はGの負荷に耐える肉体の完成を求めて、高重量のレッグプレスで下半身を強化した。

何度もジムに通ううち、ひときわ首の太いスタッフの存在が気になり、声をかけてみた。彼はラグビーの元選手だった。透はそのスタッフにコーチ料を払って、首のトレーニングを教わった。

フロントブリッジ、バックブリッジ、三点倒立、ネックエクステンション、十キロのプレートを押し当てて首を動かす4WAY《フォー・ウェイ》ネック、同じく十キロのプレートを首に吊り下げておこなうヘッドハーネス・アンド・ベント・ロー。

いつしか透は、首に吊り下げるプレートの重量を、自重よりはるかに重い一二〇キロまで上げて、コーチをおどろかせた。それでも9Gでかかる負荷には、まだ重さが足りなかった。

***

二〇三〇年三月の上旬にタイで実施される、陸海空を舞台にした多国間共同訓練〈ハヌマーン・シルバー〉には、主催国タイをはじめ、アメリカ、インド、韓国、フィリピン、オーストラリア各国戦闘機の参加が予定され、しかし日本政府は戦闘機の派遣を見送って、川崎重工業製のC－2《ツー》輸送機のみが、人道民生《みんせい》支援訓練に合流することになった。

自国の戦闘機が参加しないタイでの共同訓練で、松ケ枝二佐と透にあたえられた任務は、タイ空軍への能力構築支援だった。

宇宙航空研究開発機構《JAXA》の協力を得て空自の〈宇宙作戦群〉が開発した次世代型空間識訓練装置は、墜落の誘因になるバーティゴを防ぐための最新の訓練装置だった。その装置の購入をタイ空軍が決定して、現地でのレクチャーを求められた空自が、要請に応じて派遣するのが松ケ枝二佐と透だった。

透には、タイ空軍のパイロットたちに、ぜひとも伝えたい言葉があった。

——最新の装置でどんなに訓練しても、バーティゴは誰の身にも起こり得ます。ですが訓練しないよりは、訓練するほうがましです。地上の訓練でバーティゴに陥る人間は、いずれ空の上でもバーティゴに陥るはずですから——

いいいいいいいいい、地上で起きたことは空でも起きる。それは戦闘機パイロットとしての透の直感であり、信条だった。


二等空尉に昇進した透は当初、大型輸送機に乗ってタイへ向かうはずだったが、機材や物資が増えて、ひろい機内といえども定員オーバーになり、海路でタイに向かうよう指示され、松ケ枝二佐とともに、共同訓練に加わる海上自衛隊のもがみ型護衛艦に乗りこんだ。

まだ凍《い》てつく潮風の吹いている三月のはじめに、護衛艦はタイへ向けて出港した。

乗員居住区よりはずっと快適な士官用の二人部屋をあてがわれた松ケ枝二佐と透は、装置のレクチャーに必要なタイ語の勉強をつづけた。英語でも話は通じるが、平衡感覚にかかわる微妙なニュアンスを伝えるには、相手の母国語ができるに越したことはなかった。

語学のあいまに透は、タイ空軍の階級をＮＡＴＯコードに照らし合わせて暗記した。タイ軍人のプライドの高さについて留意するようにと、出発前の三沢基地で先輩たちに言い聞かされていた。

航海の日々。透は金曜日に定番のカレーを食べ、タイ語をおぼえ、格納庫でランニングし、保養室でのウェイト・トレーニングで汗を流した。艦が傾いたときに転がるようなバーベルやダンベルは一つもなく、床に固定されたマシンだけがあった。チェストプレス、ラットプルダウン、レッグエクステンション、レッグプレス、高負荷を精密なフォームでこなし、じっくり時間をかけたブリッジと三点倒立でトレーニングを終える透の筋肉美には、屈強な海自の乗員たちも目をうばわれた。

トレーニング後の透は、海水を沸かした風呂に入り、水量を節約した真水のシャワーを浴びて、またタイ語を勉強してから、二段ベッドの上段で眠った。

王国の首都の名を冠した港は、熱帯の海に面してではなく、曲がりくねった大河の下流に築かれていた。順調に航海をつづけてきた護衛艦は、潮位を確認してチャオプラヤー川を遡行《そこう》し、巨大なコンテナ船とすれちがい、小さなモーターボートや漁師の手漕ぎ舟などを見下ろしながら、三月九日の朝、バンコク港に入港した。

海自幹部とともに甲板《かんぱん》に出た透は、胸を締めつけてくるような暑い空気を吸いこみ、強烈な日射しに目を細めた。

バンコクの三月は、すでに夏だった。

雪の降る三沢基地とはまるで別世界の、乾季をすぎたばかりの港には、タイ海軍の軍楽隊が整然と並び、ほどなくトランペットの音色が高らかに響きわたって、勇ましい演奏がはじまった。

制服姿でタラップを降りてゆく透は、その華やかさになにか申し訳ない気持ちになった。海上自衛隊を歓迎する演奏がつづくなか、松ヶ枝二佐と透は用意された車に向かった。王立空軍のマークをペイントしたトヨタRAV4《ラヴフォー》の運転手を務めるのは、タイ空軍の軍曹だった。日本語ができる通訳の姿はなく、二人は敬礼し、タイ語であいさつした。

車のドアが音を立てて閉じられ、軍曹が外で海軍関係者とおぼしき相手と話しているあいだ、制帽を脱いで額の汗をぬぐった松ヶ枝二佐が透に言った。「やっと陸《おか》に上がったと思ったら、またここから車で二〇〇キロだ。なんで俺がこんな目に、なんて思ってるんじゃないか？」

「いえ」

「本当か？　陸路をあと二〇〇キロだぞ」

「はい」

「C－2で先に飛んでいった連中がうらやましいだろう？」

「そんなことはないです。おかげでタイ語を学ぶ時間ができました」

松ヶ枝二佐は笑った。「一週間かそこらじゃ上達しないよ。じつを言うと、C－2が満席になったとき、俺たちに譲ろうとしてくれた隊員もいたんだ。でも断った。おまえには悪かったが、なにごとも経験だと思うからな」

「自分もそう思います」

松ヶ枝二佐はしばらくだまっていた。折り曲げた指の関節で、車の窓を軽くノックするように叩き、それから言った。「本当にそう思ってるのか？」

「はい」

運転席に乗りこんできたタイ空軍の軍曹がエンジンをかけ、すぐにアクセルを踏んだ。

政府要人だったらヘリの出迎えだが、俺たちはただのパイロットだからなあ――松ヶ枝二佐はそう独りごちた。


かつてのベトナム戦争でアメリカ軍戦闘機の拠点となったタークリー空軍基地が、松ヶ枝二佐と透の目的地だった。基地はチャオプラヤー川の流れがはじまるナコーンサワン県に置かれていた。

北へ向かって走りだした車の後部座席でゆられる透は、タイ空軍の運転手がつけたカーラジオから流れるポップソングを聴きながら窓の外を見た。透の目には、バンコク港で海自護衛艦を出迎えた盛大なセレモニーの光景が、いまだに焼きついていた。

信号待ちで車が停まると、透の心を見透かしたかのように、松ヶ枝二佐が口をひらいた。

「さっきはすごい歓迎だったな」

「はい」と透は答えた。「軍楽隊だけじゃなくて、一般市民もずいぶんいたように見えました」

「ああいうのは、はじめてか？」

「はい」

松ケ枝二佐は笑った。「俺たちは国であんなに歓迎されたりしないからな。町から出てゆけと怒鳴られたりはするが――いや、ブルーインパルスなら待遇は少しちがうか。易永二尉もいっそブルーをやってみないか？」

「いえ、自分は」

「技術的には申しぶんないぞ」

「バンコク港を見て思いましたが――」透は話の流れを戻した。「松ケ枝二佐、なぜ私たちは日本で歓迎されないんでしょう？」

「おいおい、いまその話をするのか？」松ケ枝二佐の笑顔に苦いものが混ざった。「わかってるはずだ。歴史と憲法の問題だよ」

「われわれがやっているのは護国ですよね？」

「ちょっと堅い言いかただな。そんな言葉、誰に聞いた？」

「ずいぶん昔ですが、祖父に教わりました」

「おじいさんは自衛隊の関係者なのか」

「いえ、真言宗の僧侶です」

「なるほど」松ケ枝二佐はしばらく考えた。「護国か――護国と言っても、俺たちがやっているのは専守防衛だからな。あくまでその条件に徹した護国になる」

「いまさら子どもじみた疑問かもしれませんが」と透は言った。「国を代表して日の丸を背負うスポーツ選手は、誰しも英雄として称賛されます」

「結果を出せばな。それしだいだ。世間の風は冷たいよ」

「そうですね。結果を出さなくてはなりませんが、結果がともなえばオリンピック選手は英雄ですし、プロのサッカーや野球、ボクシングの選手もです。ですが、国旗を背負ってわれわれが働いても、同じように評価されるとは思えません」

「国旗を背負ってなにをするのかによるな。もしおまえが暗に〈戦争〉を指して言っているのなら、それは危険だぞ。仮定だとしても人前で口にしないことだ」

「――はい」

「戦争の英雄は出さない、という立場から自衛隊は創設されている。英雄などいないほうがいいんだよ」

「――なぜ自衛隊は、邪魔者あつかいされるのでしょう？」

「大きな議論を脇に置けば、さっきおまえが言った『結果』という言葉に理由があるんじゃないか？　俺たちの出した結果、仕事の中身は、一般市民にはわかりにくい。スクランブル発進の現状も知られていないし、ほとんどの任務は国民にとって可視性がない。それにな、易永二尉、俺たちは別に国の代表じゃなくて、一つの組織だ。それでも、国旗に忠誠心があるのはいいことだ」

松ヶ枝二佐の最後の言葉は、透にとってまったくの正反対だった。透は、自分は日の丸どころか、国家への忠誠というものがいまなお理解できず、だからこそ護国について松ケ枝二佐に訊いたにすぎなかった。

いったいどのように説明するべきか透が迷っているうちに、数秒のあいだ沈黙していた松ケ枝二佐が、低い声で透に問いかけた。

「――易永二尉、おまえはこの仕事で英雄になりたいのか？」

「いえ、そういうつもりは」

「そうか」と松ケ枝二佐は言った。「よかった。これで『はい』って即答されたら、上司としてどう言おうかと思ったよ」

「すみません」

「いやいや、謝る必要はない」

「正直なところ、私には日の丸も国家も背負えません」

松ケ枝二佐は透の横顔を見つめた。「この仕事で死にたくないってことか？」

「いえ、覚悟はつねにできています。ただ私は戦闘機という機械に乗りたかっただけで、その戦闘機の飛ぶ空が〈護国の空〉だったのです。私には、いまでも順序が逆なんです」

「――その話、俺以外の誰かに言ったか？」

「いえ」

「言うなよ。飛行機好きの子どもならともかく、現役の隊員としてはなかなかの問題発言だ」

透はだまりこんだ。

松ケ枝二佐は、窓の外にひろがるバンコクの空を見上げた。「護国の空か――なあ、易永二尉、おまえさ、空を飛んで誰を守りたい？」

「特定の対象はおりません」

「そう来ると思ったよ」松ケ枝二佐は空を見上げたまま微笑んだ。「俺の場合、守りたいのは自分にとって大事な相手だ。わかりやすく言えば、怒らせたら怖いうちの嫁さんと、怒らせたら怖いうちの高一の娘だな。自分の命を懸けられるのは、結局のところ、俺には家族しかいない」

共感してはいなかったが、透は無言でうなずいた。

松ケ枝二佐は話をつづけた。「いくら日本が専守防衛に徹しても、他国が同じ態度を取るわけじゃないし、なにかあったときのために俺たちがいるわけだ」

「はい」

「毎日スクランブル発進して、三沢の空、日本の空を守っても、誰が褒めてくれるわけでもない。だけどああいうフライトが、俺にとっては、自分の家族を守ることにつながってるんだよ。タイ空軍に力を貸したりする今回の任務だってそうだ。顔の見える誰かを守るって気持ちは、単純に見えてもばかにできない。そういう気持ちと任務を紐《ひも》づけることが重要になってくる」

「――おそらく自分には――」

「ちょっと待ってくれ」松ケ枝二佐は軽い調子で透の言葉をさえぎった。「だからといって、おまえも早く所帯を持て、なんて言ってるんじゃないぞ。その手の発言はいまじゃハラスメントになるからな。俺個人はこう思ってるってだけの話だ。この仕事をする上でな」

「それが松ケ枝二佐の護国ですか？」

「あらためてそう訊かれると、そんなにたいしたものじゃない」松ケ枝二佐は笑った。「まず大事なのは給料、家族を食わせていかなきゃならない。戦闘機で無事に空を飛んで、嫁さんと娘を養えるだけの給料をもらえるなら、俺はそれでいいよ。それが俺の人生の基本単位で、あとはプロとして任務をこなすだけだ」

「そうですか」

「物足りないか？　まあ、世間の風当たりにたいする反論としては脆弱《ぜいじゃく》だろうな。だけど、おまえにもいずれ実感できると思うよ。それにな、易永二尉、俺はおまえに個人的に感謝してるんだ」

「私にですか？」

「おまえが入ってくるまで、俺は基地のみんなに『天才』って呼ばれてた。そういう目で見られると、『俺は内面的にも、どこか人とちがう信念を持っているべきじゃないのか？』っていう、そんな余計な重圧が生じてくるものなんだ。もちろん文民統制の組織で、一隊員が政治的な発言をするなどあり得ないがね。易永二尉、おまえのおかげで、俺はそんな不要な重圧から解放されたんだよ。くやしいが、いまの飛行隊で天才といえば、易永透なんだから」

「そんなことは――」

「ところで易永二尉」松ケ枝二佐は明るい口調で言った。「帰りの航空便も俺といっしょだったよな？」

「はい」

「空港の売店で、動物のマスコットを買ってくるように娘に頼まれてるんだ。もし俺が忘れてたら、ひと声かけてくれないか」

「動物のマスコットですか」

「ああ。できれば熊だ」

「ぬいぐるみってことですか」

「大きなのは絶対にだめだ。キーホルダー付きの小さいやつだよ。娘が通学用のバッグにぶら下げるんだそうだ。大きなぬいぐるみなんて買って帰ったら、口を利いてもらえなくなる」


二人を乗せた車は、ときおり路上にあらわれる大破した事故車や、轢《ひ》かれた野良犬の死骸をよけながら、タークリー空軍基地へ向かって走りつづけた。

アユタヤ県に差しかかったところで、ハンドルをにぎる空軍の軍曹が、なんだか暑くないか、と二人にタイ語で訊いた。二人が返事をする前に、軍曹はエアコンの温度を二度下げた。

15

コンピューター制御の高速回転がバーティゴと強烈なGを発生させ、空間識訓練装置のなかで両方を味わった全員が、搭乗後まともに歩けなくなって、格納庫の壁や床に手を突いた。朝食抜きの指示を守ったのにもかかわらず、備品のエチケット袋に胃液を吐く者はあとを絶たなかった。

タークリー空軍基地の新人パイロットたちは、みずから装置を体験してはじめて、最初の起動デモンストレーションで座席にすわった透が、装置を降りた直後に平然とミネラルウォーターを飲んでいた異常さに気づかされた。

透は青ざめた顔の新人パイロットたちをなぐさめるつもりで、「すぐに馴れますよ《クン・チャ・チン・カップ・マン》」と言った。

タイ空軍のエンジニアを相手に安全管理指導をしていた松ケ枝二佐は、透のタイ語を耳にして思わず苦笑いした。この訓練装置に馴れることはまずないはずだった。

ナコーンサワン県滞在の三日目、透は空間識訓練装置に挑むパイロットたちを見守りつづけ、夕方になってようやく休憩をゆるされた。

航空宇宙自衛隊のキャップを目深《まぶか》にかぶり、濃緑色で統一されたフライトスーツを着て、その左腕に日の丸を縫いつけた透は、シャッターの下をくぐり抜け、格納庫の外に出た。

まばゆい熱帯の空の青緑《シアン》が、黒い滑走路と天地を分け合っていた。

雲は遠くにあり、地上の柱に結びつけられた吹き流しが風の向きを視覚的に伝え、Tシャツ姿の空軍兵士たちがランニングし、彼方の格納庫の前では整備員たちが四機のF-16を列線にそろえようとしていた。タイ空軍はいまだに第五世代戦闘機を導入していなかった。

ドライヤーから吹きだしてくるような熱い風のなかで、透はペンキの剝《は》げた木製のベンチを見つけ、そこに腰を下ろしてタークリー空軍基地の景色を眺めた。

戦闘機が配備される基地にいながら、飛ぶこともなく空と滑走路を見ているのは、透にはひさしぶりだった。ベンチにすわっているうちに自分が急激に年老いて、ただ過去の儚《はかな》い記憶にすがっているだけのように思えてきた。

空を飛べるなんて自由でいいですね——かつて耳にしたその言葉の意味を、透は空軍基地の空を見上げながら考えた。

フィットネスジムのスタッフに言われたこともあれば、基地の航空祭でサインを求めてきた一般人に言われたこともあった。言われるたびに、透はこう思った。

いいいいいいいいいい、自由に空を飛んだことなど、俺は一度もない。

透が得たものは、超音速戦闘機を操縦する資格にすぎなかった。

たしかに地上から見上げるぶんには、空には道路も信号もなく、国境検問所もなかった。しかしそこは深海と同様の、人間にとって生存不可能の世界だった。物理法則にがんじがらめにされた危険な領域。G、バーティゴ、薄い酸素。

空を飛ぶことは、地上のしがらみを遠く離れる行為だと思われがちで、そう思いたくなる人々の心情は透も理解していた。しかし戦闘機、とくにF–35ほど地上のしがらみを引きずっている存在はなかった。その翼にのしかかっているのは、戦争という究極的なしがらみだった。護国とはなにかをよくよく考えてみると、いずれ話はそういうところに行き着く。

多用途戦闘機《マルチロール・ファイター》であるF－35は爆撃機としても出撃可能で、つまり最終的な破壊の使者であり、じっさいにアメリカやEUで運用される機体は、試験的に戦術核を搭載する訓練を何度もおこなっていた。

透はあらためて考えた。

人間は空を見上げて、なぜか自由を夢見る。

じっくり考えてみれば、ふしぎなことだった。鳥でもないのに空にあこがれる生物など、人間以外にはいなかった。自分自身もその一人であるがゆえに、それが透にはよけい奇妙に感じられ、それでいて説明がつかなかった。

フライトブーツのつまさきを、日本では見たおぼえのない小さな甲虫が這っているのに透は気づいた。

ふいに翅《はね》を広げた甲虫の、滑走を必要としない垂直離陸《バーティカル・テイクオフ》を見届けると、透は組んでいた脚を組み替え、戦闘服のズボンのポケットからダイスを二つ取りだした。二個のダイスを同時に左手で放り投げ、空中での回転を動体視力で追って、掌に落ちたときの目を正確に予測した。最初は⚂と⚃、つぎは⚁と⚄、そのつぎは⚀と⚀。

人の近づく気配がして振りかえると、クルーカットよりやや長めに伸ばした髪を、整髪料で固めた男が立っていた。

「ずいぶんやりこんでるね」と男は英語で透に言った。「二個のダイスを片手でキャッチするのは、結構むずかしいからな」

オーストラリア空軍のフライトスーツを着た男は、右手で透の隣を指差して、首をわずかに左に傾けた。透はベンチの左端に寄って、空いたスペースに男がすわった。

目を細めて滑走路をしばらく眺めた男は、長いため息をついた。それからまた滑走路を眺めて言った。「俺もダイスの勝負は好きだけど、この国じゃカジノは違法なんだろ？　町に賭場はたくさんあるってのに。せっかくここまで来たんだから、ちょっとは遊びたかったよ」

男の言葉を聞いた透は、自分の手のなかのダイスを見た。ギャンブルの練習中と思われた誤解を解こうとして、透は口をひらいた。「私は別に――」

「ラッセル・フレッチャー飛行中尉」と男は名乗った。

名乗られた透のほうも、自分の名前と所属と階級を伝えた。

男の階級である飛行中尉、ＦＬＴＬＴ《フライト・ルテナント》は、自衛隊にはないものだった。男は左手にレッドブルの缶を持ち、そのアルミの銀色に透の顔がぼんやり映りこんでいた。

「フレッチャー飛行中尉、このダイスは――」

「堅苦しい呼び名はいいよ。きみも戦闘機乗りなんだろ。〈ラスティ〉と呼んでくれ」

「ラスティ――」と透は言った。「これはギャンブルの練習じゃない」

「そうなのか？」

フレッチャー飛行中尉は、缶のタブに爪を引っかけてレッドブルの飲み口を開け、缶を傾けて中身を喉に流しこんだ。

「これはバーティゴにならないための訓練だよ」と透は言った。「同時に投げて、落ちたときの目を当てる」

冷えたエナジードリンクをうまそうに飲む相手の横で、透はダイスを投げてみせた。

何度でもダイスの目を当てられる透を見て、フレッチャー飛行中尉は肩をすくめた。

「たいしたもんだ。でも、それがまさにギャンブルの練習だ。カジノで活かせよ。だいたいバーティゴ防止に効果あるのか？」

「どうだろうな」と透は言った。「自己暗示のおまじない《スペル》みたいなものかな。バーティゴを未然に防ぐ確実な方法は、おそらくないと思う」

透はキャップの鍔《つば》を軽く押し上げ、空に視線を向けた。はてしなくひろがる青緑、すべてを呑みこむ輝かしい虚無《ボイド》。

フレッチャー飛行中尉が言った。「おまじないは大事だ。戦闘機パイロットで生きてるやつは、多かれ少なかれ迷信に憑かれた呪術師だからな。俺にもそういうのはある」

フレッチャー飛行中尉はレッドブルの缶を右手に持ちかえて、左手首のパイロット・ウオッチを透に見せつけた。それは透が腕にしているのと同じように、針の回るアナログ式だった。

酸素の薄い上空では脳のはたらきが鈍り、計算力が落ちるので、計器の故障にそなえる戦闘機パイロットは、誰もがアナログ式を選ぶ。飛行時間と反比例する燃料残量をデジタルの〈数〉ではなく、針が示す〈量〉として視覚的に把握できるからだった。

透は、フレッチャー飛行中尉の腕時計そのものがなにかの記念品で、それを身につける行為が彼の験担《げんかつ》ぎなのかと思ったが、よく見れば、腕時計にはふつうとは異なる箇所が一つあった。

文字盤の〈6〉の数字が削り取られて、なくなっていた。

「まあ、こういうことだ」とフレッチャー飛行中尉は言った。

透はだまってうなずいた。デッド・シックス、自分の真うしろに当たる六時の方向はパイロットにとって完全な死角で、確認をおこたれば死に直結する。イーグルドライバーとしての訓練時代に徹底的に叩きこまれたデッド・シックスの確認動作は、F－35Aに乗ってヘッド・マウンテッド・ディスプレイ越しに外界を認識するようになったいまでも、透のからだに染みついていた。

文字盤の〈6〉を削ったパイロット・ウオッチには、つねに死角を忘れないようにという自分への戒《いまし》めとともに、「俺に死角はない」というおまじないの意味があった。

エナジードリンクの香りに誘われてくる蠅《はえ》を手で払って、フレッチャー飛行中尉は言った。

「ところできみら日本人はさっきのブリーフィングにいなかったよな。今夜の空対地射爆撃訓《AGG》練には参加しないのか？」

「ああ」と透は答えた。

「戦闘機を飛ばさずに、なにをやってるんだ？」

「俺はバーティゴを防ぐ装置の説明に来ている」

「あれか」フレッチャー飛行中尉は笑った。「たのしそうなアトラクションじゃないか。きみは移動遊園地のオーナーってところか」

透が返事をしないでいると、フレッチャー飛行中尉はあわてて弁解した。「気を悪くしないでくれ。俺の故郷は娯楽のない田舎でね。いまでも年に一度は移動遊園地がやってくる。ガキのころ、砂漠みたいな土地にいきなりでっかいメリーゴーラウンドがあらわれた日には、そりゃもう頭をぶっ飛ばされた。強烈に幻覚的《サイケデリック》だった。めまいがしたよ。きみらがレクチャーしているあの装置を見たら、そんな昔を思いだしちまってさ」

気温は上がり、滑走路の輻射熱《ふくしゃ》が陽炎《かげろう》を作っていた。

透はフレッチャー飛行中尉の話を聞きながら、このタイの空を飛んでみたかったと強く思った。オーストラリア空軍も、ロッキード・マーチンのF－35Aで多国間共同訓練に参加しているはずだった。

フレッチャー飛行中尉が立ち上がり、飲みほしたレッドブルの缶をベンチの脇のダストボックスに放りかけて、ふと手を止めた。「そういやレッドブルの創業者は二人で、そのうち一人はタイ人なんだってな。知ってたか？」

透の返事を待たずに、オーストラリア空軍の戦闘機パイロットは空き缶をダストボックスに放りこみ、格納庫へと戻っていった。

透はベンチに一人で取り残された。夏の光のもとで燃えるように輝く滑走路の上を、一機のF－16がゆったりとタキシングしていた。やがてF－16は加速し、二六〇〇メートルの距離を滑走して、車輪は地面を離れた。

16

タイから三沢基地に戻って十日もしないうちに、透はつぎの海外出張を命じられた。

今回は訓練装置のレクチャー役ではなく、戦闘機に搭乗するパイロットとしての派遣だったが、現地で透の乗る機体は操縦に馴れたＦ－35Ａではなくて、この基地にはまだ配備されていないＦ－35Ｂだった。

――アメリカ合衆国アリゾナ州、ルーカス空軍基地にてＦ－35Ｂ〈ライトニングⅡ〉の操縦を学び、ＫＣ－１３５より空中給油を受ける訓練への参加を命じる――

松ケ枝二佐と基地司令室に入り、任務の内容を伝えられた透は、なにか質問はあるかと訊かれ、「ありません」と答えて、松ケ枝二佐につづいて部屋を出た。


三沢基地の滑走路に、つかのまの夕日が射していた。

この日、アラート任務のない透は、基地の格納庫へ歩いていって、夜間のスクランブル発進にそなえる整備員たちが、Ｆ－35Ａを囲んだタラップ付きの移動式足場をいそがしく往来する様子を見上げた。

しばらくして、若い整備員が透に「上から見ますか？」と声をかけた。

透はうなずいた。

移動式足場のタラップをのぼって、機体よりわずかに高い五メートルの位置に立った透は、低視認性を追求したステルス・グレーの戦闘機をじっと眺めた。

炭素系複合材料で作られた灰色の主翼、灰色の水平尾翼、灰色の垂直尾翼。

F－35Aの機体には色彩というものがなく、コックピットの風防《キャノピー》ガラスやセンサーを内蔵したガラス面をのぞけば、すべてが石のような光沢のない灰色に覆われ、主翼の上面、下面、空気取り入れ口《インテイク》の側面に塗装された国旗の日の丸でさえも、濃度の異なる灰色のみで、つまり事実上の無色を意味するステルス・グレーの色調で仕上げられていた。


一人の整備員が額の汗をぬぐいながら透に近づいてきた。

移動式足場の上で、そのベテランの整備員は言った。「エリート・パイロットに仕事を見られていると思うと、いくつになっても緊張しますよ」

「私はエリートじゃないです」

「いやいや」と言って整備員は笑った。「みんな、易永さんのことを天才だって言ってますからね。なにか気になることが？」

「整備の話ではないんですが、大杉《おおすぎ》さんはF－35Bにさわったことはありますか？」

透に大杉と呼ばれた整備員はすぐに答えた。「いや、35Bはどこの基地でもさわってないですね――宮崎の新田原《にゅうたばる》から何機か飛んでいるでしょう？　あっちに友人がいるので、話だけは少し聞いてます」

「35Bに興味はありますか?」

「そりゃもちろんです。ストーブルの仕組みは一度じっくり見ておきたいですよ。リフトファンを機体に組みこんで超音速で飛ぶ戦闘機は、いまのところ世界に35Bしかないですしね」

「機動《マニューバ》についてはどう思います?」

透にたずねられた大杉は笑顔を見せて言った。「そればっかりは私に訊かれても困ります。こっちは地上の整備屋ですから。ただ最高速度は35Aと同じマッハ1・6でも、35Bの機体が耐えられるのは構造上7Gですから、易永さんが35Aでやるみたいな、あんな9G旋回をやっちゃったら、ばらばらになりますよ」

STOVL《ストーブル》——短距離離陸垂直着陸《ショート・テイクオフ・アンド・バーティカル・ランディング》。

移動式足場のタラップを下りながら、透はF-35Bのことを考えた。

機体の外観、基本設計はF-35Aとほとんど同じだが、大きなちがいはキャノピーの直後にあるリフトファンの存在だった。離着陸時にカバーがひらき、回転するファンで吸いこんだ空気を真下に吹きつけて、文字どおり揚力《リフト》を生みだす。

さらにF-35Bのエンジン排気口は可変式で下向きになり、加えてエンジンの抽気《ちゅうき》を利用する吹きだし口《ロールポスト》が主翼の付け根にあって、それらの構造によって、F-35Bは空中停止《ホバリング》することができ、滑走路がなくてもヘリコプターのように垂直に浮揚したり、垂直に着陸したりすることが可能だった。

ただし垂直離陸《バーティカル・テイクオフ》を実行すると、ジェット燃料を莫大に消費し、航続距離を減らしてしまうため、リフトファンの効果を発揮しつつ短い滑走で飛ぶのがもっとも理想的とされた。

名は体をあらわすと言うように、兵器の能力名は、現実で運用される使用法に準じてあたえられる。

じっさいにF－35Bを空母で運用するアメリカやイギリスは、垂直離陸をさせずに、短距離離陸《ショート・テイクオフ》でその戦闘機を空に送りだし、帰還時には垂直着陸させていた。これがF－35BがSTOVLと呼ばれる理由だった。

垂直離着陸と空中停止が可能な戦闘機には、過去にイギリスが開発したハリアーがあったが、最高速度は音速以下の亜音速が限界で、超音速を実現し、かつ兵器として現実に運用されている機体は、F－35B以外に存在しなかった。

透は格納庫の出口に向かった。床に寝そべって降着装置《ランディング・ギア》の調整をしていた整備員が透に気づいて、おつかれさまです、と言った。

⁂

成田国際空港発、アメリカ合衆国アリゾナ州フェニックス・スカイハーバー国際空港行きユナイテッド航空ボーイング737は、コロラド州デンバー経由で、およそ十六時間のフライトを予定していた。

透はエコノミーの座席に、松ケ枝二佐と並んで腰を下ろした。私服の二人は首や肩の筋肉が発達したスポーツ選手のようだったが、とくに大男でもないので、民間機の乗客のなかにすんなり溶けこんだ。

17

これでもきょうは涼しいほうだよ、と空港に迎えに来たアメリカ空軍の兵士は透に言った。二人一組で異なる航空便を利用して、それぞれフェニックス・スカイハーバー国際空港に到着した十名の空自隊員たちは、アメリカ空軍の用意した二台のGMCテレインに分乗し、西へ四〇キロほど離れたルーカス空軍基地へと向かった。

車中から透が目にしたのは、どこまでもつづく荒涼とした光景だった。むきだしの大地が太陽に灼《や》かれ、乾き切った風が休みなく砂と岩に吹きつけるほかには、なにもなかった。

二〇三〇年三月三十一日から四月二十日まで、アメリカと日本の戦闘機パイロットが参加するF－35B空中給油訓練が実施されるルーカス空軍基地は、アリゾナの苛酷な砂漠のただなかにあった。

第944戦闘航空団のF－35Aと、サウスカロライナ州からやってきた海兵隊の訓練飛行隊〈ウォーローズ〉のF－35Bが砂漠の空を舞っていた。透は基地の様子を眺めながら、すぐに全機がゴー・アラウンドをくりかえしているのに気づいた。滑走路に接近しても着陸せず、ふたたび上昇する訓練。

海兵隊のF－35Bもリフトファンを使わずに、空軍のF－35Aと同様、ボクサーがシャドー・ボクシングをするように何度もゴー・アラウンドを反復していた。

＊＊＊

F－35Bで挑んだ初の空中給油訓練で、透は一回目のトライで成功し、しかもドローグと給油プローブのコンタクトに要した時間が誰よりも短く、海兵隊の教官たちをおどろかせた。それは〈ウォーローズ〉のなかでも上位に入る記録だった。

はてしない砂漠を眼下に眺めながら、透は真横に並んで飛ぶ海兵隊のF－35Bのパイロットが、自分に向かって親指を立てている姿に気づいた。グッドサインを送ってくる海兵隊パイロットを包むキャノピーは、高度一万八〇〇〇フィートの太陽の光を浴びて、サングラスのようにわずかにきらめいていた。


基地内の食堂に空自隊員で集まって夕食をとっていると、アメリカ人の空軍中尉がテーブルにやってきて「きみたちも参加しないか」と言った。

空自隊員たちは顔を見合わせた。飛べと言われればいつでも飛べるが、この日、夜間訓練はないはずだった。

いったいなにに参加するのか、松ケ枝二佐が空軍中尉に確認しているあいだ、すでに食事を終えていた透は、濃緑色のフライトスーツのポケットから二個のダイスを取りだし、宙に放って片手で受けとめた。

やがて松ケ枝二佐がテーブルにいる全員に説明した。「西棟《ウェスト・ウイング》の訓練室で、空軍と海兵隊のパイロットがAIと戦っているそうだ。その仮想空中戦《バーチャル・ドッグファイト》に参加しないかというお誘いだ」

空自隊員たちは色めき立った。教材レベルのシミュレーションではなく、最先端のAIを相手にする対決は、アメリカ合衆国でしか体験できなかった。そして、どんなパイロットもAIに勝てないという話を、誰もが一度ならず耳にしていた。

歴戦の海兵隊パイロットが敗れ、空軍パイロットも太刀打ちできず、航空宇宙自衛隊の挑戦者もおもしろいように撃墜された。AIの軌道分析と予測の正確さに敵《かな》う人間はいなかった。むなしいため息が漏れるなか、順番が回ってきた透は、VRのゴーグルを着けてシミュレーション用のコックピットにすわった。

この対決は、つぎのように設定されていた。

人間とAIはともにF－35Aを操縦する。

仮想空間では、旋回時のGや対気速度も計算される。

武器は、胴体左舷《さげん》主翼付け根部に装備された二五ミリ機関砲のみを使用。

有効射程距離一万四〇〇〇フィート（四二六七メートル）。

現実《リアル》における弾数百五十発は訓練につき無制限。

——たがいのコックピットが空中で目視できる〈キャノピー・アンド・キャノピー〉の状態

から、透とＡＩの空中戦は開始された。

無駄のない軌道をえがき、人間のくりだすどんな策略も先読みして、一分以内に勝利を収めてきたＡＩは、しかしなかなか透を撃ち落とせなかった。空中戦が二分を経過したとき、ただそれだけで訓練室には大きなどよめきが起きた。

なにが起きているのか誰にもわからず、ＡＩを開発したプログラマーたちは息を呑み、まばたきすらしなかった。

自分の番が来るまで、何人もの熟練したパイロットが敗北するさまをじっと見ていた透は、このシミュレーションではどうあがいても人間に勝ち目がないのを理解していた。一対一でおこなわれる仮想の空中戦は、〈二人零和《ぜろわ》有限確定完全情報ゲーム〉の要素に満ちていた。二人のプレイヤー同士の利害が対立し、撃墜という有限の終了があり、ダイスを振るような偶然性が介在せず、すべての情報――機動《マニューバ》と使用武器――はどちらにも開示される。

つまりこの条件では、囲碁や将棋がほぼそうであるように、人間がＡＩに勝つことはできない。事実、勝ったパイロットはいなかった。

それなら、取るべき手段は一つだった。

二分三十四秒が経過したとき、その瞬間はおとずれた。

人間とＡＩ、二機のＦ－35Ａは、同時に機関砲で破壊された。

易永透は、人類ではじめて、アメリカ合衆国のＤＡＲＰＡ《ダーパ》――国防高等研究計画局――が開発したAI〈ユデト〉と相討ちした戦闘機パイロットになった。

VRゴーグルを外したとたん、パイロットやプログラマーに囲まれ、どうやったのかと訊かれた透は淡々と答えた。「機動《マニューバ》を予測されるので、AIの機体を追跡したり、あるいはこちらが逃れたりすることは不可能です。それで私は、敵機前方の有効射程距離一万四〇〇〇フィートをつねに頭に入れて、その先端の点に、こちらの有効射程距離の先端の点を合わせて飛ぶようにしました。これをつづけるかぎり、撃墜もできませんが、撃墜されることもありません。射界に入りませんから。あとは微妙な誤差が勝負をつけます。向こうを落としはしましたが、このルールでは、やはり勝てませんね」


透の話を、最初はその場にいる全員が理解できなかった。すべてを俯瞰《ふかん》しているならまだしも、VRゴーグルの主観映像で、あらゆる方向に動く敵機の先端から一万四〇〇〇フィートの直線上にある点を正確に意識しつづけるなど、聞いたことすらなかった。

それでも初の引き分けの結果は、誇りを傷つけられた人間側を救った。

透は拍手喝采を浴び、日米のパイロットから握手を求められた。空自隊員たちは透を胴上げしそうないきおいだった。

AIに膨大な予算を費やした国防総省の関係者がいるのを知っていたので、透は「たかがゲームでしょう?《イズ・ディス・ジャスト・ア・ゲーム》」という冷ややかな言葉を、心のうちに押しとどめた。


西棟を出て、透は仲間たちと宿舎への道を歩いた。

夜のアリゾナは、乾燥した空気のおかげで蒸し暑くはなかったが、それでも気温は二十九度あり、三沢の四月よりはるかに高温だった。

通りがかった格納庫の前で、空軍兵士が歩き回っているのを透は目にした。懐中電灯の光をせわしなく地面に向けて、なにかを捜していた。背後のシャッターの扉は開けられ、明かりのついた格納庫のなかでも、数人の兵士たちがうろついていた。


外にいた女性の曹長に、松ケ枝二佐が「なにかトラブルがあったのか」とたずねた。

「サイドワインダーを捜しているんです」と彼女は答えた。

それを聞いた透は、彼女が真顔で冗談を言ったのかと思った。サイドワインダーはＡＩＭ－９の通称で、赤外線シーカーをそなえた空対空ミサイルのことだった。弾体直径は一三センチ、長さは三メートル、重さは八五キロあって、いかにルーカス空軍基地がひろくても、紛失するような兵器ではなかった。もし盗まれたのなら一大事だが、それなら手持ちの懐中電灯で付近を照らすようなのんびりした真似はしないはずだった。


透が疑問を感じたように、松ケ枝二佐もふしぎに思い、話をもう一度聞いてみると、捜索されているのはミサイルではなく、野生のガラガラ蛇だとわかった。真横を飛ぶ敵機を目標にできるオフボアサイトの能力を持ったＡＩＭ－９の通称は、そもそも砂漠を横すべりするヨコバイガラガラ蛇の別名〈サイドワインダー〉に由来していた。

曹長が話すには、サイドワインダーは格納庫で二匹目撃され、一匹は捕獲したが、もう一匹が行方不明になっていた。全長二フィートほどで、ダイヤガラ蛇《ダイヤモンドバック》よりずっと小さくても、牙に猛毒があった。

二フィートだから六〇センチくらいか、と透は思った。

宿舎で寝る前には念のためベッドまわりを点検して、と告げた曹長は、日本の空自隊員たちが顔を見合わせたのに気づくと、恐怖をあおるように自分の顎《あご》の下で懐中電灯を点滅させて、ようこそアリゾナへ、と低い声で言った。

18

訓練開始から十四日目、前日をはるかに超えて気温は上昇しつづけ、ルーカス空軍基地は季節外れの熱波に襲われた。州全域に熱中症の注意が呼びかけられるなか、日米のパイロットがそれぞれ操縦するF−35Bが短距離離陸で飛び立ち、砂漠の彼方の空に消えた。

この日の訓練内容は、F−35Bの四機編隊飛行をおこない、四万フィートから同時に下降して、一万六五〇〇フィートを飛ぶ空中給油機KC−135に接近したのち、各機が順に給油を受けるというものだった。

四万フィートまで駆け上がった四機のF−35Bは、菱形をえがくダイヤモンド・フォーメーションをとった。一番機は海兵隊パイロットが務め、一番機の右斜め後方を飛ぶ二番機は松ケ枝二佐、左斜め後方の三番機はアメリカ空軍パイロット、一番機の後方直線上を飛ぶ四番機は透が操縦した。

視界をさえぎる雲はなかった。透の装着したヘッド・マウンテッド・ディスプレイに映しだされる無限の青、そして月や火星のような眼下の砂漠。

四機編隊の最後尾を飛ぶ透は、左側の三番機が奇妙な動きをするのを見逃さなかった。わずかに左に傾いて、なにかのサインを送ったようにも見えたが、無線は沈黙していた。

三番機がまたゆれた。一番機のエンジンの気流に影響されたのだろうか、と透は考えたが、その真横を飛ぶ松ケ枝二佐の二番機は静止したように安定していた。三番機に乗る空軍パイロットの操縦技術は高く、同じ気象条件なら松ケ枝二佐と同じように飛ぶはずだった。

ふいに三番機がロールした。直進しながら百八十度回転し、背面飛行になった。その様子を背後で見ていたのが透ではなく、並のパイロットであれば、自分のほうが逆さまになったと錯覚させられるような、唐突であざやかな機動だった。

瞬時に透は、三番機のパイロットがバーティゴに陥った可能性を考えた。しかし編隊飛行中に、それも水平に飛んでいるさなかに、いきなり方向感覚をなくしてバーティゴに陥るとは考えにくかった。一番機や二番機を見れば空間の上下は一目瞭然だった。

背面飛行になった三番機は、回復機動をおこなうこともなく、ダイヤモンド・フォーメーションの外側にバンクし、単独で飛行ルートを大きく外れていった。

訓練中止《ノック・イット・オフ》、と無線の声が告げていた。

透はあらためて高度を確認した。四万フィートちょうどだった。人間はこの高さで生存できる肉体を持っていない。もし四万フィートの気圧にある空気を呼吸すれば、酸素が足りずに十八秒ほどで意識をうしなう。だから機内が与圧されていない戦闘機パイロットは酸素マスクを装着する。このとき酸素の供給に酸素ボンベを利用するとなると、搭載容量がかぎられるので、戦闘機はボンベではなく、エンジンの抽気した空気から窒素を除去し、人体に適合させた酸素を作る装置を内蔵していた。
それがＯＢＯＧＳ《オボグス》——機上酸素発生装置《オン・ボード・オキシジェン・ジェネレーティング・システム》だった。

透は思った。三番機のＯＢＯＧＳが壊れたのか？

三番機の離脱から一秒後、透の思考は鉛の入ったグローブでこめかみを殴られたような衝撃にかき消された。つづけて全身が鋭い痛みに襲われた。皮膚の内側から神経を引きちぎられるような、かつて味わった経験のない激痛のなかで、ヘッド・マウンテッド・ディスプレイに映る視覚情報が二重になり、さらに三重、四重になり、ノイズがかき乱す視野に無数の亀裂が走って、なにも見えなくなった透は危険を感じてディスプレイのバイザーを持ち上げ、肉眼で空を認識した。

そのとき透は、自分に向かってくる透明な蛇を見た。

現実なのか幻覚なのかわからない透明で巨大な蛇は、口をひらいて牙をきらめかせながら突っこんできた。その胴体を透かして、灼熱をもたらすアリゾナの太陽が見えた。あまりの蛇の迫力に、透は真正面《ヘッド・オン》での衝突を回避することを考えた。だがすでに手遅れで、透の指がサイドスティックの機関砲のボタンに触れたとき、もう相手はキャノピーをすり抜けていた。コックピット内部に侵入した透明な蛇にたちまち巻きつかれ、透にはどうしようもなくなって、つぎの瞬間、減圧室でも感じたことのない強烈な窒息感《チョーク》に襲われた。透明な蛇は皮膚の外側と内側から、現実と幻覚の両側から、透を絞めつけていた。


無線の声がなにかを呼びかけていた。

ブラックアウトする寸前で視覚にしがみついた透は、懸命に前を見た。一番機の影はなく、松ケ枝二佐の乗った二番機の姿もなかった。顎を強く嚙みしめ、奥歯の割れる音がして、口もとから血が滴《したた》った。空間の上下がわからず、懸命に太陽を捜した。無意識のうちに喉をかきむしり、透明な蛇を引きはがそうとする右手をサイドスティックに何度も戻しながら、砂漠への緊急着陸を試みた。

習得してまだ日の浅い垂直着陸をする余裕などなく、リフトファンやロールポストの存在は頭から消えていた。からだに染みついた通常着陸を選ぶ以外になかった。前脚と主脚を出せ、と透は声にならない声で自分に言い聞かせた。胴体着陸をコントロールする判断力はなかった。液晶表示の画面を見て、本当に車輪が出ているのかをたしかめ、さらに本当に車輪が出ているのかをたしかめ、もう一度本当に車輪が出ているのかをたしかめた。

透の乗ったF-35Bの三つの車輪は、滑走路のない砂漠に接地した。車輪は石や岩を蹴散らし、日に灼かれた熱い砂塵《さじん》がキャノピーの高さにまで舞い上がった。砂地に向かって梯子《ラダー》を垂らした透は、砂漠の向こうに黒煙を見た。太陽の位置から見て東の方向。誰かの機体が墜落したのかもしれない。そう思ったとき、透の視界はブラックアウトして、意識が遠のいた。

客室乗務員が機内食を運んでくると、松ヶ枝二佐はすぐにアイマスクを外した。二人はシートテーブルを下ろして食事をはじめ、その途中で透はめずらしく自分から松ヶ枝二佐に話しかけた。

タイでの指導から帰って、すぐにこのアメリカ行きですが。

そうだな。

そのあいだはスクランブルにも出ません。

ああ。

私は飛行隊のなかで浮いているのでしょうか？

浮いているって、どういう意味だ。二度も海外に行けて、まわりに妬《ねた》まれているってことか？

いいえ、その逆です。浮いているから、二度も海外に出されるのかと。

海外と言っても、遊びじゃないからな。

はい。ですが。

現場を離れるのが不満か。

最近になって他国の軍用機が防空識別圏を飛行する回数が激増していますし、西部と南西の航空宇宙方面隊の記録的なスクランブル発進回数もニュースで報じられていますし。

わかった、わかった。易永、俺とおまえが選ばれたのはタフで英語力があるからだよ。あとは操縦技能の高さだ。しばらく飛ばなくったって練度が落ちない。もっともこれを俺が言うと、自画自賛になってしまうがね。

そうですか。

そうだよ。ところで易永、おまえブルーをやる気はあるか？

ブルーインパルスですか。

おまえの腕は注目されているからな。

いえ、できれば。

やりたいか。

いえ。

やりたくありません、か。

はい。

世界情勢はいったん脇へ置くとして、どうしてやりたくない？　飲み会の多さがいやなのか？

いえ、むしろサインが。

サイン？　ああ、航空祭でファンにサインをするのが面倒なのか。

松ケ枝二佐は笑いだした。易永、やっぱりおまえ浮いているよ。自衛隊向きじゃないのかもな。

そこで透は意識を取り戻した。ストレッチャーに載せられ、ルーカス基地から飛来した救難ヘリに向かって移送されているところだった。

＊＊＊

二名の死者を出したルーカス空軍基地での訓練は中止され、アメリカ空軍とＮＡＳＡが合同で事故原因の調査を開始した。

事故当日の熱波がＯＢＯＧＳ《オボグス》――機上酸素発生装置に影響したことも可能性の一つだと集まったメディアには伝えられたが、基地のパイロットたちは、原因はそれ以外にないと確信していた。ＯＢＯＧＳの同時多発異常が疑われる航空事故は過去にも起きていた。

酸素異常に見舞われた一番機の海兵隊パイロットは透と同じく砂漠への不時着を成功させ、

墜落死したのは三番機の空軍パイロットだった。

二番機の松ケ枝二佐は低酸素のなかで驚異的な判断力を保ち、基地に帰還して着陸したが、機体を出て滑走路を救急搬送されていく途中に、乗っていた車両が衝突事故を起こし、運転手とともに命を落としていた。

松ケ枝二佐を搬送する空軍のジープが事故を起こした原因は、ハンドルをにぎる運転手がガラガラ蛇に首を咬まれたからだった。蛇はもともと車内に潜んでいたと思われ、前夜に空軍兵士たちの捜していた個体の可能性が高いとされた。

――アリゾナの訓練事故は日本でも大きく報じられ、訓練中に殉職した松ケ枝清文二等空佐は一等空佐に昇進した。

＊＊＊

透に異変がおとずれたのは、事故からひと月がすぎた初夏だった。

F－35Aで三沢基地を離陸した透は太平洋上へ向かった。超音速が機体にあたえる影響を調べる定期的なテスト飛行を命じられていた。

戦闘機は音速を超えるときに衝撃波を生み、すさまじい騒音《ソニック・ブーム》が発生する。そのため超音速飛行は、つねに陸地を離れた海の上空でおこなわれた。

航空宇宙自衛隊の演習空域で、透はヘッド・マウンテッド・ディスプレイの映しだす情報を見ながら、高度二万一〇〇〇フィートで機首を南に向け、左サイドコンソールのスロットル・レバーを前方に押していった。

正面の主計器盤をはさんだ右サイドコンソールの操縦桿は、ほとんど動かす必要がなかった。透はスロットル・レバーを押しつづけて、アフターバーナーを点火させ上昇した。

亜音速――遷音速――音速――

衝撃波が生まれ、周囲の空をソニック・ブームがゆるがした。

みずからが生んだ超音速の爆音をよそに、F-35Aのコックピットは静寂に包まれていた。音より速く飛ぶ機体のなかで、雷鳴の轟きを透が耳にすることはなかった。


マッハ1・0。マッハ1・1。三万二〇〇〇フィート。

ヘッド・マウンテッド・ディスプレイの表示する速度と高度を透は確認した。

超音速まで加速した戦闘機のコックピット内の静けさは、ノイズ・キャンセリング機能のあるイヤホンを耳にした状態に似ていた。もちろん無線の音声は聞こえるし、コンソールを指で叩けばその音も聞こえる。

マッハ1・2。四万一〇〇〇フィート。

マッハ1・3。四万五〇〇〇フィート。

ふいに透は、自分が窒息感《チョーク》に襲われているのに気づいた。なにが自分の身に起きたのかわからず、液晶表示の画面を見たが、OBOGSが酸素マスクに送りこんでいる酸素は正常値を示していた。

息苦しさは刻々と増してゆき、鼻と口が見えない膜で塞がれるような拷問がはじまった。見えない膜、それは透明な蛇だった。アリゾナの砂漠の空で見たあの巨大な蛇が、キャノピーの外からこちらを凝視して、同時に透のからだに巻きついていた。

蛇は光がガラスを透過するように、機体の外部にも内部にも存在した。たとえ自分を絞めつけるこの透明な胴体が幻覚なのだとしても、眼球が飛びだしそうになる強烈な窒息感《チョーク》は現実以外のなにものでもなかった。


透は無線で現在の速度と高度、テスト飛行の中止と基地への緊急帰還を告げた。

応答はあったが、あのアリゾナの空のときと同じように、管制室がなにを言っているのかまるで聞きとれなかった。

空気中を音が伝わってゆく速度へと機体を減速させながら、バーティゴを回避しようと努めた。速度が超音速から亜音速にまで落ちると、窒息感《チョーク》は急に弱まり、時速九〇〇キロの時点で嘘のように消えた。透明な蛇の姿も見えなくなった。

透は音速の半分以下、時速五〇〇キロにまで減速し、高度を下げ、太平洋の波のつらなりが夏の日射しに輝くのを眺めた。

午前五時十九分《マルゴーヒトキュウ》、透の搭乗したＦ－35Ａは、無事三沢基地の滑走路に着陸した。

＊＊＊

緊急帰還した機体は徹底的に調べられ、しかし機体にもＯＢＯＧＳにも異常は見つからなかった。

機体が正常なら、原因は自分にあるかもしれなかった。

透はみずからの意志で、アメリカから帰国して以来二度目となる航空身体検査を受け、異常がないとわかると、さらに念を入れて、訓練中の新人パイロットたちとともに〈低圧訓練装置〉のシートにすわり、酸素マスクで鼻と口を覆った。

高度四万一〇〇〇フィート——一万二四九六・八メートル——と同等の気圧で、自分に異常が生じるかどうか知りたかった。

だが、コックピットのなかで味わった窒息感《チョーク》も幻覚もなかった。四万二〇〇〇フィート、四万三〇〇〇フィート、さらなる低気圧が地上の減圧室に再現されたが、やはりなにも起きなかった。

透の肉体は、誰の目にも戦闘機パイロットとして正常であるかのように映った。

＊＊＊

一週間後に再度挑んだ超音速飛行は、透にとってＦ－35Ａのデータを取得するテスト任務である以上に、自分自身を計測する最終テストの意味を持った。

前回より低い高度でアフターバーナーを点火し、三万三〇〇〇フィートで音速を超えた。衝撃波とソニック・ブームを置き去りにして、速度をたしかめた。マッハ１・０。マッハ１・１。

耳鳴りがしはじめた。甲高い金属音はしだいに大きくなり、ついには警報のように聴覚のすべてを覆った。通信の音声が聞きとれなくなった。

マッハ1・3で窒息感《チョーク》がやってきた。そしてあの巨大で透明な蛇が姿をあらわした。

＊＊＊

透を診察した医師たちが可能性として挙げたのは、戦闘機の飛行で音速を超えた場合に起きる心因性の呼吸困難だった。ただし速度そのものが戦闘機パイロットの異常を引き起こした症例は過去になく、医師たちはあくまでも「あり得ないケースとは言い切れない」という表現にとどめて断定を避けた。

しかし、現実にそれが起きているのは、透自身が誰よりも理解していた。音速以下なら問題はないが、超音速の領域では使いものにならない戦闘機パイロット――そんな隊員が、これまでのように予測のつかない第一線で任務をあたえられるはずはなかった。

透の予期したとおり、航空宇宙自衛隊は、易永透二等空尉の名を戦闘機部隊の隊員リストから除外した。

透には休養期間があたえられたが、戦闘機に搭乗できなければ、空白に残る意味はなかった。透は透明な蛇の幻影を思いだし、玄安寺の桂の木の下で鼠に巻きついていたアオダイショウを思いだし、アリゾナの砂漠で見た夢のなかで松ケ枝二佐が言った言葉を思いだした。

——自衛隊向きじゃないのかもな——

目を閉じて考える透の脳裏に、航空学生の訓練を受けるため山口県に向かって乗っていた新幹線の車窓がよぎった。見上げる空にはてしなく長い雲の蛇が浮かび、この世を支配する統一原理のような巨大さを誇っていた。それがなんなのか、透には知るよしもなかったが、記憶に浸っているうちに、自分の考えが明確になってくるのを感じた。

自衛隊を辞めよう、と透は思った。

易永透の依願退職は、三沢基地に少なからず混乱をもたらした。

戦闘機以外にもさまざまな航空機が運用されるなか、人手を必要としている仕事はいくらでもあった。音速以下で空を飛んでいる機体のほうがずっと多かった。

人手以上に、屈指の操縦技術を持つ戦闘機パイロットをうしなうのは組織全体にとって大きな痛手だった。かわりはいくらでもいるといった世界ではなかった。多くの先輩や同僚や後輩が透を引きとめようと説得したが、透は応じなかった。その冷め切った態度は仲間たちの怒りをまねき、ときには胸ぐらをつかまれることもあった。

透が入隊してくるまで、松ケ枝二佐と二機編隊でよく飛んでいた井沼勇《いぬまいさむ》一等空佐が、わざわざ現在の勤務地の東京から三沢にやってきた。

井沼一佐は透に言った。「易永、おまえこれからどうする気だ」

「いまはなにも考えていません」

「考える前に辞表を出しちまったって感じだな」

「いえ、退職については後悔していません」

「F－35に乗れなくても、仕事は山ほどあるんだ。俺だってクールビズで市ヶ谷に内勤だ。なあ易永、戦闘機に乗る適性なしと判断されたから空自を辞めるっていう考えは傲慢がすぎないか？　子どもじみた駄々に聞こえるぞ」

「申し訳ありません」

「プロペラ機とかだったら飛ばせるんだろ？」

「はい」

「じゃあなぜ残らない？」

透は答えなかった。自分が乗れない戦闘機を見たくないとは口にできなかった。

井沼一佐はため息をついた。「一度のフライトで、戦闘機がどれだけジェット燃料を食うのか知らないわけじゃないだろう？　アフターバーナーを焚けば、ドラム缶五本分の燃料が六十秒かそこらで消える。機体も燃料もみんな国民の税金、血税だよ。それでさんざん飛んできて、戦闘機に乗れないのでもう辞めますってのは――」

「おっしゃるとおりです」

「結果的に、とんだ税金泥棒になっちまったんだよな、おまえは。こんな理由で本当に辞職するやつは、俺もはじめて見たよ」

透はただ頭を下げるしかなかった。

透にあきれ、腹を立てながらも、井沼一佐は、自衛隊の再就職支援を受けるつもりのない後輩を気づかって、個人的に転職先を二つ紹介してくれた。

一社は静岡を拠点に展開する国内のローカル航空会社で、富士山を眺める遊覧飛行を事業の中心にしていた。

もう一社はタイのバンコクにあり、タイ人の社長が経営する航空スクールだった。

19

東京に戻った透は、新宿のホテルに滞在して、なにもしない日々をすごした。航空宇宙自衛隊を退職したことは父親に電話で伝えていたが、相変わらず父親は家を空けていた。そして透は、祖父のいる玄安寺をたずねなかった。

一週間ほどホテルの部屋にこもって、それから午前中に散歩し、昼間は眠り、夜になると近所のフィットネスジムで汗を流す生活サイクルを作った。毎晩シャワーは浴びたが、髭《ひげ》を剃るのを忘れた夜をきっかけに面倒になって、伸びた無精髭を放っておくようになった。

真夜中に食料品を買いに出かけ、向こうから自転車を漕いできた二人の警官に呼びとめられた透は、はじめて職務質問を受けた。仕事を訊かれると「無職です」と答え、住まいを訊かれると、父親の住む実家の住所を告げた。

任意の所持品検査に応じた透は、警官が財布やポケットの中身を調べ終えるのを待ちながら、道沿いの商業ビルの窓ガラスに映る光景を眺めた。しわだらけのTシャツに灰色のスエットパンツ、サンダルを突っかけて無精髭に顔を覆われた男が、二人の警官といっしょに映っていた。
――きのうときょうの区別がつかない無為の時間をすごしたのち、透は空自の浜松基地がある静岡よりも、遠い南のバンコクでの仕事を選んだ。透は父親にも祖父にも会うことなく、日本を去った。

タイの十月は雨季だった。
首都バンコクには二つの空港、スワンナプーム国際空港とドンムアン空港があり、透の搭乗した格安航空《LCC》会社の旅客機は、ドンムアン空港の滑走路に降りた。
雨季とは聞いていたがまだ雨は降っていない午後の空を、リュックサックを背負った透は見上げた。新宿の登山ショップで買ったリュックサックのなかに透の荷物はすべて収まって、祖父にもらった丸筒もそこにふくまれていた。

空港のそばに市場があり、そこから一ブロックと離れていない場所に、透の入るアパートが建っていた。部屋は二階で、同じ階にはインド人夫婦と韓国人留学生が入居し、階下にはアフリカのアンゴラからやってきた一家が、透が一人で暮らすのと変わらない間どりに五、六人で寝起きしていた。

荷ほどきするほどの荷物はなかった。古びたスプリングのきしむベッドの脇にリュックサックを置いて、透は窓を開けた。通りに丈の高い椰子《やし》の木が並び、人々と自転車が往来し、観光客を乗せたあざやかな三輪のトゥクトゥクが市場のほうへ走り去った。野良犬が吠え、長いクラクションが響き、パトカーのサイレンが鳴った。階下から赤ん坊の激しい泣き声。窓際にすわって、透はじっと外を見ていた。

＊＊＊

さまざまな手つづきの日々が終わって、透は航空会社の身分証明書を首に下げてドンムアン空港の西にある飛行場に初出勤した。夜は明けていなかった。

若い整備員のトーラープとともに暗い格納庫に入り、彼が明かりのスイッチをつけるのを待った。

二十七歳の整備員は、仕事にかかる前に二人ぶんのコーヒーを淹れた。

「うちの社長はあまり信用しないほうがいいよ」とトーラープは言った。「タンブンはたくさん積んでいるけれどね」

二人の会話はタイ語に英語をまじえておこなわれた。

タンブンを知らなかった透は、トーラープに、来世での幸福を祈願して寺院や僧などに金を寄付することだと教わり、お布施のことか、と思った。

トーラープの淹れてくれたコーヒーを飲みながら、会社の所有する航空機を眺めた。ビーチクラフトの単発レシプロ二機と、双発ターボプロップ一機、三つのプロペラ機が格納庫のライトに照らされていた。
バンコクの飛行場で働きだした透にとって予想外だったのは、いつまでたっても航空スクールの仕事が回ってこない現実だった。プロペラ機の窓をみがき、機体を洗浄し、赤一色で塗られたドラム缶運搬車に載せられたドラム缶を運ぶ日々がつづいた。双発ターボプロップ機にはジェット燃料、単発レシプロ機には航空ガソリン。透は汗を流して格納庫のなかを動き回り、航空学生に戻ったように、飛ぶこと以外のさまざまな雑務を引き受けた。

一年が終わり、暑季をすぎ、新たな雨季になっても、透がプロペラ機の操縦席に着くことはおろか、事業操縦士免許《コマーシャル・ライセンス》を取得しようとする生徒と話す機会さえ巡ってこなかった。整備員、社長、雇われているほかのパイロットたち、その全員に自分がパイロットだという事実を忘れ去られたように感じた。

バンコクにやってきた理由は、生活のための仕事に就くのが第一で、心の底からプロペラ機を飛ばしたいと願ってはいなかった。だが、複座の副操縦士《コ・パイロット》としての搭乗を頼まれることすらない日々に、透は釈然としない思いをつのらせた。それでも井沼一佐の紹介なので、格納庫での仕事を黙々とつづけた。

飛行場には観光フライト事業に参入している他社の機体もあった。夜明けと夕方、それぞれの時間帯の空から暁の寺《ワット・アルン》を眺めるフライトの人気は高く、予約は絶えないようだった。

飛び立つ他社の機体を遠目にしながら、透は額の汗をタオルでぬぐった。外国人就業規制のあるタイでは、輸送や観光にかかわる飛行機を日本人の透が操縦するのは許可されず、つまり航空スクール講師の話が棚上げにされているあいだは、透が操縦桿をにぎる機会はなかった。

格納庫に戻された機体の車輪を洗浄しようとして、社長が呼んでいると整備員に教えられ、透はブラシを置いてオフィスに行った。

油の染みで黒ずんだ作業服姿の透に、タイ人社長は告げた。「きょうはもう機体の世話はいいから、別の用事を頼みたい」

「なんですか」

「シンガポールから来た私の友人に、バンコクを案内してやってくれないか」

「それは仕事ですか」

「というと?」

「この国の法律だと、外国人は観光業に従事してはならないはずですが」

透の疑問を聞いた社長は、目の前の蠅を払うように手を振った。

「ガイドじゃなくて、旅先の話し相手を務めるくらいのものだよ。きみは英語が上手だから」

透の前にあらわれた社長の友人は、シンガポール人の写真家の女だった。

写真家はニコンのカメラを抱えて「ふだんの仕事ではミュージシャンを撮影している」と英語で透に語った。

バンコクには仕事で来たのかと透が訊くと、仕事と趣味の両方だと答えた。

放魚《プロイ・プラー》の様子を撮りたいと言う写真家を、透はチャオプラヤー川の岸にある市場まで、バスに乗って案内した。バケツに入った鰻《うなぎ》や鯰《なまず》を買って川に放し、タンブンを積んでいる人々の様子を写真家はカメラに収めた。彼女は巻貝や亀なども功徳の対象として売られているのにおどろき、自分でも巻貝を買って、紀元前からつづく上座部仏教の風習に加わった。

写真家は放鳥《プロイ・ノック》も見たがった。透は面倒に思ったが表情には出さず、魚売りの男にタイ語で質問して、放鳥ができる寺をいくつか教えてもらい、写真家とバスに乗った。

寺に向かうバスにゆられ、車窓をすぎる町並みを透は眺めた。バスにはオレンジ色の僧衣をまとった托鉢僧《たくはつそう》も乗っていて、疲れた顔で座席に腰かけ目を閉じていた。

五日間の観光に透が付き合った写真家が帰国すると、今度は老夫婦がノルウェーからやってきた。やはり社長の友人で、観光客のなかでもとくに富裕層が選ぶホテルに宿泊していた。

透はふたたび旅先の話し相手を社長に頼まれた。

雨季の空にそびえる金色の仏塔を撮影する老夫婦を、境内に漂う線香の煙を嗅ぎながら、長いあいだ透は待った。境内には古代カンボジア文字を彫った石碑があり、献花された花輪の甘い香りが、ときおり風に乗って線香の煙のなかに混ざった。

透のもとに戻ってきた老夫婦は、本堂につながる石段の左右で空に向かって牙を剝《む》く黄金の龍の像について知りたがった。龍の像は、透もあちこちの寺で目にしていた。胴は丸太のように太く、波打つ全身に躍動感があった。造形は寺ごとに異なったが、どこの境内でも目立つところに配置され、忌まわしい大蛇の記憶を呼び覚まされそうになる透が目を逸らそうとしても、いやでも視界に入ってくる彫刻だった。

黄金の龍の像のことを老夫婦に訊かれた透は、俺は観光ガイドじゃないですし、ネットで調べたらどうですか、と言いたくなったが、にこやかな二人の顔を見て、しかたなく周囲を見回した。

境内のすぐ外に、みやげ物を売っている屋台があった。

店番をする女から木彫りの小さな猿を一つ買った透は、寺の建築の一部になっている黄金の龍についてたずねた。

「あれは龍とも呼べるけど、蛇の神様よ」と女は言った。「ナーガっていうのよ」

蛇、というタイ語を聞いて、透は眉をひそめた。

屋台の女は早口で話しだした。


――その昔、王妃シーダーが一人の王子を産んだけど、彼はヒキガエルの姿をしていたの。医者で呪術師のモー・ピーが宮殿に呼ばれて、ふしぎな力で王子を見つめると、王子が偉大な王になる未来が見えたのよ。それでモー・ピーは自分の見たものを王妃に伝えました。

のちに予言は実現して、人々は新たな国王パヤー・カンカークをあがめました。

これに機嫌をそこねたのが、空の精霊《ピー・ファー》のパヤー・テーンね。人間がパヤー・カンカークばかりを敬うのにひどく腹を立てたの。

パヤー・テーンの怒りはすさまじかった。七年と七ヵ月と七日、王国に雨を降らさなかったから、田畑はひからびて、作物は育たなかったそうよ。

国王パヤー・カンカークは、パヤー・テーンと戦うことに決めて、王国に住むすべての生き物たちと協力して、軍隊を作って、恐ろしい空の精霊《ピー・ファー》に立ち向かったの。そのとき味方になってくれたのがパヤー・ナーク、蛇の神様ナーガ——

「それで?」と透は女に訊いた。

「もちろん国王のほうが勝ったわ。だから王国には雨が降る」

透は話のお礼に、木彫りの猿をもう一つ買って、老夫婦の前に戻った。

透からナーガの伝説を英語で聞かされ、おまけに木彫りの猿までもらった老夫婦は大いによろこび、ホテルでの豪勢な夕食に透を招待しようとした。

透は飛行場での仕事を口実に、二人の誘いをやんわりと断った。

20

老夫婦が透の親切を絶賛して帰国したのち、タイ人社長の〈友人〉がつぎつぎと航空スクールのオフィスをおとずれるようになった。フィリピン、ドイツ、ポーランド、イタリアなどからやってきて、英語はわかるがタイ語はわからず、グループの人数は多くても四、五人、その誰もが経済的にかなり裕福だった。

社長の友人を連れてバンコクを案内するのが、いつしか透の仕事になっていった。飛行機とはかけ離れた業務に透を従事させている日々に、少しは負い目を感じていたのか、社長は一度だけこう言った。「タイ空軍を退役して会社に入ってくる人間を、優先して教官にしなくてはならないんだ。私の苦労もわかってくれ」

透が連れて歩く人々を、社長は相変わらず「私の友人だ」と言い張っていたが、透にはどう考えても言い訳にしか聞こえなかった。だが透は社長を追及しなかった。タイ人以外は観光業に就けない規制がある以上、自分は真相を知らないほうがいいと思っていた。オフィスにやってくる人々は、友人のはずの社長に個人的な謝礼を支払っていた。

乗りもしないプロペラ機を格納庫で延々とみがいているよりは、外に出たほう気が晴れるかもしれない、そう自分に言い聞かせて、透は事実上の観光客とバンコクを見て回った。ときには寺でタイ式の参拝をやり、ときには屋台街や歓楽街をいっしょに歩き、歩きながらタイ語の慣用句を教え、禁酒日を教え、ワット・ポーで黄金の涅槃仏《ねはんぶつ》の巨像を見上げ、ワット・プラケオでさまざまな神獣の図像を眺め、風神の血を引く白猿《びゃくえん》ハヌマーンや聖蛇ナーガの伝説に触れ、ラーマ四世通りのルンピニー・スタジアムで国技ムエタイを観戦し、ふつうの観光マップにないところでは、〈死体博物館〉と呼ばれるシリラート法医学博物館に連れていったりもした。

　バンコクを歩く透は、午前八時と午後六時にタイの国歌が流れる寸刻が好きだった。そのときすべてのテレビとラジオ、学校、町のいたるところから国歌が聞こえ、行き交う人々は立ちどまった。それは壮大な眺めだった。あわてふためく外国人観光客をのぞけば、ありとあらゆる通行人が静止した。

　日に二度、バンコクにおとずれる〈停止した時〉のなかで透が感じるのは、音速を超えた直後の、研ぎ澄まされたコックピットの静けさだった。

　午前八時と午後六時、透は空気中を伝わってくる国歌を聞きながら静止して、空を見上げた。二度と乗る機会のない戦闘機のコックピットを思いだし、自分が超音速の領域から永久追放された理由について考えた。答えは見つからず、透は無限にひろがる青空を眺めるばかりだった。国歌が終わると、止まっていた人々がいっせいに歩きだした。

＊＊＊

　ポーンプラープ区にあるラチャダムヌーン・スタジアムに観光客を連れてゆき、ムエタイの試合をリングサイドで観戦していた透は、野次と歓声を聞きながら展開を見守るうちに、かすかな違和感を抱いた。四本のロープに囲まれたリングのなかで二人のムエタイ選手《ナックムエ》が殴り合い、蹴り合う音、肉が肉を打つ鋭い響きはふだんと変わらなかったが、その夜の試合の攻防には、どこか異質な一瞬が混ざっていた。

戦っているのは二十歳と十六歳の選手で、二十歳の選手はときおりロープ際に追いつめられ、十六歳の選手がくりだす肘打ちをぎりぎりでかわし、客や所属ジムの関係者、彼に金を賭けた男たちの声援を浴びた。同じシーンが何度かくりかえされた。

透はムエタイの素人だったが、選手たちの動体視力には関心があった。ぎりぎりで攻撃を回避する動作を見るのはおもしろく、蹴りよりも間合いの近い肘やパンチの打ち合いに注目し、蹴りのないボクシングの試合を観戦してみたい、そんなことさえ思うようになっていた透は、十六歳の選手の肘打ちが、二十歳の選手に当たる直前で減速するように思えた。気のせいかもしれず、その後も集中して肘のたどる軌道を目で追ったが、ほんのわずかな力の加減がたしかにあった。

優勢に試合を進める二十歳の選手の名前を、透は試合表で確認した。リクリット・アンカスワンシリ。リクリットは歳下の敵の攻撃を華麗にかいくぐり、しつこい肘打ちをことごとく回避し、ラウンドが終わると客席にアピールをしながら赤コーナーに戻った。

第三ラウンドでリクリットは十六歳の少年を首相撲に捕え、膝蹴りの連打を放ってKOした。リクリットはコーナーポストに駆け上がり、勝利の雄叫びを上げた。リングを降りても興奮が収まらず、客席に入ってきて、吼《ほ》えつづけた。視線の先には自分の応援団がいて、椅子にすわっていた数人の客は突き進んでくるリクリットから逃れるように急いで立ち上がり、近くにいた透も席を立ったが、しかし、やってくるリクリットに道を譲ろうとはしなかった。

終わったばかりの試合が本当に八百長だったのかどうか、透はそれだけを考えていた。ルンピニーでもラチャダムヌーンでも、今夜のような試合は見たことがなかった。十六歳の少年が本気を出せば結果は逆だったはずで、ブーイング一つ起きないのがふしぎでしかたなかった。


透に行く手をはばまれた状態になったリクリット・アンカスワンシリは、なにかを叫びながら、赤いグローブをつけた両手で透の胸を押した。思い切り突き飛ばすというよりも、ちょっとどいてくれよ、といった感じの動作だった。それでも透はよろめき、あとを追ってきたセコンド陣があわててリクリットを制止した。

バランスを取り戻した透は、つぎの瞬間、自分でも思ってみなかった行動に出た。

魔が差したとしか言いようがないその行動は、突き飛ばされた怒りからでも、八百長の糾弾のためでもなく、単純な好奇心のせいだった。透は見よう見まねの肘打ちをリクリットの顔面に放った。試合中にさんざんかわしてきた攻撃なら、難なくよけられるはずで、透はいまの試合が八百長ではなかったと信じたかったし、リクリットには肘をよけてほしいという思いもあった。

しかし透の右肘は、試合に勝利したばかりのナックムエの額を、みごとに打ち抜いた。リクリットは客席に倒れ、なにが起きたのかしばらくわからない様子だったが、突然怒りに顔をゆがめて起き上がり、透に襲いかかった。リクリットが最初にくりだした左ストレートを透は見切ってかわした。戦闘機パイロットの動体視力にとっては造作もなかったが、素人にパンチをよけられると思わなかったリクリットはさらに怒りを増し、透めがけて突進した。

セコンドがリクリットに組みつき、通路にいた警備員が客席に突っこんできた。

リクリットに金を賭けた男たちのあいだに、賭けに負けた日本人が逆恨みしてリクリットに殴りかかった、という話がひろがった。男たちは後方の席から前席へ、リングサイドへと雪崩《なだ》れこみ、国技ムエタイのナックムエを外国人の横暴から守るために、声を上げて透に飛びかかった。

罵声、悲鳴が透の耳に聞こえた。床に組み伏せられ、四方から出てくる足に顔を蹴られて、透のまぶたは腫れ、鼻血が流れていた。顔面への蹴りを防いで立ち上がり、自衛隊で習った格闘術の応用でタイ人の一人を羽交《はが》い締《じ》めにして、まるで人質を取ったようにあとずさり、どうにか乱闘の輪の外へ逃れようとした。

客席では無関係の日本人や中国人の観客もタイ人に殴られ、収拾がつかなくなっていた。とにかくスタジアムを出なければならないと透は思い、通路にまで移動した。そのとき透は、半分が塞がった左目の視野のなかに、乱闘に巻きこまれている一人の男の姿を認めた。二人のタイ人に襲われている男は、サングラスとマスクをむしり取られ、殴られ、蹴られて、そのうちに抱えていたバッグから刃物を取りだした。細長くすらりとした刃に波模様があった。透には日本刀に見えた。

男は迷いなく刀を振った。二人のタイ人が斬りつけられ、どちらかの耳と手首が通路に落ちた。透が羽交い締めにしていた男は悲鳴を上げ、透が手を放すと走って逃げていった。

通路の床は大量の血に染まっていた。透の視線の先に刀を持った男が立っていた。ほんの一瞬だったが、目が合った男は日本人だと感じた。その目つきにはどこか自分と似たものがあり、なんとなく向こうもそう思ったように見えた。

会場から走り去る男の背中を見送った透は、切断された手首に気づいた数人の客が叫ぶのを聞いた。


病院で手当てを受けたのち、透は警察署に身柄を移されて事情聴取を受けた。透が訊かれたのは、ムエタイ選手に肘打ちを放ったことではなく、ラチャダムヌーン・スタジアムの通路で刀を振った男についてだった。男に斬られた一人が死亡し、一人が重傷を負って手術中だった。

「あの男を知ってるのか?」と刑事は言った。

「知りません」と透は答えた。

「男の顔を見たか?」

「いいえ」

勤務先と住所を伝えた透は、三十分ほどの取り調べで帰宅をゆるされた。乱闘のきっかけにかんしては、試合後の選手がみずから客席に入ったことと、選手が先に透を突き飛ばしたという目撃証言が多く得られたので、いかにもタイらしい鷹揚《おうよう》さで不問に付されるようだった。

傷の痛みとともに帰途につく透の頭に、刑事との会話が何度も浮かんでは消えた。男の顔を見たか？　いいえ。男の顔を見たか？　いいえ。

ラチャダムヌーン・スタジアムでの乱闘、傷害、殺人の騒ぎから四日がすぎた夜、目尻や鼻に絆創膏を貼った透が、飛行場での仕事を終えてドンムアン空港近くのアパートに戻ると、二匹の野良犬になつかれた男が街灯の下に立っていた。

男は野球帽をかぶっていたが、透にはすぐに刀を振った張本人だとわかった。男の横には一台のバイクが停まっていて、男とバイクを透は交互に見た。

「あんた、ここに住んでるのか」男はアンゴラ人一家の喧騒が漏れてくる背後のアパートを見上げて、正確な日本語で言った。

透はなにも答えなかった。じっと男を見つめた。男が自分の居場所を特定できた理由を考え、男が入手できる情報とその条件を考え、どうせ質問しても首を縦に振らないだろうが、この男はきっと警官に賄賂《わいろ》を渡したんだろうという結論にたどり着いた。透は男が警官にこうたずねる姿を思い浮かべた。――リクリット・アンカスワンシリに肘打ち《ティー・ソーク》を食らわせた客のことを教えてくれ――

「なんの用だ？」と透は言った。

「お礼が言いたくてね」と男は言った。「顔をばっちり見られたのは、あんただけだから。刑事に俺の人相を話さなかったんだろ？」

透は男から目を逸らさなかった。あの夜に刀を収めていたような長いバッグは持っていなかったが、ジーンズのポケットに入れた手にナイフか拳銃をにぎっている可能性はあった。男の周囲を街灯の光に吸い寄せられた羽虫が飛んでいた。

　男と対峙《たいじ》する透が考えていたのは、行動のもたらす機械的な連続性だった。原因と結果。乱闘の夜、刑事に男の人相を伝えなかった自分の行動が、ここに男を呼びこむ結果につながり、あの夜に選択した行動は、いまさら警察を呼ぶといった今夜の行動の意味を消失させていた。行動には選択がともなっている。そう考えるのであれば、戦闘機パイロットだったころの自分の信条も、ずっとわかりやすくなる気がした。地上で起きたことは空でも起きる。それは選択された行動の連続性、その容赦ない絶対性にほかならなかった。だが、それがすべてというわけでもなかった。


「おどろかせてすまない」と男は言った。「あんた名前は？」

「人の住所を突きとめておいて、知らないわけがないだろう」

男は笑った。「俺はキドっていうんだ、易永さん」

「いいバイクだな」男の背後に停まっているバイクを見て透は言った。「ＧＰＸだからタイ製か」

「ああ」と男は言った。「一九八ｃｃエンジン、４《フォー》ストロークのデーモンＧＲ２００Ｒだよ」

透はうなずき、アパートを見上げて言った。「立ち話もなんだから、部屋に上がってくれ」

男は意外そうな顔をした。「ずいぶん肝がすわってるな。ふつうは俺みたいな人間を招待しないだろ？」

「そっちから来たんだ」

「部屋に戻ったら俺に突きつける銃があるのか？」

「あればよかったよ」


ほとんど家具のない透の部屋をキドと名乗った男は眺め、すすめられた椅子にすわり、紙巻き煙草に火をつけて吸った。電子煙草の使用を禁じられているタイの法律に準じた喫煙だったが、刀で人を殺しておきながら、そこは遵守している姿が透の目には奇妙に映った。

「あれは日本刀か」と透は訊いた。

キドは無言で肩をすくめた。

「なんで俺のところに来た？」と透は言った。「人殺しを見逃してくれた人間にいちいちお礼をしているのか？」

「人生も残り少なくなってくると、自分でも思いがけないことをしたりするんだよ」とキドは言った。「いま俺はそれを経験しているんだ」

「きみは若く見えるけどな」

「仲間内だけじゃなく、あんたみたいな日本人と話してみたくなってさ。俺がなにをやっているかを知ったら、仲間たちは血相を変えるね」

「仲間って？」

「易永さん、あんたはあの夜の試合がフェイクだって気づいたんだろう？」キドは透の質問には答えずに言った。「俺にもわかったよ。だけど、まさかあいつに肘打ちを食らわすとは思わなかったな。ひさしぶりに、同じ日本人に尊敬の念を抱いたんだ。易永さん、あんたがやったのは義だ。昔の言葉で言うなら天誅《てんちゅう》だよ」

「あれは別に――」

「ムエタイもこれが見納めかと思って、一人でラチャダムヌーン・スタジアムに行ったんだけど、俺はあんたの肘打ちを見たとき、自分がここにいる理由をあらためて知ることができた。すべては単純な話なんだ。義、それだけさ」

「なんの話なんだ？」

キドは急に椅子から立ち上がって、窓に歩み寄り、通りを見下ろした。「易永さん、オルトライトってわかるか？　日本語だとオルタナ右翼っていうんだっけな」

「聞いたことはある」

「その連中には思想上の象徴《アイコン》があって、つまり一方的に自分たちの精神的支柱とみなしているものがある。映画の『マトリックス』だったり、哲学者のニーチェやハイデガーの著作なんかがそうだ。そういう連中のうちの何人かと、おもに白人のやつらと接しているとさ、『よう日本人、おまえらの国にはミシマがいるだろう？』なんて言われたりするんだ。易永さん、三島由紀夫を読んだことは？」

透は遠い昔、山口へ向かう新幹線の車中で、溝口にすすめられた文庫本をめくった日を思いだした。『行動学入門』っていう本なら――」

「本当か？」窓から目を離したキドは透を見て微笑んだ。「あんた、いまからでも俺らの仲間になるか？　――まあいいや、話を戻すと、俺は白人のオルトライト連中に言われてはじめて、三島を読むようになったんだ。おかげでいろいろ学べたよ。日の丸の意味についても、ずいぶん考えさせられた。易永さん、あんたにとって国旗の日の丸ってなんだ？」

かつては誰よりも日の丸に近いような職域にいた透は、キドの問いになにも答えなかった。キドが自分の過去の経歴まで知り得たとは思えなかった。心のなかで透は、空自のF－35にペイントされた灰色の日の丸を自然と思い浮かべていた。

「すまない。俺みたいなやつにいきなり訊かれても困るよな」キドは笑った。「国ってのは、放っておくと腐るものなんだ。その腐敗は穢《けが》れになって国旗をどす黒く染める。そのたびに誰かが国旗の穢れを落とさなきゃならない。祓《はら》うわけだ。穢れて祓い、穢れて祓い、そのくりかえしさ。洗濯といっしょだよ。じゃあ、どす黒く染まった日の丸をなにによって祓うのかと言ったら、義によってなんだ。それしかない。むずかしいことはなにもない。弱い者を襲うのは卑怯だ。でも襲ってくる相手や、こっちより強い者に立ち向かうことには意味がある。義の行動ってのは水平的じゃなくて、垂直的なんだ。易永さん、あんたもたぶんそう考える人間だから、あのとき暴徒を斬った俺を見なかったことにしてくれたんだ。ちがうか？」

透はキドの目を凝視した。キドのまなざしは澄み切っていて、言葉の端々ににおわせる不穏な気配と結びつくような要素がまるでなかった。透はようやく、自分の前にいるキドの年齢が思っていたよりもさらに若いことに気づいた。

「いまの話での水平的ってのは」と透は言った。「つまり、なにを指してるんだ？」

みずから発したその質問に、透は自分でもおどろいていた。その問いは、キドの語る義について、こちらが少なからず関心を持った事実を告白するようなものだった。

「水平的ってのは、地上的って意味だよ」とキドは言った。「そうだな、国家同士でたとえるなら、延々とつづく領土の奪い合い、国境線のせめぎ合いだ。地球の面積は決まってるから、ある国が領土を得れば、隣接する国は領土をうしなう。その逆も然《しか》り、同じ展開のくりかえしさ。国家も、政治も、法律も、経済も、戦争も、どいつもこいつも終わりのない領土争奪戦だ。水平線の彼方で沈まない夕日みたいに、人間の欲の炎が燃えつづけてるんだ。ずっと夕方がつづいて、夜の闇もおとずれなければ、朝日がのぼることもない。そういう水平的世界観から出てゆくのが、垂直的な義だよ」

「きみの言う垂直的とは、日の丸となにか関係があるのか？」

「易永さん、あの国旗を見て、月を連想する人間はいないだろう？　あれはのぼってくる太陽以外のなにものでもない。そして空に太陽はかならずのぼってくるが、穢れ切った人の世ではそうはいかない。だから俺たちは行動によって、水平線を切断し、新たな朝日を大地の上に輝かせるんだ。そんな魂のありかたの象徴が、あの旗なんだ」

そう言いながらキドは、また椅子から立ち上がって、窓の外の通りをたしかめた。

キドが窓の外に目をやるのは、だいたい一分間に一度の割合だと透は思った。つねにそうやって暮らしているのか、このアパートだけでの行動なのか、いずれにしろ窓の外をのぞくキドは、なにかにひどく怯えているように映った。

ふいに透は、ラチャダムヌーン・スタジアムで日本刀を振ったこの若者が、誰よりも臆病者なのだと気がついた。彼の澄んだまなざしは、精神の強さではなく、内に巣食った恐怖が発露しないほどの純粋さに由来していた。かつてアオダイショウに絞め殺されようとしていた鼠の目が、それでもなお黒く澄んでいたように。

俺も同じ目をしているのだろうか、と透は思った。


「さて、これでも忙しいんでね――」キドは窓から離れて言った。「話せてよかったよ」

「もう一度訊くが――」と透は言った。「なぜここに来た？」

「なぜだろうな。正直、自分でもおどろいてるよ」キドは天井を見上げて少し考え、それから透に視線を戻した。「まあ、祖国の業《ごう》ってところかな」

キドはドアから出ていった。透は窓の外でバイクのエンジンがかかる音を聞き、その音が遠ざかるのを聞いた。

21

顔の傷が目立たなくなってくると、透はまた社長から〈友人〉のバンコク案内を頼まれるようになった。だが整備員のトーラープによれば、うちの社長はすでに法務省か労働省に目をつけられているかもしれない、という話だった。

違法の観光ガイドには自分自身でも飽きていたし、こんなことで逮捕などされたくなかった透は、航空スクールの教官として雇用されて以来、とうとう一度もパイロット志望者を指導しないまま、会社を辞める決意をした。

バンコクの航空スクールを退職した八月の朝、透はインターネットカフェで一日をすごして、国外でのパイロットの募集を探した。資格さえあれば外国人でも採用するという条件のなかで、最初に目についたのがバングラデシュのローカル航空会社だった。

透はバングラデシュに行ったことはなかったが、英語の航空用語が通じる職場ならどこでもよかったし、タイにとどまる理由もなかった。

パソコンの前を離れようとしたとき、以前から透の社内での処遇を気の毒がっていたタイ人の飛行教官の一人が、透の携帯に電話をかけてきた。「新しい仕事は見つかりそうですか？」と彼女は言った。

「どうにかね」と透は答えた。「ただし勤務地はバングラデシュなんです」

「バングラデシュ？」と飛行教官は言った。「知り合いがいるんですか？」

「いえ」

「行ったことは？」

「ありません」

「そう」飛行教官は笑った。「幸運を祈ってます」

「ありがとう《コープクン》」と言って、透は通話を切った。

＊＊＊

そのニュースを透が目にしたのは、バングラデシュ行きの航空券を買った帰りに、トンロー駅近くの日本食レストランで遅い昼食をとっているさなかだった。

急に店内が静かになり、透は周囲の客の目線をたどって、壁にかけられた液晶テレビを見上げた。ニュースキャスターが速報を伝えていた。日本より訪問中の鞍原《くらはら》経済産業大臣が、タイ北部のチェンマイ県にある日本企業の半導体工場の視察時に、武装グループにより銃撃され、本人は無事だったものの日本大使館の職員二名、タイ人通訳一名の死亡が確認されていた。

ニュースキャスターは言った。「ほかにも多数の負傷者がいるとみられ――」

翌朝に朝刊を買った透は、チェンマイで発生した銃撃事件の詳細を読んだ。

日本国内で自身の贈収賄の嫌疑が報じられるなか、タイを訪問していた鞍原武雄《たけお》経済産業大臣は、銃撃の犠牲者に哀悼の意を表したのち緊急帰国。

日本の総理大臣はテロには屈さないとの声明を発表。

実行犯の三名はチェンマイ県警察との激しい銃撃戦の末に全員死亡。

襲われたのが日本の閣僚なら、襲ったのも日本人だった。

彼らは以前から過激派として日本の公安警察にマークされ、近年になって仮想通貨詐欺、国会議員への脅迫文送付、複数閣僚の暗殺計画を立案して武器を集めた容疑などで手配されていたが、行方がわからなくなっていた。

透は死亡したテロリストの氏名に目を通した。ナラサキ・レン、タワラ・ヒサハル、キド・ケンスケ。

顔写真や年齢の記載はなく、新聞に書かれているキドが、自分のアパートをたずねてきたキドと同一人物なのか、透にはたしかめるすべがなかった。

新聞をたたんだ透は、自分の知るキドの澄んだまなざしを思いだした。そして、もしあの若者がチェンマイの事件を引き起こしたのなら、どこかに共感できる部分はあるだろうかと考えた。

窓の外を見ながら透は考えつづけた。

携帯電話が鳴って、画面に退職した航空スクールのオフィスの番号が表示されていた。透が電話に出ると、知っている事務員の声がした。「あなた宛にエアメールが届いているので、いったん郵便局に戻すか、こちらに取りに来るか選んでほしい」

「エアメール？」と透は訊いた。「どこから？」

「日本からですよ」と事務員は言った。

オフィスの周囲に労働省や法務省の役人、あるいは警官がいないかどうか目を光らせながら、透は足早にビルに入ってドアを開け、連絡してきた事務員からエアメールの封筒を受け取った。

寄り道をせずアパートに戻った透は、バングラデシュに旅立つ準備をして、夕方になったころ、テーブルの上のエアメールを手に取った。航空スクールの所在地と社名を記した英語の左上に、漢字でこう書いてあった。

東京都新宿区四谷＊丁目＊番地　玄安寺

封を開けると便箋が入っていた。透はペットボトルの水を飲み、静かに便箋をひらいて、毛筆でしたためられた文字を読んだ。

――当山第二十二世易永巽《たつみ》が世壽《せじゅ》八十八歳にて遷化《せんげ》致しました。生前のご厚誼《こうぎ》に深謝申し上げます。つきましては下記の通り――

祖父の死と葬儀を伝える便箋の下に、もう一枚の便箋があった。透が一度だけ言葉を交わした住みこみの僧からの手紙だった。

山形から四谷の玄安寺にやってきた同い年の彼が、境内を竹箒で掃きながら、「自衛隊のパイロットになるんだが？」と自分に向かって訊いた声を、透はいまもおぼえていた。

万年筆を用いて、ていねいな筆跡で書かれた手紙に透は目を通した。

＊＊＊

透さん、ひさしくお目にかかっておりませんが、お元気にされていますか。和尚《わじょう》さんのご遷化のお知らせに、私がこのような手紙を同封するご無礼をどうかおゆるしください。

遠いタイの地におられる透さんに、こうしてご連絡するにあたって、私にはどうしても、透さんにお伝えしておきたいことがございました。

和尚さんは、透さんが航空学生の学校に旅立たれたその日から、ずっと透さんのことを気にかけておられ、一日のお勤めのあと、どんなにお疲れであっても、透さんのご無事を祈願して、かならず仏母大孔雀明王心陀羅尼を読誦《どくじゅ》なさっていました。

ある夜、私が思い至らないばかりに、「いっそ陀羅尼を透さんにお送りしてはいかがですか？」と申し上げたところ、「すでに渡してある」と一笑に付された本堂での出来事は、いまとなれば、わが身を恥じ入るありがたい思い出です。

透さんが航空宇宙自衛隊を退職なさって、それを和尚さんが耳にされたとき（おそらく透さんのお父さまから聞かれたのだと思います）、和尚さんは安堵《あんど》する反面、「護国というものについて、自分がもっと話しておくべきではなかったか」と私におっしゃいまして、たいへんに後悔しておられるご様子でした。

もしも透さんが、道半ばで自衛隊を去ったのであれば、その責任の一端は真言宗の教えをほとんど伝えなかった自分にあると、ことあるごとにおっしゃっていました。

透さんと和尚さんが、護国についてどのようなお話をされたのか、私は存じ上げません。ですので、私のような愚僧から申し上げることは、本来なにもございません。ただ私は和尚さんが、後七日御修法（ごしちにちみしほ――と読みます）のことを、山口へ旅立つ前の透さんに話しておくべきだったと、病床で最後まで口にされていた事実を、この筆でお伝えするばかりでございます。

後七日御修法についてですが、これはおよそ千二百年の歴史を持つ一宗最高の厳儀《げんぎ》でして、諸尊の像を祀《まつ》り、真言を唱え、現世と未来にわたって鎮護国家を実現せんとする、一日三座七日間の法会《ほうえ》でございます。

その詳細をこまかに書けばきりがございませんが、鎮護国家のための厳儀であること、この一点と航空宇宙自衛隊を結びつけて、和尚さんは透さんへの「護国というもの」の本質をお伝えしたかったのではないかと、いま私は足りない知恵を絞って愚案《ぐあん》しているところです。

鎮護国家とは、文字どおり、国に害をもたらす敵を鎮《しず》め、国を護《まも》るという意味でございます。これを調伏《ちょうぶく》と呼びまして、仏がその姿を変えられたさまざまな明王さまが、霊験《れいげん》によって敵を調伏されるご様子を、和尚さんは透さんのお仕事にかさねられていたのではないでしょうか。

ところで、先ほど私は、和尚さんが「後悔しておられるご様子でした」と書いてしまいましたが、これはひとえに私の筆のまずさによる誤りでして、和尚さんの心は、そればかりではありませんでした。

透さんのおられる遠い南のタイ、そこは歴史ある仏教の国でございます。そうした地へ透さんが旅立たれたのを、「これも御仏《みほとけ》のご縁かな」とおっしゃって、ふと微笑まれるときがしばしばございました。

とりとめのない愚筆、まことに失礼致しました。

透さんがご帰国なさる折にはぜひ——

透はそこで便箋を折りたたみ、封筒に戻して、銃撃事件を伝える新聞の上にそっとかさねた。それから窓際に立って、夕焼けに染まるバンコクの空を眺めた。

＊＊＊

22

オーストラリア空軍のパイロット、ラッセル・フレッチャーは、休暇のたびに全国各地のカジノへ出かけ、ギャンブルに夢中になった。

何年も前からその慣習はつづいていた。彼にとって欠かせないもう一つのフライト、策略の速度と偶然の重力に挑む行為。リゾートのビーチで味わえる酒も、スキューバ・ダイビングで出会える海亀も、フレッチャーには無意味だった。カジノがすべてだった。

自分自身をコントロールできなくなって泥沼に沈みつつあるプレイヤーの目に留まるように、ギャンブル依存症に手を差し伸べるサポートセンターの電話番号とメールアドレスは、カジノのあちこちに表示されていた。

ゴールドコーストのカジノの入口、シドニーのカジノのバカラのテーブル、メルボルンのカジノのＡＴＭ、パースのカジノのスロット・マシン、ダーウィンのカジノのメンバーズ・カードの裏、キャンベラのカジノの公衆電話ボックス。

サポートセンターの呼びかけを視野に収めながら、フレッチャーはそれを無視しつづけた。

タスマニアのインテグレイテッド《I》・リゾート《R》・カジノで大敗を喫したとき、呆然とするフレッチャーに手を差し伸べたのは、サポートセンターではなく同じテーブルにいたプレイヤーの一人だった。アデレードのＩＴ企業で働くプログラマーで、名前はナイジェル・ウェブスターといった。フレッチャーはウェブスターに金を借りてバカラを楽しみ、一週間後にまた金を借りた。

いろいろなカジノでウェブスターと会い、ゲームを楽しみ、金を借りるようになった。気の合う男で、金に執着しないやつだと思っていたが、ある日、ビジネスに必要だから貸した金を返してくれ、と突然言いだした。

ウェブスターは語気を荒らげた。返さなければ訴えるよ。

その時点で、フレッチャーの負債総額は一〇〇万ドル近かった。


ギャンブルの借金に苦しんでいる事実を、フレッチャーはひた隠しにした。借金以前に、カジノに入り浸っていることが秘密だった。ギャンブル依存症と診断され、精神科医のいるサポートセンターに通うような事態になれば、まちがいなく戦闘機からは降ろされる。

努力して少佐に昇進したのも、給与が上がれば少しでもウェブスターに金を返せると思ったからだった。だが、少佐の階級を得たところで、カジノの誘惑と膨れ上がった負債は、フレッチャーを追いつめて逃さなかった。

返済を迫るナイジェル・ウェブスターの背後には、メルボルンでクリニックを開業する精神科医のコリン・タルボットという人物がいた。タルボットはメルボルンのカジノにフレッチャーを呼び、それから自分のクリニックに連れていった。

俺を治療するつもりなのか、と診察室に通されたフレッチャーはたずねた。

私は金を返してほしいだけだ、とタルボットは言った。ナイジェル・ウェブスターは私の金で遊んでいたのでね。

それなら俺じゃなくて、ナイジェル・ウェブスターのミスだろう。あんたの金を勝手に俺に貸したんだから。

一ドルも返さない気か？

そうは言ってない。でも、払えないものは払えない。

タフガイを気どるのもいいが、顔色が悪いぞ。私が訴えたらどうなる？　つまり、きみの状況を空軍が知ることになったら。

俺は破滅するだろうな。だが、あんたの金も戻らないよ。

精神科医のタルボットは笑った。私が訴えなくても、きみは破滅するよ。私の金は中国人の金だからね。

タルボットは肘を載せていた机の上から、おもむろに新聞紙を取り上げた。目当てのページをひらき、フレッチャーに差しだした。

フレッチャーは記事を読んだ。シドニーで溺死事故、死亡者はアデレード在住のプログラマー、氏名はナイジェル・ウェブスター。

かわいそうに、とタルボットはつぶやいた。彼はね、きみの置かれた状況が本物だと証明するために用意されたキャストだよ。こうして話している私も、ある意味で似たようなものだ。われわれは蜘蛛の巣にかかっているんだ。

その言葉を聞いたフレッチャーは、紙面から目を上げて、巻き毛で眼鏡をかけた精神科医の顔を見つめた。もっともまずい意味で、はめられたのに気づいた。バカラのテーブルにいたあのプログラマーは、最初から俺が空軍のパイロットだと知っていたのか。

煙草を吸ってもいいかな。

いや、この建物は禁煙だ。

俺はどうしたらいい。

一ドルも返さなければ、強盗か麻薬中毒者が運悪くきみの部屋に入ってきて、非番で寝ているきみを殺すだろう。交通事故もあり得るし、溺死事故が起きる確率はもっと高い。いちばん安全なのは、空軍基地のなかだよ。さすがに中国の工作員たちも、オーストラリア空軍の敷地内できみに不幸をもたらすことはできない。だから、きみは働きつづけることだ。空を飛びつづけて、それで彼らが求める情報を私に流すんだ。

俺はスパイに向いていない。性格的に無理なんだ。

そうかね。できるように見えるけれどね。

プライドを捨ててあんたに言うが、戦闘機に乗っているときとカジノにいるとき以外、俺は本当にだめなやつなんだ。妻にも見放された。地上でのメンタルは、俺は強くない。長期間自分を偽って、空軍の情報を盗む毎日には耐えられない。

地上でのメンタルと言うが、カジノのゲーミング・フロアはきみにとって高度五〇〇〇フィートと本当に同じなのかね？

感覚的にはまったく変わらないよ。

なるほど。うなずいたタルボットは、眼鏡を外して微笑んだ。しかし困ったな。この状況だと、せっかく知り合ったきみの命を保障する方法がない。

精神科医のタルボットも、空軍のパイロットもだまりこんだ。クリニックの診察室に空気清浄機の音が小さく響いた。

＊＊＊

タルボットと会った半年後、ラッセル・フレッチャー飛行隊長はベンガル湾を舞台に実施されるクアッド四ヵ国――オーストラリア、日本、インド、アメリカ――の共同訓練に、オーストラリア空軍の戦闘機パイロットの一人として派遣された。

オーストラリア海軍の強襲揚陸艦《ようりくかん》〈キャンベラ〉はインド洋を北上し、インド亜大陸の東にひろがるベンガル湾に入った。日本の護衛艦と並走するその強襲揚陸艦に、フレッチャーは乗っていた。

アジアの洋上での軍事演習に、中華人民共和国は猛烈に抗議した。さらにはイランが「今回のベンガル湾での訓練は、インド亜大陸を挟んだ西側のアラビア海における作戦展開を想定するもの」として、クアッドへの非難に加わった。

この演習が中国やイランを刺激した理由は、過去におこなわれたマラバール演習と異なり、日本が護衛艦に、オーストラリアが強襲揚陸艦に、それぞれF－35Bを積んでベンガル湾に向かった点が大きかった。

日本国内では、海上自衛隊の艦艇が航空宇宙自衛隊の戦闘機を運ぶ三度目の外洋航海に、「専守防衛の理念に反する」、「事実上の軍事国家化」といった世論の批判が沸き起こり、オーストラリア国内では、高額の戦闘機の追加購入費がもたらした財政への圧迫が議論された。通常離着陸《CTOL》型のF－35Aを強襲揚陸艦に載せたところで、飛行甲板の短い滑走距離では離陸できない。オーストラリアは日本と同様にF－35Bを導入するしかなかった。

志願してF－35AからF－35Bのパイロットに転向したフレッチャーは、F－35Bで編成される飛行隊のリーダーをまかされた。オーストラリア空軍としても初のF－35Bでの参加となる多国間共同訓練で、まさにその戦闘機を操縦するのがフレッチャーに課された役目だった。

祖国の海軍基地を出港するときから、あるいはその何日も前から、フレッチャーは極度の緊張と不安にさいなまれ、そうでない日は、思いがけず歴史に名を残そうとしている自分の運命に、悲壮感とともに酔いしれた。

地球上で、最初に超音速の垂直離着陸型戦闘機の実用化を夢見たのは、旧ソ連のヤコブレフ設計局だった。その機体はYak《ヤーク》－141として知られ、だが計画は試作機の段階で終わり、夢は幻となった。のちにその幻を引き継ぐようにして、アメリカのロッキード・マーチン社が一機の戦闘機を開発した。

F－35B。

すでに自国で第五世代戦闘機を量産できる中国側の工作員たちは、フレッチャーの語るF－35Aの話にはさして興味を示さなかったが、しかしSTOVL《ストーブル》のF－35Bの話題となると反応はちがった。

超音速飛行ができ、リフトファンをそなえ、かつ高いステルス性を実現している短距離離陸垂直着陸機は、現時点でロッキード・マーチンの作ったF－35Bしかなく、それは西側の体制、アメリカとその同盟国の世界にしか存在しなかった。

フレッチャーは一世一代の勝負に挑もうとしていた。カジノで小さないかさまをつづけるような長期にわたるスパイ活動ではなく、手持ちのチップをすべてベットする一発勝負に賭けた。みずから中国の工作員に提案したその計画は、のちの歴史でこう書き記されるはずだった。

――二〇三四年五月二十六日、オーストラリア空軍F－35Bパイロット、ラッセル・フレッチャー飛行隊長による中華人民共和国への亡命事件。

夜間訓練飛行中にみずから率いる飛行隊の予定ルートを離脱し、洋上の訓練空域から超音速で遠ざかって、レーダーを逃れ、ラオス人民民主共和国と中華人民共和国の国境、そのぎりぎりのラインでレーダーを再起動させ、ラオス側に着陸する。社会主義国家のラオスで、「巨大IT産業の利益と、民衆の経済格差によってのみ成立する資本主義への怒りと幻滅」を表明し、中国への亡命を要求する。着陸地点の座標は、事前に中国の工作員に伝えてあり、「フレッチャーはギャンブル依存症だった」とオーストラリアの政治家やメディアに嘲笑される事態にたいしては、中国側がそれを打ち消すようなさまざまな情報工作を準備していた。

チャンスは一度きりしかなく、失敗もしくは実行せずにこのまま強襲揚陸艦に乗って帰国すれば、ギャンブルの負債を返済できない自分は処刑されるはずだった。

勝負の時が迫っていた。強襲揚陸艦の艦内を歩くフレッチャーの全身の毛穴から、ねばついた汗が噴きだした。めまいがして吐きそうだった。通路ですれちがう空軍、海軍、いずれの兵士のまなざしもひそかに自分に向けられて、彼らのくちびるの動きは自分のことをうわさしているように映った。

訓練直前におこなわれるブリーフィングまでに、冷静さを取り戻せそうになかった。フレッチャーは空軍士官用の居住区に引きかえし、自室のドアを開け、通路の左右を確認してから部屋に入った。閉じたドアに寄りかかって、しばらく目を閉じていた。襲いかかる重圧は高速旋回時のGのようにからだを締めつけた。

ドアを離れたフレッチャーは、ロッカーから船酔いどめの薬を取りだした。船酔いどめの薬を多く持ちこめるのは、海に不馴れな空軍兵士ならではの利点だった。容器に詰まった青いカプセルのなかに、わずかに色の薄いものがあった。それはフレッチャーが自分で混入させたカプセルで、中身は船酔いどめではなかった。

フレッチャーは震える指で色の薄いカプセルをつまみ上げたが、すぐには飲まなかった。机に置いた書類の下にカプセルを隠し、洗面台に行って吐いた。喉に指を突っこみ、胃の内容物を残らず吐きだした。

涙と鼻水を流して嘔吐し終えてから、フレッチャーは書類の下に隠したカプセルをつまんで口に放り、プラスチックのボトルに残っていた生ぬるい水とともにカプセルを飲みこんだ。カプセルに入っていたのは〈ヤーバー〉の錠剤をこまかく砕いた粉末で、タイで売られている覚醒剤の一種だった。

夜のベンガル湾を進む強襲揚陸艦の飛行甲板には、音もなく小雨が降っていた。

フレッチャーの集中力は研ぎ澄まされ、コックピットからキャノピーを透かして眺める雨粒の線がはっきりたしかめられた。ヘッド・マウンテッド・ディスプレイは起動させていなかった。フレッチャーは文字盤から〈6〉の数字を削り取ったパイロット・ウオッチを見た。

管制塔から離陸の許可《クリアランス》が出て、フレッチャーはリフトファンを回転させ、ターボファンエンジンの排気口を下に向けた。飛行甲板の左側をライトが照らし、短距離離陸《ショート・テイクオフ》の滑走用の白とオレンジのラインが浮かび上がった。それはフレッチャーがオーストラリア人として目にする最後の光景だった。飛行甲板の先には、みずからの名を永遠に刻む歴史の闇がひろがっていた。

過去を振りかえる時間はなかった。Ｆ－35Ｂが飛行甲板を離れるまで、わずか七秒だった。対流圏に到達して無線を切り、とくに訓練参加国アメリカの空母の逆探知を恐れて各種のレーダーを切った。アフターバーナーを点火し、マッハ１・５の超音速でベンガル湾を東に向かった。強襲揚陸艦の管制塔では、機体にトラブルが生じたか、パイロットがバーティゴに陥って墜落したと思って、いまごろ大騒ぎしているはずだった。

フレッチャーのＦ－35Ｂは大気を切り裂いて飛びつづけた。交信のない夜間飛行は、フレッチャーの経験したなかで、もっとも静かなフライトだった。

ミャンマーの領空を東に向かうにつれ、しだいに雨雲が濃くなってきた。フレッチャーは機体の高度をやや下げた。そのとき頭上になにか光るものが見えた。もう一度見上げると、それは丸い輪郭をした薄緑色の光で、雨雲の上にのぞいた月だと思いたかったが、今夜は新月なので月は見えず、ましてや丸く見えることは絶対にないはずだった。

つぎに光があらわれたとき、それはマッハ１・５で飛ぶ戦闘機の真上に、ぴったりとついてきていた。フレッチャーは凍りついた。荒くなった呼吸音が自分の耳に聞こえた。回避行動を取りたくても、レーダーを切った状態で旋回すれば、ラオスと中国の国境を狙った着陸地点から遠ざかってしまい、闇夜でバーティゴに陥る危険もあった。

機関砲とミサイルをコントロールする右サイドコンソールの操縦桿にしっかりと触れたまま、

キャノピーの上をあおいだ。光はまだそこにあった。機体のシルエットは視認できず、ただ光だけが見えて、ふいにその光が二つに増え、薄緑色の中心からオレンジ色の輝きがひろがって、やがて全体がオレンジ色に染まった。

そのような航空機の照明を、フレッチャーは見たことがなかった。呼吸がいっそう荒くなり、まばたきの回数が増えた。なにかが頭上を超音速で飛んでいるのに、主翼のわずかな輪郭も、エンジン排気口の炎も、まったく見えなかった。

混乱するフレッチャーの頭をよぎったのは、オーストラリア人パイロットなら誰もが一度は耳にする〈バレンティッチ消失事件〉だった。

——一九七八年十月二十一日土曜日、気象《ウェザー》ブリーフィングを終えたオーストラリア人の民間パイロット、フレデリック・バレンティッチは、セスナ182に搭乗し、午後六時十九分、メルボルンのムーラビン空港を離陸した。

機体に問題はなく、燃料タンクには五時間のフライトを保証する航空ガソリンが蓄《たくわ》えられていた。セスナ182は単発レシプロ機で、セスナ社の製造したプロペラ型軽飛行機のなかでも、ひときわ信頼性と人気の高い名機だった。

メルボルンを飛び立ったバレンティッチの目的地は南西およそ二三〇キロ、バス海峡の西端に浮かぶキング島で、現地でマロンと呼ばれる食用ザリガニを積んで帰ってくる予定になっていた。マロンはきれいな淡水で育ち、外観はロブスターに似て、縦にスライスして身に味をつけ、グリルしたり、強火で炒めたりして食べる。マロンはレストランの客にも提供されるシーフードだった。バレンティッチの輸送するマロンは、メルボルンに勤務する航空訓練隊に届けられ、士官たちがワインといっしょに味わうことになっていた。

午後六時十九分に離陸し、キング島でマロンを積み、午後十時前にはムーラビン空港に帰還する。十月も終わりかけた日のフライト・スケジュールは、二十歳のバレンティッチにとって、初の夜間飛行だった。

午後七時、メルボルンの地上管制室にバレンティッチは無線連絡を入れた。

——現在、オトウェイ岬が見えています。

——こちらメルボルン管制室。了解。

オトウェイ岬にはオーストラリア最古の灯台が残り、十九世紀のヨーロッパ移民が船から目にした眺めの名残《なご》りをとどめていた。

午後七時六分、メルボルン地上管制室にふたたび通信が入った。

——現在、この機体の近くを高度五〇〇〇フィートで飛行中の航空機はありますか?

——こちらメルボルン管制室。一機もない。

——いま、ライトを四つ点灯させた航空機が、こちらの一〇〇〇フィート上空を通過した。機種はわからない。……また東から接近してくる……航空機じゃない……長い形をして……今度は右から向かってくる……

そこでバレンティッチは沈黙した。

——こちらメルボルン管制室。応答せよ。

するとバレンティッチは答えた。

――物体は消えた。だがエンジンがおかしい。

午後七時十二分。

――ああ、メルボルン管制室……奇妙な機体《クラフト》がまたこちらの真上に浮かんでいる……浮かんでいる……飛行機じゃない！

――こちらメルボルン管制室。了解。

甲高いノイズが十七秒間つづき、セスナ182からの通信は途絶した。

メルボルン管制室は緊急対応を取り、通信途絶の十六分後、午後七時二十八分には捜索機がバス海峡へと飛び立った。

だが一週間の捜索によっても、セスナ182のプロペラの破片や翼の残骸、そしてフレデリック・バレンティッチの遺体や遺留品らしきものは、なに一つ発見されなかった――


強襲揚陸艦を離れた直後のフレッチャーは、自分はソ連からアメリカへの亡命をはたしたビクトル・ベレンコ中尉の知名度に並ぶ、と思っていた。ベレンコは冷戦時代の一九七六年九月六日、当時の最新型戦闘機ＭｉＧ－25に搭乗し、日本のレーダー網をかいくぐって北海道の函館空港への強行着陸を成功させた。

しかしフレッチャーの状況は一変した。いまやフレッチャーは二十一世紀のビクトル・ベレンコではなく、二十一世紀のフレデリック・バレンティッチになりかねない危機に面していた。墜落し、行方不明になって、ＵＦＯやオカルトのマニアに延々と名前をもてあそばれる不名誉な未来が浮かんだ。

それでもフレッチャーは、空軍で飛行隊長にまで昇進した戦闘機《ファイター》パイロットだった。俺は食用ザリガニを空輸するセスナ機のパイロットではない、と自分に言い聞かせた。フレッチャーは歯を食いしばり、恐怖に耐えて、計器を見て機首を水平に保ち、バーティゴに陥っていないのをたしかめた。つぎに意識を向けたのは、本当に相手は未確認飛行物体なのか――という疑念についてだった。

頭上の光は、正体がなんであれ、怯えるバレンティッチが管制室に伝えたのと同じように、ぴったりとついてきていた。それも超音速で。

祖国を裏切って亡命を試みるさなかに、正体不明機に無線で直接質問するのは不可能だったが、この速度についてこられる未知の機体は、F-35シリーズよりも進化したアメリカの第六世代爆撃機かもしれなかった。

それは、じゅうぶんにあり得ることだった。フレッチャーはいくらか冷静さを取り戻し、ふたたびキャノピーの真上を目視した。レーダーを切っているので、ヘッド・マウンテッド・ディスプレイはなにも映さなかった。

アメリカの最新型爆撃機であれば俺を追跡可能だとしても、こんなに早い対応はできないはずだ。なぜ俺の位置がわかったのか。

そう思ったとき、ふいに浮かんだ考えに、フレッチャーの心はかき乱された。

――中国の空軍なら、俺の位置を突きとめる必要はない。最初から飛行ルートの見当はついている。

だが、その推測が当たっていたとしても、中国空軍機がわざわざこちらに接近してくる意図が読めなかった。フレッチャーは酸素マスクをつけた口から大きく息を吸いこみ、脳に酸素を供給して必死に考えた。盗まれている最中の機体に、盗みの依頼主のほうから近づいてくるわけがなかった。そんなことをすれば、みずから共謀者だと世界に名乗るようなものだった。だとしたら——

フレッチャーは、一人の兵士にすぎない自分の思考を超えるシナリオの存在をたしかに感じた。

——中国が非難したベンガル湾での軍事演習中に、参加国の戦闘機が中国の領空を侵犯し、これを中国は適切な手順を守って撃墜する。

そんな事件がじっさいに起きれば、それはＦ－35Ｂ一機を手に入れるよりも、はるかに大きな波乱を歴史にあたえるはずだった。巧みで壮大なシナリオ、二重三重に張り巡らされた罠、ラッセル・フレッチャー飛行隊長はテロリストになり、中国の戦闘機パイロットは英雄になる。

——われわれは蜘蛛の巣にかかっているんだ。

精神科医のタルボットの声が聞こえた気がして、フレッチャーの目に汗が流れこんだ。

ラオス領空から中国領空に入った瞬間に、俺は撃ち落とされる。

息を吸ってまばたきしたフレッチャーは、機体が視界のまったくない領域に突入したのを知った。黒雲と豪雨。雷鳴が轟いていた。敵機の攻撃を回避するため、フレッチャーは急減速しながら左旋回した。ここはラオス上空なのか、中国上空なのか、現在位置を見うしなっていた。

下降すると、眼下にジャングルがひろがり、ふたたび視界が雲にさえぎられ、機体の周囲が光ったように感じられた。バレンティッチなら、未確認飛行物体に囲まれたと思いこんだかもしれないが、フレッチャーは雲中雷撃《うんちゅうらいげき》——雲のなかで尾翼のどこかに雷が落ち、機首へと通り抜けていった光を自分が見た可能性を考えた。

信じがたい悪天候のなかで、機体は激しくゆれた。どこの領空を飛んでいるのかもわからないこの状況では、地対空ミサイルに撃墜されてもおかしくなかった。めまいがして心拍数は上がっていた。雨雲とジャングル、視界の利かない闇に天地を挟まれて、自分の感覚がバーティゴを引き起こす前に、一刻も早く着陸する必要があった。

ジャングルに滑走路はなく、垂直着陸《バーティカル・ランディング》以外に選択肢はなかった。

フレッチャーはリフトファンを作動させ、エンジンの排気口を下に向け、同時にロールポストからターボファンエンジンの抽気を噴出し、F-35Bを闇夜のジャングルの上にホバリングさせた。冷えた空気と高熱の排気の下降気流《ダウン・バースト》が、嵐にゆさぶられる木々の上に叩きつけられた。

完全に空中停止した姿勢から、ゆっくりと、まっすぐにF-35Bは下降した。最初に前脚と主脚の車輪が枝葉にめりこみ、太い枝をへし折り、ウェポン・ベイから順に触れた機体下面の圧力が、数本の木を幹もろともなぎ倒した。

折れ曲がった木に接地をさえぎられ、地上四メートルで左に四十五度近く傾いた状態ではあったが、機体はジャングルへの不時着に成功した。豪雨に打たれるキャノピーをフレッチャーは開けた。ラダーは使わず、折れた木の幹に足をかけて、どこなのかわからないジャングルの地面にすべり落ちた。

立ち上がって歩きだしたフレッチャーは、雨の降り注ぐなかで破裂音を聞いた。耐Gスーツの胸に強い熱を感じ、胸を押さえて前のめりになりながら、落雷で感電したと思った。だが胸に触れた指をたしかめると、大量の血がついていた。聞こえたのは銃声だったのかと思った瞬間、頭に衝撃を受けて、フレッチャーはあお向けに倒れた。

豪雨を見上げる両目はひらかれていた。死体の上に降りつづく雨は、胸と頭にあふれたフレッチャーの血を暗闇のなかで洗い流し、胸を押さえたままの指先の血は手首を伝い落ちた。〈6〉を削ったパイロット・ウオッチの蓄光《ちくこう》素材が、手首にぼんやり光っていた。

第三部　STOVL

沖の霞《かすみ》が遠い船の姿を幽玄に見せる。

——三島由紀夫『天人五衰（豊饒の海・第四巻）』

23

空はアカシュ、雨はブリシュティ。

雲はメーグ、嵐はジョール、雷はバージュ。

上はウポレ、下はニチェ、左はバム、右はダン。

航空機はプレン、あるいはビマン。

——辞書を片手に、初歩的な単語をひたすら暗記する夢から覚めた透は、しばらくのあいだ記憶の迷路をさまよった。

バングラデシュに暮らして三年がたち、日常会話ができるほどにベンガル語は上達していたが、昔の夢を見たせいで、自分がどこにいて、いまがいつなのか判然としなかった。三年の月日や、ベンガル語の習得などはすべて夢にすぎず、まだ右も左もつかない状態にいるように思えた。

蚊帳《かや》を吊ったベッドの上、薄暗い部屋《ゴル》のなかで、午前六時のアラームが鳴っていた。

時計のアラームを止めた透は、ラジオをつけた。バングラデシュの国歌〈わが黄金のベンガルよ《アマル・ショナル・バングラ》〉が流れていた。

……わが黄金のベンガルよ……われは汝を愛す……永久《とわ》なる汝の空……永久なる汝の空……

歌のもとになる詩を書いた詩人タゴールは、この国ではタクルと呼ばれていた。ラジオから流れるベンガル語の歌詞を透は聞きとり、意味を理解した。もう一度時計を見た。午前六時五分。

蚊帳を抜けてベッドを降り、煮沸した水《シット・パニ》をポットからグラスに注いで飲み、それから椅子にすわってため息をついた。目が覚めたとき自分の居場所がわからなくなるなど、若いころにはあり得なかった。

あくびをして、机に置いたカレンダーの日付を見た。二〇三六年六月十日。

透は三十六歳になっていた。

歯ブラシをくわえて窓を開け、透は宿の二階から通りを見下ろした。

雨季の六月、バングラデシュの早朝はつかのまの青空にめぐまれ、色彩豊かな壁のつらなる路地から、いつものように男たちがあらわれた。ガムチャというタオルの一種を肩にかけた男たちはとくに用事もなく、透と同じように歯をみがいているだけだった。この町の、あるいはこの宿の近所の男たちは、なぜか歯みがきをしながら表に出てきた。昔からそうしているようだった。歯をみがき終えるころ、踵《きびす》を返してふたたび路地の奥へと消えてゆく。はじめは奇妙に感じたが、いまではその光景を眺めるのが透の朝の日課になっていた。

ローカル航空会社のロゴ入りのポロシャツを着た透は、一階の食堂に下りて宿の従業員にアッサラーム・アライクムと言った。あいさつを交わし、定位置のテーブル《テビル》に着いた。皿を見なくても漂う香りが食事の用意を知らせてくれた。

透の寝起きする宿は都市では中級クラスで、本来朝食は午前七時からの提供だったが、長期滞在者の透だけは六時半に食事をはじめられた。しかし、いつのまにかほかの旅行客たちもその時間に食堂に下りてくるようになって、透だけの特別あつかいはうやむやになった。

朝食はつねにカレーだった。朝から香辛料《モショラ》を大量に使ったカレーを出されるのにも馴れた透は、食堂の片隅でだまって食べはじめた。スプーンは使わず、指ですくった白米《シャダ・バット》をカレーに浸して口に運び、イリシュの切り身をゆっくり咀嚼《そしゃく》して、舌の上に残った小骨を指でつまみだした。ニシン科の川魚イリシュは、バングラデシュでは国魚と呼ばれて親しまれ、産地で有名なポッダ川は、ベンガル湾へ注ぎこむ大河の一部だった。

バングラデシュの食事は透の口に合っていた。使われる香辛料と相性がいいのかもしれなかった。水源の豊かな国で、人々はカレーを食べ、川魚を食べ、茹でた米を食べ、そしてとにかく水をよく飲んだ。

すっかり顔馴染みになった従業員の男に、もっと水《パニ》を飲むか、と訊かれ、透は咀嚼しながら首を横に少し傾けた。首を縦に振らず、傾けるのがこの国の肯定の身ぶりだった。

煮沸した水をグラスに注ぐ従業員が透に言った。「あんたの飛行機、きょうは飛べるといいな」

透は開け放たれた店のドア《ドルジャ》の外を見た。耳の垂れた野良犬と目が合い、野良犬が目を逸らして歩き去ったあとで、透は従業員に言った。「南のほうも雨だから、予約はきっとキャンセルになるよ」

従業員は肩をすくめた。「この時期、あんたたちの仕事はさっぱりだね」

「はい《ジー》」と透は言った。

「市場の魚を積んで飛ぶパイロットのほうが、きっと儲かるよ」

「はい《ヘーン》」

「雨のコックスバザールを空から見たがる外国人《ビデシ》なんていないだろう？」

「ああ《ジー》」

「俺だって、せっかく飛行機に乗るならやっぱり晴れた日がいいよ」

「うん《ヘーン》」


透は短い返事をくりかえしつつ食事を終えた。バングラデシュ人は話し好きなので、適当に切り上げないかぎり、なかなか話が終わらなかった。それにこの従業員とは、昨日も一昨日も、ほとんど同じ内容の会話をしていた。

小雨の降りだした通りに出ると、牛乳《ドゥド》を運ぶトラック《トゥラク》が目の前を猛スピードで駆け抜けていった。透は雨雲が西《ポスチム》へと移動する空を見上げ、傘を差さずに歩きだした。スコールの来る気配があったので、自然と急ぎ足になった。


この国に来た当初、土砂降りのときに人々が口にする〈ジョルジョル〉という言葉が透には印象的で、思わず笑ってしまう場合もあった。それは日本語の〈ざあざあ〉に相当する擬音だった。しかしスコールの猛烈さと危険さを身に沁みて理解したいまとなっては、〈ジョルジョル〉という声に笑みを浮かべることもなくなった。

バングラデシュ人民共和国はインド亜大陸の東、ポッダ、ジョムナ、メグナの三本の川が形成する地上最大のデルタ地帯、ベンガル・デルタの上にあった。

日本の四分の一の面積、毎年の洪水でその国土の三分の一が水没する国に、一億六千万人以上もの人々が暮らしていた。七世紀には玄奘三蔵《げんじょうさんぞう》もおとずれた世界有数の仏教国だったが、現在は国民のおよそ九割がイスラム教徒だった。

透は首都ダッカの南東二六〇キロに位置するバングラデシュ第二の都市、チッタゴンに拠点を置くローカル航空会社に採用され、観光フライトのパイロットとして働く日々を送っていた。

古くから港町として繁栄してきた歴史を持つチッタゴンは、巨大な港湾都市だった。現代バングラデシュの貿易の中心であるだけではなく、世界経済の大動脈の役割もはたしていた。都市には各国の大企業が支社を置き、港には荷揚げ用のクレーンがずらりと並び、海にはつぎつぎと貨物船が集まって、入港許可が下りるのを待っていた。無数のクレーンは波間で待機する船の大きな影とともに水平線の眺めをさえぎった。

透はチッタゴンのようなスケールの港湾都市を見たことがなく、資本主義の地底で流動する〈メイド・イン・バングラデシュ〉の力を思い知る気がした。

港湾都市チッタゴンをプロペラ機で飛び立って、一二〇キロほど南下すると、世界最長の砂浜を有するコックスバザールの景色がひろがり、浜辺で海を眺めるのと同様に、空からのその眺めにも人気があった。透は海外の観光客以外にも、年々増えてくる国内のベンガル人の富裕層を乗せてコックスバザールの上空を飛んだ。

24

八月十五日はバングラデシュの公休日で、外国人には〈ナショナル・モーニング・デイ〉とアナウンスされた。朝の morning ではなく、喪の mourning が冠せられた一日。

一九七五年、バングラデシュ独立後の初代大統領ムジブル・ラーマンが軍のクーデターによって暗殺されたこの日は、外国人を狙った政治的テロが起きる可能性が高いとして、例年観光客に外出の自粛が呼びかけられた。

透の寝起きする宿でも、日本人旅行者たちは在バングラデシュ日本大使館の注意喚起にしたがって、食堂で朝食を済ませたのち、ひっそりと自室に戻っていった。

だが透は宿を出て、通りの様子に目をくばりながら町を歩いた。リクシャの数はふだんよりずっと少なく、三輪車のペダルの漕ぎ手たちは空を見上げて退屈そうにしていた。

透はリクシャを利用せず、北に向かって二キロほど歩きつづけた。メディカル・カレッジ・ホスピタルを目印に進み、やがて第二次世界大戦兵士墓地にたどり着いた。ビルマ戦線で戦死した旧日本軍兵士が、イギリス連邦兵士の死者とともにチッタゴンの地で眠っていた。この日、この墓地にいること自体、みずからテロリストに向かって「私は外国人です」と知らせるようなものだったが、透は意に介さなかった。

空は青く、手入れの行き届いた墓地は静まりかえっていた。風はおだやかに吹き渡った。この墓地をおとずれるたびに、透はなにかを考えようとしたが、いつも考えはまとまらなかった。眠っている兵士たちに母国語で話しかけるわけでもなく、海の彼方の祖国を思いだすわけでもなく、ただじっと墓の前に立っていた。

墓地を離れてまもなく携帯電話が鳴り、透はベンガル文字で表示されたローカル航空会社の事務員の名前を眺めた。遠い空を見つめ、羽ばたく鳩を見送り、同時に五〇メートル先の交差点の赤信号を無視したピックアップトラックを目で追いながら、透は電話に出た。

「うちで一人新しくパイロットを雇うんだけど」と営業部長のノベラは言った。彼女の声に幼児の騒ぎ声がかさなった。「面接の日をまちがえて、きょうオフィスに来ちゃったらしいの。もしオフィスの近くにいるなら、あなたが会ってくれない？」

透の宿は航空会社の入ったビルのそばにあるのを、社員はみんな知っていた。家族も恋人も持たず、フライト以外には興味を抱かない人生を送っていて、ようするに変わり者《バゴル》だということも知れ渡っていた。

墓地を出たばかりでオフィスの近くにいるわけではなかったが、透はノベラの頼みを請け負った。「了解《アッチャ》」

「お願いね。フライトに使えそうな人かどうか、あなたに判断してもらったほうが話が早いから」

雑居ビルの三階にあるオフィスに透が着くと、鍵のかかったドアの前で、白人の男がポケットに両手を突っこんで立っていた。

廊下を歩いてきた透に気づいた男は、かなり流暢《りゅうちょう》なベンガル語で言った。「ここはきょうは休みだ。営業してない」

透はなにも答えなかった。バングラデシュで観光フライトのパイロット募集広告を見てやってきた白人は、自分と同じように訳ありだと思った。

男は茶色がかった赤毛の髪をしていて、眉は太く、顎鬚《あごひげ》をたくわえ、眠たげに見えるまなざしをしていた。やせて骨張った体格だったが、背丈は一九〇センチ近くあった。

「俺はここの従業員だよ」オフィスの鍵を取りだした透は、英語で男に言った。

「それは申し訳なかった」男は即座に両手をひろげ、英語で謝った。「でも謎が解けたよ。チャクマが観光フライトの申しこみだなんて、めずらしいと思ったんだ」

「俺はチャクマ族じゃない。日本人《ジャパニ》だ」と透は言った。英語で伝えたが、〈日本人《ジャパニ》〉だけはベンガル語だった。

ローカル航空会社のパイロット志望者は、眠たげな目を大きくしておどろいた。「日本人？　きみが？　本当にチャクマの人じゃない？」

「その様子だと、この国に来たばかりじゃなさそうだな」ドアを開けた透は言った。

「もう十年近く住んでる《アミ・ドシュ・ボチョル・バシュ・コレチ》」男はベンガル語で答えた。「自分ではチャクマと日本人の見分けはつくと思っていたんだが——だって、きみの頭——」

男が視線を向けた透の髪は、バリカンで短く刈りこんであった。


チャクマ族はチッタゴン丘陵地帯《ヒル・トラクツ》に暮らす少数民族で、古くから土地に根ざし、イスラム教の国になった現在のバングラデシュにあって、先祖から受け継ぐ上座部仏教を信仰しつづけていた。その顔立ちは男も女も日本人にそっくりだった。

短髪の透は、剃髪したチャクマの仏教徒だと思いこまれ、町で観光客に仏教寺院《ブッド・モンディール》の場所を訊かれることがあった。


面接をするはずだった女性社員の机から必要な書類を探し、自分の机からノートと鉛筆を取って、透は男に応接用の椅子にすわるようにうながした。

「ニール・ニューランズだ」腰かける前に男が名乗った。「ニールってのは、パイロットにはいい名前だと思わないか」

透は面接する相手の顔を見つめ、少し考えてから訊いた。「——ニール・アームストロングと同じってことか？」

「いや、さすがにそれはちょっとな」とニューランズは言った。「ニールはベンガル語で〈青〉を意味するからさ。まあ〈ニル〉に近い発音だけど」

「それだけか？」

「それだけだよ」

透は無表情でうなずいた。そして自分の名前を名乗ったが、パイロットだとは明かさなかった。

「ここは航空スクールじゃないからレッスンはしない」と透は言った。「募集広告にも書いてあったように即戦力を求めている。事業用操縦士免許《コマーシャル・ライセンス》と計器飛行証明《IR》を見せてくれるかな」

「もちろん」とニューランズは言った。

透はニューランズの免許や証明書をたしかめたが、どこにも不備はなかった。少なくとも書類上は正真正銘のパイロットだった。

「パスポートとビザも見せてくれ」

「このファイルに入ってるよ」

手渡されたファイルの中身を透は確認した。イギリス人《ブリティッシュ》、ニール・フランシス・ニューランズ。生年月日の数字はニューランズが四十五歳だと伝えていた。

透は言った。「資格の国内切り替えを申請して正式に採用された場合は、おもにボナンザG36に乗ってもらうが、操縦した経験はあるか？」

「ビーチクラフトの機体だろ。単発レシプロの名機だ」

「飛ばしたことは？」

「ヘリコプター以外はなんだって飛ばせるよ。ヘリは——あれは特殊だから」

「質問に答えてくれ」

「G36の飛行経験はないが、ボナンザの別のシリーズ機なら何度も乗った」

「この国で？」

「いや、アイルランドで。短い期間だが、観光フライトのパイロットをやった」

「ずっと民間か？　UKの軍には？」

「少しだけいたよ。でもすぐ退役して民間企業で働いた。本当は戦闘機に乗りたかったんだが、軍は凄腕の連中ばかりで、俺の出る幕はなかった。観光パイロットをやったのは、軍を辞めて再就職するまでの期間だ」

「履歴書には書いてないな」

「話せば長いんでね。プロペラ機のパイロットになるやつは、なぜかエピソードだらけの人生だろ？　俺もそうなっちまったよ」

「前職はチッタゴンで肉体労働、と書いてあるが、具体的には？」

「〈船の墓場〉だよ。あの職場で働いた」

「バティアリの？」

「ああ」

「外国人なのによく働けたな」

「まあ解体のほかにも、仕事はいろいろあるんだ。需要と供給さ」

チッタゴンのシャーアマーナト空港の北、海沿いのバティアリ一帯には、大型船の解体現場が集結していた。長い年月をかけた航海の最期に船がたどり着く場所、〈船の墓場〉。大型船が墓場に入る方法は、まず沖に停泊して、満潮時になると浜辺に向かって全速前進で突入する、という単純なものだった。船はみずから座礁するかたちで、その生涯を終えた。

潮が引いたところで、時給八タカ、日本円で十円程度の安い報酬で雇われる労働者たちが、座礁した船体に蟻《あり》のように群がって、時間をかけて解体した。仕事はほとんど手作業でおこなわれ、ジャンボ旅客機より大きなタンカーでさえ人力で解体された。高層ビルを人の手だけでばらばらにするような、あるいはそれ以上の身の危険が待ち受けていたが、資源の塊《かたまり》である巨大な船を安い労働力で解体することが、〈船の墓場〉の価値を生んでいた。

低賃金労働者の人権や安全、海洋汚染などの問題を抱えているため、政府によって関係者以外の立ち入りは固く禁じられ、透も遠くから眺めたことしかなかった。

透はノートに鉛筆で〈船の墓場・バティアリ〉と記してから言った。「解体現場の収入だけで十年間すごしてきたのか？」

「さっきも話したように、仕事はいろいろさ。俺は使えるものを修理していたんだ。わりと金になる」

「どうしてまたパイロットをやりたくなった？」

「そりゃ給料がいいからだよ」ニューランズはオフィスを見回しながら答えた。「もともと飛ぶ資格もある。陸地で海を見るのに飽きちまったんだ。だったら空の上から見るしかないだろ。ところで、あの棚に飾ってあるのはA－10サンダーボルトⅡか？　観光フライトのオフィスに爆撃機の模型を飾るなんて、俺は気に入ったよ」

「観光客の置きみやげだ」

透の淡々とした受け答えを聞いて、笑っていたニューランズは真顔に戻った。「――結局、人生は退屈か冒険かの二択だと思うね。で、空を飛ぶのはいつだって冒険だよ」

「冒険は不要だ。曲技飛行もなし。安全な観光フライトをすればいい」

「イエッサー。わかってるよ」

「採用されたらメディカル・チェックと、飛行技能のテストがある。テストは複座のボナンザG36に教官役と二人乗りで、教官がきみの能力を判定する」

「問題はそこなんだ」とニューランズは言った。「人にはどうしても相性ってものがある。客だったらどんなやつを乗せてもかまわないが、同じパイロットが横に並ぶとなると話は別だ。犬猫が同種を威嚇《いかく》するのに似てるかな。誰が隣にすわるのか、それだけ事前に教えてほしいね。できるだけ早くコミュニケーションを取っておきたい」

透はノートを閉じ、書類の端をそろえて言った。

「たぶん、隣にすわるのは俺だよ」

25

雨季が終わって、秋がおとずれた。

本格的な観光シーズンは一ヵ月ほど先だったが、透の勤めるローカル航空会社の電話は鳴りやまず、インターネット予約も途切れなかった。バングラデシュの観光産業が急速に発展している現実を、従業員全員が肌で感じていた。

チッタゴンを発ち、コックスバザールまで観光客を乗せるパイロットは、休む暇もなく日に何度も飛びつづけ、新入りのニューランズが正式に採用されると、ようやく息がつけるようになった。だが今度は事務員が不足した。仕事量と給料が釣り合わないと言って二人が退職し、しかたなく透は非番の日にオフィスを手伝うようになった。化石燃料の価格が世界的に高騰しつづけるなかで、たとえ利用客の数は増えても、会社は事務員の給料を上げられなかった。


世界でもっとも長いビーチの上空を飛んできた透は、午後三時すぎにチッタゴンのシャーアマーナト国際空港に帰還した。

かつて身を置いた航空宇宙自衛隊には、透の操縦するボナンザG36のようなレシプロエンジンを積んだ機体は一機も存在せず、基地にあったプロペラ機の動力はすべてターボプロップだった。つまり航空学生時代にも透はレシプロ機に乗った経験がなかったが、いまでは目を閉じて飛ばせるほどその機体に馴染んでいた。

滑走路とエプロンをつなぐ誘導路《タクシーウェイ》をタキシングして、透はボナンザG36を空港のいちばん端にまで移動させていった。そこに会社の借りている格納庫があり、整備員たちが待っていた。ダッカ、ドバイ、ドーハ、クアラルンプール、国外各地へのフライトを控える航空各社のジェット旅客機が居並ぶ壮麗な光景のなかで、毅然としてプロペラと翼を光らせているちっぽけな軽飛行機は、童話にえがかれるおもちゃの騎兵のように地上をゆったり進んだ。エプロンに駐機した機体から降りた透は、瞬時に汗の噴きだす熱気に包まれた。雨季が終わったあとに必ずやってくる猛暑が、気温を四十度近くにまで上昇させていた。

つぎのフライトにそなえる整備員と短い会話を交わし、書類にサインして、透は機体を引き渡した。それから格納庫のなかに歩いてゆき、壁にかけられたバングラデシュの国旗を見上げた。およそ一分のあいだ、国旗の前にじっと立っていた。

フライト前とフライト後、イスラムの聖者の名を冠した空港の格納庫で、静かに国旗を眺めるのは、プロペラ機に乗る透にとって儀式のようなものだった。透は意図しなかったが、その習慣はバングラデシュ人の整備員たちに、異教徒である透への無言の信頼を抱かせた。

――緑の地に赤い円が一つだけえがかれた国旗。

白地に日の丸の旗が掲げられる国で育ち、その旗が掲げられる基地で航空機の操縦技術を叩きこまれた透は、格納庫にある緑の地に赤い円の国旗を見るたびに、奇妙な感覚に襲われた。すべての国旗のうちで、もっとも日の丸に似た国旗。

一九七一年にパキスタンから独立したバングラデシュ人民共和国の旗は、翌七二年に正式採用され、つまりその歴史はまだ七十年にも満たなかった。

しかし透は、古くは紀元前のマウリヤ朝の時代からつづく記憶の地層が、緑と赤の色彩の底に眠っているのを知っていた。さまざまな国が栄えては滅び、新たな支配者が君臨して、宗教の勢力図は幾度も描《か》きかえられ、ときにはイギリスの植民地となり——そうした長い物語のはてにたどり着いたのが、一九七二年に生まれた国旗にほかならなかった。

パキスタンを相手にした独立戦争で三百万人が犠牲になった、とバングラデシュ政府は発表していた。独立戦争時、ベンガル人ゲリラとして橋や道路を破壊し、パキスタン軍の侵入を阻んだ戦士たちは、ムクティ・ジョッダと呼ばれて、いまなおバングラデシュの英雄と讃えられ、透の勤めるローカル航空会社の社長の父親も、そんな英雄の一人だった。

独立後に掲げられた国旗のあざやかな緑は大地の豊かさを示し、赤い円は戦いで流された無数の国民の血を象徴すると同時に、輝ける太陽をあらわしていた。初代大統領ムジブル・ラーマンは、国旗制定のさいに日の丸を参考にした、とも言われていた。日本の国旗と異なって、円がやや左に置かれているのは、あらかじめ旗竿側に寄せることで、強い風にはためいた場合にも、赤い円が敢然と中央を占めて見える工夫だった。

格納庫のバングラデシュ国旗を見上げる時間は、透の日々にとって唯一の、かつて出会った他者たちを追憶する時間にもなっていた。

彼らの顔、彼らの声は、勝手に、自動的に浮かんできた。

祖父の顔は、いつものようにきびしかった。

……護国ということについて、自分の頭でよくよく考えておきなさい。

そう話す祖父の声には、いまや寺の住みこみの僧が日本から送ってきた手紙の中身が加わって、言葉はこのようにつづけられた。

……鎮護国家とは、文字どおり、国に害をもたらす敵を鎮め、国を護るという意味で、これを調伏と呼ぶ……

殉職した松ヶ枝二佐。

空自の夏服を着た松ヶ枝二佐は、おだやかに微笑みながら言った。

……易永、やっぱりおまえ浮いているよ。自衛隊向きじゃないのかもな……

キド。

澄んだまなざしをして、窓の外を不安そうにしつこくたしかめる若者は言った。

……あんたにとって国旗の日の丸ってなんだ?

それからキドはこう言った。

……義の行動ってのは水平的じゃなくて、垂直的なんだ。易永さん、あんたもたぶんそう考える人間だから……

つねに記憶は錯綜し、透の考えは入り乱れた。

その日、バングラデシュの国旗の前に立って過去を呼びさます透の心に引っかかったのは、鎮護国家という語の響きだった。

——鎮護国家とは、文字どおり、国に害をもたらす敵を鎮め、国を護るという意味で、これを調伏と呼ぶ——

玄安寺の僧が寄こした手紙には、ほかにどんなことが書いてあったかを、透は思いだそうと努めた。そこにはたしか、こう書いてあったはずだった。

——仏が姿を変えられたさまざまな明王さまが、霊験によって敵を調伏されるご様子を、和尚さんは透さんのお仕事にかさねられていたのではないでしょうか——

……敵を調伏か。透は心のなかでつぶやいた。

それは単純な話だった。敵がいるからこそ、鎮護国家のための調伏をおこなうのであって、調伏には敵の存在が不可欠だった。現代の国家が所有する暴力装置は、内外の敵の抑止力にほかならず、どこにも敵がいないのであれば必要とされなかった。

敵、と透は思った。俺には敵がいただろうか?

高校時代に飛びつき三角絞めで失神させた門村の姿が、自然と思い浮かんできた。あの門村が自分の敵だったのかどうかを考えながら、透はかすかな笑みをこぼした。

……いや、俺はあいつを敵と見なしてはいなかった。あんなやつは障害物でしかない。空き地の柵や道路のガードレールみたいなもので、それを誰も敵とは呼ばない。あいつは障害物であって、俺の実験台でしかなかった。俺はあいつのちょっとした悪意を利用して、都合よく人間を絞め落とす実験台にしてやっただけだ……

透の問いは、ふたたび元のところに戻った。

……じゃあ俺にとっての敵はなんなのか？

透の目から眺める世界は、敵でも味方でもなかった。わざわざ敵を作る必要もなければ、相手を味方だと一方的に思いこんで裏切られることもなかった。バンコクの航空スクールの社長にはいいように利用されたが、やはり敵でも味方でもなかった。世界はただ、ひとしく重力のもとにひれ伏して、永劫《えいごう》の領土争いをつづけているにすぎなかった。そんな世界を水平的と呼んだのは、ラチャダムヌーン・スタジアムで出会ったキドだった。

考えるうちに、透はずっと昔に祖父に問われた護国について、自分がどうしても納得できる答えにたどり着けなかった理由が、なんとなくわかってきたような気がした。

……俺には敵の概念が欠けている。

そういう人間が国家の敵を調伏しようとする組織に入ったところで、組織の集合的な意志に順応できるはずもなかった。

だから俺は浮いていたのか。

格納庫で整備員がつけているラジオから、〈わが黄金のベンガルよ《アマル・ショナル・バングラ》〉が流れてきた。国歌を聞いた瞬間、透は日の丸とそっくりなバングラデシュの国旗にあって、日本の国旗にないものを深く実感した。それはいまさら言うまでもない独立《インディペンデンス》という歴史だった。支配者からの独立戦争の過去。

護国ではなく、独立という言葉について考えてみた透は、そのほうが自分にとってしっくりくるように感じた。ただしそれは政治的なものではなく、個体《インディビジュアル》という意味に近い感覚においてだった。どこに行っても孤立している自分と、独立という言葉のあいだには親和性が感じられ、同時にそれは、キドが義について語るさいに持ちだした「垂直的」という言葉と、あたかも原子同士が分子を構成するように引き寄せ合って、たちまち結びつくような感覚があった。

護国が水平的であり、独立は垂直的——

かりにそんなふうに当てはめてみるのなら、護国に溶けこめない自分は、なにをもって独立を望むのか？　透は自分自身に問いかけた。なにによって、いったいどこに準拠して、垂直的な行動とするのか？

透は考えつづけ、光を放っては瞬時に闇へ消えてゆく思考の火花、そのかすかな軌跡を懸命に追いつづけた。

……俺にとっての独立《インディペンデンス》とは……俺はなにを望んで……

ただ俺は空を飛びたいだけなんだ。透は自分自身の欲望を、そんなふうに集約してしまうこともできた。だがそれはあまりに幼く、青臭く、漠然としすぎていた。もちろん誤りではないにしろ、みずからの欲望の底にさらに深く潜ってみれば、そこには血の契約を連想させるような、一つの条件があるはずだった。それは「戦闘機で」という条件だった。

……戦闘機で……ただ俺は戦闘機で空を飛びたいだけ……

透はなおも考えた。

……どうして戦闘機だったのか……


透の目に浮かんできたのは、十六歳の秋に溝口と出かけた航空祭で、はじめて戦闘機を見上げた日の光景だった。

Ｆ－16ＣＭの機動飛行は、重力という絶対者と対峙していた。神にもひとしい巨人の指が、小ざかしい蚊のような一機の戦闘機を捕まえようと、右へ左へ動き、しかし戦闘機は巨人の指から絶えまなく逃げ延びて、その追跡をあざ笑い、炎を吐いては飛びつづけ、青空を切り裂き……


透は戦闘機のかたちが好きだった。

Ｆ－16、Ｆ－15、Ｆ－2、Ｆ－35——

一つひとつのかたちのなかに、不可能な飛翔をなし遂げる力がたわめられていた。人々がそれを美と呼ぶのであれば、別に異論はなかったが、あらゆる戦闘機が体現している美は、たとえば機能美などという文句では決しておよばないような力だった。

重力に逆らう戦闘機のかたちは、かたちのなかにたわめられた力そのものであり、絶対的な重力を前にして叫ばれる高らかな生の宣言だった。無謀で、はかなく、白昼夢のような独立宣言……

力だ、と透は思った。俺が欲したのは、空を切り裂くあの力……

記憶をたどった透は、戦闘機のなかにたわめられた力、そこにしか自分にとっての独立《インディペンデンス》の空間はなかったという事実を思い知らされた。

戦闘機のなかにたわめられた力と同化することが、自分の望みであり、同時にキドの言う垂直《バーティカル》な行動を、あるいは義さえも意味したのかもしれない――そういう考えに自力でたどり着けたことは、視界を覆っていた霧が晴れたような、ある種の爽快さを透にもたらしたが、しかしいくら自己分析したところで、もはや透は戦闘機の領域から放逐され、青空の端にかろうじてぶら下がって生きているにすぎなかった。

すべては手遅れで、うしなわれていた。目の前には延々とつづく人生の平坦な道がひろがっていた。生を実感できず、なんとなく生活する日々。仕事で空を飛んではいるが、飛べば飛ぶほど、かつて望んでいた飛翔から遠ざかってゆく日々。

透は、ため息混じりにささやいた。

ただ俺は戦闘機で飛びたいだけ、か。

――透は国旗の前を離れ、格納庫を出て、夏の盛りを思わせるバングラデシュの秋の空を見上げた。

空港からオフィスに汗まみれで戻った透は、眼鏡をかけ、あざやかな水色のストール《オロナ》を首に巻いた事務員のレカに大型の封筒を渡された。

彼女はパソコンのキーボードをせわしなく叩きながら、透と目も合わせずに早口で言った。

「それ、郵便局まで持っていってください」

チャも飲まないうちに仕事を命じられ、透はあきれた顔で彼女を見た。パイロットと雑用係の区別もつかないのか——思わずそう言ってやりたくなったが、言い負かされるのは目に見えていた。世間話《アッダ》と呼ばれるおしゃべりで長年鍛えられてきたバングラデシュ人に、ただでさえ口下手な自分が敵うはずはなかった。

ふいにレカがキーボードを叩く指を止めて、透のほうを向き、いぶかしむように眼鏡の奥の目を細めた。

「ちょっと太りました？《モタ・ホエ・ジャッチェン》」と彼女は言った。


戻ったばかりのオフィスを出て、車両の規定を超える人数を乗せた乗り合いバス《テンプー》をやりすごし、透はリクシャを呼びとめた。チッタゴンに来た当初、自転車と荷台の一体化したこの乗り物の名前は、日本の〈ジンリキシャ〉に由来すると宿の従業員に教えられ、からかわれているのかと思ったが、どうもそれは本当の話らしかった。

リクシャの座席に乗りこんだ透は、ペダルの漕ぎ手の男と値段交渉《ダマダミ》をはじめた。バングラデシュでは交渉はどこにでも生じた。それは都市で暮らす人々の楽しみの一つでもあったが、三年たっても透は馴れることができずにいた。

しばらくやりとりがつづいたあとで、男は言った。「運賃をまけるかわりに、チップを五タかくれよ」

透は首を横に傾け、肯定の合図を送った。「それでいい。とにかく行ってくれ」

交渉が成立して、くたびれた麦わら帽子をかぶりなおした男は細い足に力を込め、ペダルを漕いでチッタゴン中央郵便局をめざした。


郵便局での用事を済ませた透は、ひさしぶりにコンノフリ川の流れを地上から眺めてみようと思いついた。まっすぐにオフィスへ戻れば、また雑用を言いつけられるはずだった。

客待ちのリクシャの群れを横目に進み、いくつかの大きな礼拝所《モスク》の前を通りすぎながら南に歩き、川沿いにまで来ると、流れに沿って東へ向かった。

コンノフリ川の下流にひろがるのは、バングラデシュ最大の港湾だった。その景色はチッタゴンという都市の象徴でもあった。停泊する船の数はおとずれる観光客の目を圧倒し、川面《かわも》が夕暮れの薄闇にほんのり染まる時刻には、まるで世界全体が水没してしまい、生き延びた人類はみんな船に乗って水上生活を送っているような、そんな印象をもたらした。


三大船着き場の一つ、ショドル・ガットにやってきた透は、混沌とした水辺の傍観者となった。夕焼けの光に燃えている桟橋を、ペットボトルを入れたかごを担ぐ少年たちが渡っていた。彼らの向かう先には停泊するフェリーがあった。少年たちは家のないストリート・チルドレンで、フェリーの船内で出港を待つ乗客にペットボトルの水を売り、元締めの大人から分け前をもらって生計を立てた。陸の拠点にはペットボトルに水を入れる役目を担《にな》う少年たちがいて、やはり帰る場所を持たなかった。

栈橋につづく川岸の道にさまざまな露天商がすわりこみ、船に向かう客や上陸してくる客を待っていた。黄麻《パート》で編んだサンダル売りの女、煙管《きせる》をくわえたまま居眠りしているような豆売りの老人、盥《たらい》に大量に入れた生の小魚を売る若者。

小麦粉の皮で包んだじゃが芋を揚げたシンガラを新聞紙に並べて売る者もいれば、厚底の鍋に一五センチほどの鯉《こい》の唐揚げを無造作に積みかさねて売りさばく者もいた。

伝統的な数十種類の薬草を布の上に並べた治療師《コビラージ》は、船旅の無事を祈願するベンガル文字の護符を抜け目なく売っていて、値札に英語の説明が添えられた手製の護符は、外国人観光客の目を引いた。

あてどなく川岸を歩く透の目についたのは、敷物もなく地べたにすわりこみ、白っぽいまな板を自分の前に置いている少年だった。まな板の上には食材がなにもなかった。近づくにつれて、まな板に見えたのは平らなデジタル式の体重計だと気づいた。

おそらくは海外から寄付された古着のTシャツを着て、ひどくすり切れたジーンズを穿《は》いた少年は、ペットボトルを担いで栈橋を渡る少年たちと変わらない風貌だったが、さらに貧しいのか、靴もサンダルもなく裸足だった。

透は少年が自分に呼びかける声を聞いた。

「お兄《バーイ》さん、ここで体重が測れるよ」

体重計一つで商売する路上の男を透は見たことがあったが、子どもがやっている姿を見るのははじめてだった。ふだんなら一瞥《いちべつ》して歩き去るところで、ふいに頭をかすめた事務員のレカの言葉が、透をその場に引きとめた。

――ちょっと太りました《モタ・ホエ・ジャッチェン》？

Tシャツの裾で額の汗をぬぐっている少年に透は訊いた。「いくらだ《コト・タカ》」

「二タカだよ」

日本円で三円にも満たない額が安いのか高いのか、透には判然としなかった。そもそも体重を測るだけで料金が発生するのがふしぎだったが、靴さえない少年相手に大人が値段交渉《ダマダミ》する値ではなかった。

「その体重計、壊れてないだろうな」

「ちゃんとしてるよ」少年は掌を台の部分に押しつけて力を込め、液晶の数字が移り変わるのを見せた。「電池の残量があるうちに、測ったほうがいいよ」

かつて耳にしたことのない売り文句を聞いて、透はポケットから一タカ硬貨を二枚取りだした。硬貨を少年に差しだしてから、靴を脱いで体重計に乗り、液晶の数字を見守った。六一・三キロ。数年前にタイで測ったときよりも二キロほど落ちていた。

それで終わりだった。体重計を降りた透は、脱いだ靴を履き直した。

「お兄さん、航空会社の人だろ？」少年の目が、透の着るポロシャツのロゴに向けられていた。質問に透が答えないでいると、さらに少年は言った。「そのマーク見たことあるよ」

「そうか」

「お兄さんの会社で、なにか仕事ないかな」

「ない」

「なんでもやるよ」

「体重計の電池の心配をしたらどうだ。電池が切れたらどうする。新しい乾電池を買う金はあるのか？」

　少年はだまりこんだ。

　透は言った。「仲間といっしょにペットボトルの水を売ったほうがいいんじゃないか」

「水は前にも売ったよ。でも、元締めと喧嘩して追いだされた。あいつらギャングなんだ。川に落とされそうになった」

「そうか」

「俺みたいなやつはきらわれる。俺はできるやつ《チャラック》だからな。自分の頭を使って生きなきゃだめだよ」

「なるほどな。体重が測れてよかったよ。元気でな」

「頼むよ。なにか手伝わせてくれ」

　透は歩きだし、来た道を戻った。

　船着き場を遠ざかったところで、視界の隅に少年の姿が入った。少年は体重計を脇に抱えて、あとをついてきていた。透は少し気の毒に感じたが、中途半端な手助けはできなかった。この国にあふれるストリート・チルドレンの問題は政府が解決するべきで、それが叶わないのなら、日本人も参加している非政府組織《NGO》の活動に託すしかないと思った。

リクシャを呼びとめた。しばらく進んだところで、小刻みにゆれる荷台から透がうしろを振りかえると、少年の姿はどこにもなかった。

26

同僚のパイロットたちのフライト・スケジュールを作成し終えた透は、ミルクなしのロン・チャ《ドゥド・チャラ》を自分で淹れた。把手のない陶器のカップに口をつけ、三階のオフィスの窓から外を眺めるうち、通りの向かい側に少年がいるのに気づいた。ショドル・ガットで会った日から二日たっていた。

船着き場近くの岸にいたときと同じように、少年は体重計を前に置いて路上にすわりこみ、歩きすぎる人々を見上げて、声をかけているようだった。偶然のはずがない、と透は思った。あの日に着ていたポロシャツのロゴを見て社名を知り、オフィスの場所を人にたずねながら、ここまで歩いてきたのにちがいなかった。透は熱いチャがすっかり冷めてしまうまで、窓の外を見ていた。少年の用意した体重計に乗る客は一人もいなかった。

翌日も、その翌日も、少年は同じ場所にあらわれた。

二車線の道路を挟んだオフィスの向かい側。

こっちから関われば相手の思惑どおりだ、と透は思った。

会社に迷惑をかけるような行動を少年が取らないかぎり、透はひたすら無視することにきめた。


少年の出現から一週間がすぎ、夕方になってシャーアマーナト空港から戻ってきた透は、事務員のレカに呼びつけられた。

「きょうのお昼、子どもがお金を返しにきたわよ」

「お金?」

「この会社のチャクマ族みたいな人に借りたって。あなたでしょ」

彼女に手渡された二枚の一タカ硬貨を、透はだまって見つめた。

「ああいう境遇の子がちゃんと返しにくるなんてね」

レカの視線はすでにパソコンのモニターに戻っていた。


透は自分の机に行き、戻ってきた硬貨を机の上に置いた。腕時計を見た。いまごろニューランズがコックスバザールの海岸線の上空を飛んでいるはずだった。

栓抜きがない、とくりかえしながら、コカ・コーラの瓶を持った社長が棚の前をうろついていた。棚の上で扇風機が左右に首を振っていた。

透は机の引きだしからツールナイフを取りだし、私が開けますよ、と社長に声をかけた。

社長から受け取った瓶はまるで冷えていなかった。ツールナイフに付属している栓抜きで栓を開けて、透は社長に瓶を返した。生ぬるいはずの炭酸飲料を、社長は扇風機の送りだす風の前でうまそうに飲んだ。

透は窓際に行って、西日よけのブラインドを指で押し下げて外を見た。

――車、バイク、リクシャ、燃料の天然ガスがそのまま乗り物の名前になった自動三輪車のCNG、混雑する通りを横断して、透は少年の前まで歩いていった。

「どういうつもりだ」透は硬貨を載せた掌を、少年に見えるように傾けた。「これはきみに払った代金だ」

「いらないよ。そのかわり、空港でなにか手伝わせてくれよ」

「子どもの仕事はない」

「窓ふきでも掃除係でもいいから。俺は飛行機を見るのが好きなんだ。シャーアマーナト空港に行って、ずっと飛行機を見ていることもあるよ」

「本当か?」

「本当だ」

「たぶん空港できみが眺めているのは、大きなジェット旅客機だな。うちの会社が飛ばすのはもっと小さな機体でね」

「知ってる」

「そうか。どういう機体か言ってみろ」

「ビーチクラフトのプロペラ機。色は赤と白、あと真っ白なやつもある」

「なるほどな」と透は言った。「だがオフィスの入口まで行けば、運用している機体の写真が飾ってある。そこで見たんだろう？」

「空港で見たんだよ。俺は目がいいから」

透は少年をじっと見つめて、硬貨をポケットにしまった。

「その足でショドル・ガットから歩いてきたのか」

「この足しかないからね」少年は裸足のつまさきの泥を手で払った。

透は通りを見渡し、おもむろに少年の前を離れると、雑貨屋に向かった。黄麻《パート》で編んだ子ども用のサンダルを買い、また少年の前に戻って、安物だが新品のサンダルを体重計の上に置いた。

「それを履いて船着き場に帰れ」

「俺が欲しいのはサンダルじゃない。仕事だ」

「仕事はないんだよ」

透は静かに告げて、ふたたび通りを渡ってオフィスに戻った。

夜になって外を見下ろすと、少年の姿はなく、サンダルだけが置きざりにされていた。つぎに外を見たときには、サンダルもなくなっていた。

翌日も少年は同じ場所にやってきたが、唯一の商売道具であるデジタル式の体重計は、壁にぶつかった車のバンパーのように壊れていた。離れた窓から眺める透の目にも、使いものにならないのはあきらかだった。それでも透はとくに行動を起こさず、淡々と事務作業をつづけた。

やがてオフィスを出た透を、壊れた体重計を抱える少年は、雑居ビルの階段口で待ちかまえていた。透は少年と対峙した。

「これじゃ稼げない」亀裂の入った体重計を見せながら、少年は言った。

「そうみたいだな」透はさっさと歩きだした。

「船着き場のギャングに壊されたんだ。なにか仕事をくれよ」

本当であれば気の毒だが鵜呑《うの》みにはできない、と透は思った。同情を買うために、わざと自分で踏み壊したのかもしれない。そもそもデジタル式の体重計自体が、どこかで盗んできた品のはずだった。

「きみは前に、飛行機が好きだって言ってたよな」

「うん」

「もし空港で働けるとしたらなにがしたい？　手荷物検査係か？」

透の横に並んで、裸足でアスファルトを歩く少年は即答した。「いつかパイロットになりたいんだ。お兄さんはパイロットなんだろ？」

レカのやつ、あのおしゃべりめ——透は心のなかで舌打ちして、立ちどまって少年を見下ろした。

「パイロットに必要なものはなにか、わかるか？」

「必要なのは資格だろ」

「あきらめない心だ」

その言葉を聞いた少年は、だまって透の顔を見上げた。

「空の上で最後に頼れるのは自分だけだ。おまえはその体重計を自分で直そうとしたのか？壊されてあきらめたんだろう」

少年はしばらく考えていたが、こう言いかえした。「道具もないのに、どうやって直すんだよ」

「道具があれば直すんだな」

透はズボンのポケットからツールナイフを取りだしてみせた。


人々がチャを飲み、チョッポティやジャール・ムリを食べ、世間話《アッダ》に興じている広場の階段の片隅に、透と少年は並んですわった。二人の背後にはブルカで頭を覆い、華やかなサリーとオロナで着飾った女たちがいて、えさを求める鳩の群れがそのまわりを右往左往していた。

ツールナイフのプラスドライバーでねじを外し、壊れた体重計をこじ開けようとする少年の懸命さは、透にとって意外な行動だった。少年は仕事欲しさにパイロットになりたいと口にしているだけで、その言葉は本気ではないと思っていた。デジタル式体重計の破損が修理不能なのは一目瞭然で、ツールナイフを渡したとたんに少年があきらめてどこかへ行ってくれるものと考えていた。

割れたプラスチックのカバーが広場に落ちた音におどろき、二人の背後から鳩の群れがチッタゴンの蒸し暑い夕空に飛び立った。湿度は高く、風は吹きやんでいた。少年は汗をぬぐってプラスドライバーを回しつづけた。

透は少年に訊いた。「名前は？」

「なに」

「名前だよ」

「パ」

「パって、足《パ》のことか？」透は自分の左膝を軽く叩きながらたずねた。

「うん」

「変わってるな」

「あだ名だからさ。友だちには脊髄《メルドンド》ってあだ名のやつもいる」

「なんでそんなあだ名がつくんだ？」

「さあね。歳のわりに背が高いからじゃないか」

「そう言うきみは、いくつなんだ」

「十六《ショロ》」

わかりやすい嘘に透はあきれた。せいぜい十《ドシュ》か十一《エガロ》くらいのはずだった。

ようやく少年の手で体重計は分解されて、電子回路の四角い基板が取りだされた。基板はちょうどクレジットカードほどの大きさで、黒、赤、黄、緑、白、青の配線が三方向に延びていた。

少年は基板をつまみ上げ、目の前にかざして言った。「こいつが壊れてるのなら、俺にはもう無理だ」

「その前に液晶がだめみたいだな」と透は言った。「しかたない、やるだけやった」

ツールナイフを少年の手からさりげなく取り戻した透は、海に流出した油のような黒い波紋を浮かべる体重計の液晶を見た。少年が体重計の修理に挑むとは予期しなかったので、自分の取るべきつぎの行動が思いつかなかった。

ふいに、電子回路の基板を持つ少年が言った。「これ売れるかな」

「どうだろうな」と透は答えた。

「いや、売れるよ。バティアリだったら売れる」

「〈船の墓場〉の町か?」

透に訊かれた少年はうなずいた。「あの辺には、こういう部品を売ってる店がたくさんあるから」

「そうかもしれないが、買ってくれるとはかぎらないな」

「あした持っていってみる」

「バティアリに?」

「うん」


この少年は本当に裸足でバティアリまで歩いてゆくだろう、と透は思った。

バティアリは近所ではなかった。シャーアマーナト国際空港を越えてさらに北へ二七、八キロは歩く必要があった。それは少年の自由だと透はわかっていたが、体重計を分解させて基板を取りださせたのは自分だった。

透は、夕焼け雲の前を横切る鳥の影を目で追った。広場の上空には、鳩以外の鳥も飛んでいた。いくつかの群れが交錯し、ある群れは、Vの字をかたちづくるフォーメーションで、チッタゴンの東に向かって編隊飛行していた。


「ちょっとそれ貸してみろ」

少年の手から基板をつかみ取って、透は携帯電話で撮影した。そして腕時計で時刻をたしかめた。〈船の墓場〉で顔が思い浮かんだニール・ニューランズは、予定どおりならコックスバザールの観光フライトから帰還し、空港の格納庫で整備員たちと無駄話をしている時刻だった。

透は電子回路の基板の画像をニューランズの携帯に送信して、〈バティアリの解体部品マーケットでこれは買い取ってもらえるのか?〉とメッセージを添えた。

返信はすぐに来た。そこには意外な言葉があった。

――I will buy that.

俺が買うよ。故障の有無も確認しないニューランズの即答に、透はわずかに眉をひそめたが、すぐ無表情に戻った。指先につまんだ基板をゆらしながら、隣にすわる少年に告げた。「買い手が見つかったみたいだ」

透の言葉に、帰る家のない少年は目を輝かせて立ち上がった。

***

透を困らせたのは、基板を買ってくれる相手の顔を見たい、と少年が言って譲らないことだった。しかも少年は、どうしてもきょう中に基板を売りたがった。

透はふたたび腕時計をたしかめた。ニューランズが仕事を終えて帰宅するのを待つとなれば、どこかで一時間はつぶさなければならなかった。

ため息をつき、広場を出て歩きだした透の背後を、壊れた体重計の部品を抱える少年が歩いた。

食堂に入った透は、あとについてきた少年に言った。「腹が減ってるなら、きみも食えよ」

透はパンガーシュのカレーを頼み、少年のぶんを小皿に取りわけてやった。パンガーシュは鯰の仲間だった。

透は少年に言った。「本当の名前はなんていうんだ。足《パ》じゃあんまりだろう」

「ショフィクル」と少年は答えた。

会話はそれで終わった。鯰の切り身入りのカレーを食べ、米を食べ、水を飲むあいだ、透とショフィクルはひと言も交わさなかった。ひたすら食べつづけた。

食事を終えるころになって、バングラデシュ人の店主が、透の注文していないチャを二つ持ってきた。さらに透の前にだけちいさな蟹の素揚げを載せた皿が置かれた。透が店主の顔を見上げると、おだやかな笑顔があった。

小さな蟹をかじり、砂糖とミルクのたっぷり入ったチャを飲みながら、ほどなくして透は、店主の親切の理由に思い当たった。通常イスラム教徒は蟹を食べない。それを出してきたのは、相手が異教徒だとわかっているからだった。

都市部ではあまり見かけないチャクマ族の仏教徒が、路上生活の子どもに食事を施している

——

店主には俺たちがそう見えたんだろうな、と透は思った。

27

透がはじめておとずれるニューランズのアパートは、チッタゴン駅を南西に下った先、コンノフリ川の流れの近くにあった。バスに乗った透は、期せずしてショフィクルを彼のふだん寝起きする川岸へ連れ帰ることになった。

俺のアパートに来るには、スタンダードチャータード銀行を目印にしてくれ、というニューランズの説明は、透にあるなつかしさを抱かせた。

金融の知識はまるでなかったが、ロンドンに拠点を持つスタンダードチャータード銀行の名は透も知っていた。

アジアやアフリカの、自衛隊が海外協力で派遣される国には、いつもその銀行の支店があった。イギリス本国よりも海外事業が中心で、とくにアジア太平洋地域では、朝鮮民主主義人民共和国をのぞくすべての国に支店を置いていた。知らない国の、不馴れな都市を移動するとき、スタンダードチャータード銀行の看板を目印にしたり、地図をひろげてまず支店を探し、そこを中心に道順をおぼえる場合もあった。

内階段のあるメゾネットタイプの物件に、ニューランズは一人で住んでいた。半びらきのドアからなかをのぞいた透とショフィクルは、廊下の奥で二階へと垂直に延びている螺旋《らせん》階段に目を向けた。

「おいおい、タル」煙草をくわえたニューランズは険しい表情で言った。ニューランズが透を呼ぶときの発音はいつも〈タル〉だった。「その小僧《キッド》はどこで拾ってきた？　おまえにそういう趣味があったとはな」

「どういう意味だ」

「刑務所にぶちこまれるぞ。俺を巻きこまないでくれ」

「話を聞け。こいつは――」

透の説明をニューランズは笑ってさえぎった。「冗談だ。知ってるよ。なぜかおまえにくっついてきて、オフィスの前で就職活動している小僧だろう？　根性あるよな」

「知ってたのか」

「話はレカに聞いたよ。うちで雇ってほしいんだってな。ほかのパイロットにも聞いたね」

ニューランズの言葉に透はだまりこんだ。少年がすでに自分以外の社員たちに雇ってくれと直訴していたのは、まったくの初耳だった。まるで気づかなかった自分と、少年の行動の両方に腹が立った。透の視線がショフィクルに向けられた。

「そいつを叱るのか?」煙草に火をつけ直しながら、ニューランズが言った。「よせよ、タル。おまえにそんな資格はない。めんどうな小僧を俺に押しつける気なんだろう? 親切に家まで教えやがって。俺がつきまとわれたらどうするんだよ」

透は沈黙し、ショフィクルも無言でドアのすきまからニューランズを見上げていた。

「まあいい。もう来ちまったんだから。なかに入れよ」ニューランズは廊下を歩きだし、ふいに立ちどまって振りかえった。「一つ訊きたいんだが、小僧、靴はどうした?」


壊れた体重計の電子回路の基板をニューランズは四〇タカで買い取ると言い、ショフィクルは六〇タカを要求し、ニューランズは五〇タカでどうだと言い、するとショフィクルは、まだ電池残量のある四本のマンガン乾電池もつけて一二〇タカだと提案して、ニューランズは九〇タカと言いかえし、そこからまたやりとりをかさね、結局一〇〇タカで値段交渉《ダマダミ》は落ち着いた。

たった一ドル程度の金額で終わった交渉が、二人の真剣さのせいで透には大きな取り引きに思えた。透の目に映ったのは、まぎれもなくこの国の都市を生きる人間の姿だった。

「慈善事業で買い取ったんじゃないからな」とニューランズは言った。「これを修理してもっと高値で売る。バティアリではそうやって稼いでいたんだぜ」

「それ直せるの？」とショフィクルが言った。「俺にもやりかたを教えてよ」

「電子工学を勉強しろ。だいたい小僧、学校に行ったことないだろう？」

「ない」

「読み書きは？」

「少しだけ」

「それじゃ電子工学はきびしいな」

「金がないと勉強もできないだろ。航空会社の仕事を手伝わせてくれよ」

「いいか、小僧」とニューランズは言った。「もし会社がおまえを雇ったらどうなる？　オフィスの前にすわりこみさえすれば雇ってもらえるとほかのやつに知れたら？　路上のうわさは時速三〇〇キロくらいあるからな。ショドル・ガットで日銭を稼ぐ仲間がいっきに押しかけてくるぞ。そうなったら、そいつらをドアの前から追い払うのがおまえの仕事だ。会社は毎日ストリート・チルドレンを追い払うだけのおまえに、時給を払うはめになる。ばかげてるよな。だから会社はおまえを雇わない。これが大人の考えかただ。わかるか？」

ショフィクルは答えなかった。

ニューランズは基板をジップロックの袋に入れて封をした。「どうした。返事をしろ」

「わかったよ」

「よし」とニューランズは言った。「チャンスが欲しかったら、まず目の前の仕事をやっつけることだ。ショフィクル、おまえの目の前の仕事はここにある」

ニューランズがいつのまにか手にしていた一枚のＤＶＤに、透とショフィクルのまなざしが向けられた。

「これを五十枚あずけるから、アイス・ファクトリー・ロード沿いの店に持っていけ。そんなに遠くはない。地図はこの紙に描いてある。届ければ店の男が金をくれる。そのうち一〇タカがおまえの取りぶんだ。あとは俺に寄こせ。いいな。一度でも金をごまかしたら、もう二度と頼まない」

ニューランズにメモを受け取ったショフィクルは、描かれた地図を眺めてしばらく考えていたが、やがて言った。「いつ届けるんだよ」

「いまからだ」

「いまから？」

「そうだ。いますぐ行ってこい。うまくやれたらまた頼んでやる。ただし二つ約束しろ。一つめは、途中で警察と強盗《ダカット》に捕まるな。二つめは、きょう払った金と、これからおまえが手にする一〇タカを合わせてサンダルを買え。つぎに裸足で俺の家に来たら、仕事はないと思え」

「これって映像が観られるやつだろ。なにが映るんだよ」

「おまえが知る必要はない。受け取った金は明日の朝、最初のリクシャが走りだすくらいの時間に持ってこい。どうした？　引き受けないのか？」

「引き受ける」

ショフィクルは椅子から立ち上がった。

二人のやりとりを、透はソファにすわって傍観していた。基板を売った一〇〇タカをポケットに収め、あずかったＤＶＤの箱を抱えたショフィクルが部屋を出ていってしまうと、透はニューランズの顔を凝視した。

ノルウェー製のプラスチックのカップでしょうが茶《アダ・チャ》を飲むニューランズは、しみじみとつぶやいた。「この国にウイスキーが売ってればな。酒がないと、腹を割って他人と話せる気がしない。試しにコックスバザールで密造酒の評判を調べてみたんだが、危なすぎて飲めそうになかった」

透は同僚の話を無視して、出されたチャも飲まずに淡々と質問した。「俺が連絡したときから、あの子どもに仕事を頼む気だったのか？」

ニューランズはおかしそうに笑って答えた。「がらくたの基板をおまえが売りたがるわけはない。事情はすぐに吞みこめたよ。〈船の墓場〉で回収品の修理業をやっていたおかげで、ああいう子どもには馴れてる。よく来るんだ、あんなのが。もう少し歳上で、持ってくるのはバッテリーだったけどな」

「さっきのはどういう仕事なんだ」

「たいしたことはない。これまで自分で届けていたんだが、まだまだ外国人《ビデシ》はこの国で目立つから、ちょうど運び役が欲しいところだった。それに子どもといっても、ああいうのは抜け目のない連中だ。大人顔負けの機転が利く」

「答えろよ。あいつになにを運ばせた」

ニューランズは肩をすくめてアダ・チャを飲みほし、新しい煙草をくわえ、二階を指差して立ち上がった。

簡素な造りの螺旋階段をのぼってゆくニューランズのあとに透がつづいた。二階の奥の部屋に大きな作業台があり、その上は機械の部品と配線やさまざまな工具類で埋めつくされ、その周囲は十台の液晶モニターで囲まれて、中古品をあつかう電器店のバックヤードさながらの様子だった。

薄暗い密室を照らす液晶の青白い光は、透に管制室の雰囲気を思いださせた。モニターの一つに〈メディアにデータを記録中〉と表示されていて、その下で八台のディスクドライブが作動していた。

煙草に火をつけたニューランズが言った。「安心しろよ、タル。小僧に託したのはやばいポルノじゃなくて、ここでダビングした『スラムドッグ$ミリオネア』の海賊版だよ。いまでも人気がある。この国でしぶとく生き残ったＤＶＤ市場が、俺にささやかなこづかいをくれるのさ」

雑然とした作業台の端で、唯一整然と積み上げられているのがＤＶＤのパッケージだった。透はいくつか手に取って眺めた。モニターの光が、ひと昔前の作品名を仄《ほの》暗く照らしていた。『バーフバリ』、『アバター』、『トップガン　マーヴェリック』。

「これも海賊版なのか」

「いや、そこにあるのは流れてきた正規の中古品だ。これから俺がコピーガードを解除する予定でね。そうだ、これなんておすすめだぞ」

ニューランズは〈The Blue Max〉と走り書きされた海賊版のディスクを透に差しだした。

「第一次世界大戦のドイツ空軍の話で、一九六六年の古い映画だけど、大戦時の複葉機《バイプレーン》を再現した戦闘機を飛ばしてるんだ。その機体にいい味があってさ。俺は何度も観たよ。監督は『タワーリング・インフェルノ』のジョン・ギラーミンだ。よかったら持っていくか?」

八台のディスクドライブの立てる低いノイズのほかに物音はしなかった。

透は首を横に振って言った。「昔から映画は観ないんだよ」

***

透が帰ってしまうと、ニューランズは一人きりになった。ダビングも終わり、機械は停止した。静まりかえった部屋で、ついさっきまでこの空間に他人がいたことが幻覚のように感じられた。

日本人のタルは、アパートをたずねてきた最初の同僚だった。

口数の少ない謎めいた男、ニューランズを会社に雇ってくれたパイロット。タルは自分の過去についてなにも語らず、タイからバングラデシュに来たことくらいしかニューランズは知らなかったが、操縦技術はすばらしかった。複座のプロペラ機にいっしょに乗ったとき、客がいる場合は絶対やらないエルロン・ロールをタルがやってみせ、その完璧な機動《マニューバ》にニューランズは心底おどろかされた。レッドブル・エアレースに出ていたのかと本気で訊いたほどだった。

のんびりチャを飲み、煙草をくゆらせたら、少しはあの男も昔話に興じるだろう。

そんなニューランズの読みは完全に外れた。部屋に来たタルはチャも飲まず、煙草も吸わず、

「昔から映画は観ないんだよ」と言った以外、昔話は一つもしなかった。

路上生活の子どもに海賊版のＤＶＤを運ばせた。あいつはそれを怒っていたのか？

十台のモニターに囲まれた密室の作業台に肘を突いて、ニューランズは考えた。

だったらおかしな話だ。俺は仕事をくれてやったんだ。感謝されるべきで、非難されるべきじゃない。

まったく同じ言葉を、かつて妻と息子の前で叫んだ記憶がゆっくりと浮上してきた。――感謝されるべきで、非難されるべきじゃない――

遠い昔。夢のような過去。ニューランズは、椅子に深くもたれかかって目を閉じた。この部屋にいたタルが別に怒っていなかったのは、ニューランズ自身がよくわかっていた。むしろ問題は自分のなかにあった。

生きていても、むなしさだけが募った。昔やっていたプロペラ機で飛ぶ仕事に戻れば、もっと気が楽になるかと思っていたが、地上で感じる影の濃さは増してゆくばかりだった。

火が必要だ、とニューランズは思った。骨の芯から俺を暖めてくれる火が。

ニューランズは足もとの棚の扉を開けて、コックスバザールで買ったウイスキーの瓶を取りだした。地元民の売る密造酒ではなく、本物の密輸品だった。

バングラデシュとミャンマーの国境地帯では、ミャンマー側から山道を越えていろんな密輸品が流れてくる。そこはバングラデシュの秘密警察がチッタゴン北東部の丘陵地帯《ヒル・トラクツ》に次いで目を光らせているエリアだった。アイリッシュ・ウイスキーのシングルモルトは、コックスバザールの東にあるランコットで荷下ろしされ、ニューランズの手に渡った。ニューランズが酒を買った密売人は、「荷を積んで山道を運んでくるトラックはたぶんミャンマーの軍用車だね」と話した。

酒を買うときにヤーバーもすすめられたが、ニューランズは断った。タイで作られる覚醒剤もまた、ミャンマー側から国境を抜けてバングラデシュ南端部に入ってきた。

ニューランズは市場価格の七倍の値で買ったウイスキーをグラスに注ぎ、グラスを片手で持ち上げた。一人きりの部屋で、故郷に捨て去ってきた人生の亡霊に乾杯してから、目を閉じて故郷の酒を味わった。

28

チッタゴンに吹く風が、ベンガル暦のカルティック月の到来を告げていた。この季節は〈晩秋〉とされ、霜季《そうき》と呼ばれることもあった。

透の暮らす宿の従業員は、朝と夕方に寒がってマフラーを首に巻いたりしたが、透には心地よい涼しさで、私服はTシャツのままだった。

熱帯モンスーン気候にふくまれるアジアの国。同じ気候区分のタイからやってきた三年前、透はタイにはなかった六つの季節のサイクルをおぼえなくてはならなかった。

――夏《グリッショカル》、雨季《ボルシャカル》、秋《ショロトカル》、晩秋《ヘモントカル》、冬《シトカル》、春《ボショントカル》――

バングラデシュの一年は夏ではじまり、春で終わる。冬がその年を締めくくることはなく、新春という概念もない。新たな年は三十度を超える猛烈な暑さと、ベンガル湾の生みだす熱帯性低気圧《サイクロン》の渦で彩られた。

晩秋の空をプロペラ機で飛んで帰還したのち、空港から書類を抱えてローカル航空会社に戻ろうとしていた透は、オフィスの近くで駆け寄ってくる小さな足音を聞いた。

数日ぶりにあらわれたショフィクルは、ビーマン・バングラデシュ航空のカレンダーを透に見せつけた。今月の航空機写真はボーイング777－300ERで、透が滑走路の背景を見るかぎり、チッタゴンではなく、首都ダッカのシャージャラル国際空港で撮られた一枚のはずだった。

「いい写真だろ」とサンダルを履いたショフィクルが言った。

「買ったのか」

「うん。俺の飛行機好きが嘘じゃないって、これでタルもわかってくれただろ」

「そうだな」と透はそっけなく答えた。「ところできみは、いまでも外で寝起きしてるのか？」

「最近は船着き場近くのタイヤ倉庫で寝てるよ。ただで泊めてもらうかわりに、タイヤ泥棒が入ってきたら防犯ブザーを鳴らすんだ」

「DVDを運ぶ仕事はどうなった」

「やってるさ。ニルが仕事をくれるからサンダルが買えた」

「そうみたいだな」透は少年の足もとを見た。「ただし、あれはまともな仕事じゃないぞ」

「そんなことより、この飛行機の写真を見てくれよ」

「さっき見たよ」

「もう一度見てくれよ」

「一度見ればじゅうぶんだ。ボーイングの777−300ERだ」

「これ、どうしたらもっと速く飛ぶと思う？」

「速くってどれくらい」

「このボーイングをマッハで飛ばしたいんだ」

「速さを追求したいのか？」

「うん。いつか自分で設計したい。マッハで飛ぶ旅客機なんてないしさ」

かつて存在したコンコルドを少年が知らないのに透は気づいたが、少年の年齢を考えれば無理もなかった。その超音速旅客機が航空業界の表舞台から消えたのは、少年の生まれるずっと前だった。

「設計士になりたいってことか？」と透は訊いた。

「自分で設計した飛行機を自分で飛ばすんだ。だから設計士とパイロットの両方」

歩きながらショフィクルと話す透は、親もなく、学校に通ったこともなく、かろうじてタイヤ倉庫に寝起きするこの少年が、将来本当にパイロットになれるかどうかを考えた。それは、はてしなく遠い夢に思えた。

並んで歩く少年に透は言った。「マッハで飛ばすなら、まずはエンジンの構造について知ることだな」

「やっぱりエンジンがちがうのか」

「いや、ターボファンエンジンの基本構造は同じだ。ファンから吸いこんだ空気を圧縮してエンジンの燃焼室に送る。圧縮した空気にジェット燃料を噴射すると爆発的に燃え上がり、高温の高圧ガスが発生する。それが機体後方に排出されて推力になる。だが、排出されるガスのほかに空気流も大事だ」

ショフィクルはだまりこんで考えだした。

理解が追いつかない様子の少年のために、透は通りかかった売店でレッドブルの缶を買った。赤い文字で商品名の記されたアルミ缶を真横にして、円筒形のターボファンエンジンに見立てながら説明した。

「先端部のファンから吸入した空気は、すべて燃焼室に送られるわけじゃない。エンジンの外側を通過して排出される空気もある。この流れが〈バイパス空気流〉だ。高圧ガスとバイパス空気流を合わせて、エンジンの推力が生みだされる。エンジン内部に送られる空気と、外部を通過する空気、その二つの比率が速度を決定づけるんだ。低バイパス比エンジンは小型機向け、高バイパス比エンジンは旅客機のようにファンそのものが大きい大型機向けだ」

水平になったレッドブルの缶をショフィクルはじっと見つめ、やがて口をひらいた。「自転車のペダルと歯車の関係みたいだな。ようするにペダルを漕いだ力を、どれくらい車輪に伝えられるのかってことだろ？」

少年の言葉は、透を少なからずおどろかせた。ターボファンエンジンの構造は、大人に説明してもなかなか理解してもらえない場合がよくあった。

「ショフィクル」と透は言った。「直線的な空気の流れを、回転するギア比にたとえて考えられるのは立派だ」

「低バイパス比エンジンのほうが速くて、高バイパス比エンジンのほうが遅いね」

「そうだ。だが低バイパス比エンジンの機体も、それだけじゃマッハにたどり着かない。きみならどうする？」

「もう一つエンジンをくっつける」

「方向性としては正しいな。しかし機体の重量が増える。燃料も倍必要になる」

二人はいつのまにかオフィスのビルの前にやってきていた。

透は立ちどまり、エンジン排気口に見立てた缶の底を指先で叩いて、少年に語りかけた。

「排気口の近くに再燃焼機構を取りつけるんだ。排出される高圧ガスに、もう一度燃料を噴きつけてやる。すると排気口は炎を吐き、機体はさらに加速する。これがマッハの速度を実現するアフターバーナーの仕組みだ」

「アフターバーナー」

「民間のターボファンエンジンには存在しない。戦闘機用のエンジンにしかない」

「どうしたら旅客機につけられるかな」

「俺は思うんだが、超音速飛行だとソニック・ブームがうるさいから、そもそも旅客機には向いてないね」

「ソニック・ブームってなんだよ」

透は答えずに、レッドブルの缶をショフィクルに手渡した。缶の表面の青と銀が夕日に輝いていた。

「それやるよ。カフェインがたくさん入ってるから、子どもは飲むな。誰かと物々交換でもしろ。じゃあな」

晩秋の空を見上げて、透はビルの階段をのぼっていった。

＊＊＊

――カルティック月も下旬になり、早朝の観光フライトにそなえて空港の格納庫に出勤した透は、ニューランズが若いバングラデシュ人整備員たちの前でなにやらレクチャーをしている光景に出くわした。

年長者の人生論じゃないだろうな。

そう思って透は眉をひそめたが、ニューランズが語っていたのは技術的な内容で、整備員たちは駆動装置《アクチュエーター》にかんする彼らの知らない電子工学に耳を傾けていた。

整備員の一人をつかまえて透が事情を聞いてみると、ニューランズはひと晩かけて、双発ターボプロップのプロペラ機に新型の姿勢制御装置を組みこんだらしかった。

ラダーをのぼり、コックピットの計器盤をのぞいた透は、ラダーの真下に近づいてきたニューランズに言った。「きみが一人でやったのか」

「徹夜だったよ。残業代をもらいたいね、冗談抜きで」

「ほかの電気系統に影響はないだろうな」

「心配するなって、タル。整備員たちにもチェックさせた。これでその機体は、俺たちが目を閉じていても着陸する。いや、やっぱり薄目くらいは開けておくか」

「信頼できるのか？」

「メカニックの腕は落ちてないと思うがね」火をつけていない煙草をくわえたニューランズは言った。「これでも昔、ＢＡＳのエンジニアだったんだ」

ニューランズの言葉に、ラダーを降りてくる透の顔つきが変わった。

もしその言葉に嘘がなければ、ニューランズはバングラデシュで引く手あまたのはずだった。大企業から高待遇のポストを用意され、いまのようなローカル航空会社にいる必要などなかった。


北アイルランドのベルファストに本拠地を置くＢＡＳ《ベルファスト・エアロスペース》エンジニアリングは、世界有数の航空機部品メーカーとして知られていた。その顧客はおもにイギリスとアメリカの空軍で、軍事評論家にはイギリス空軍の技術的な心臓部とまで評された。民間航空会社の依頼を請け負うことはほとんどなく、雇われたエンジニアやプログラマーはつねに最新型軍用機の設計に参加し、現代航空史の開拓者となった。

ゆったりした足どりでラダーを降りながら、透は訊いた。「どうして履歴書に書かなかった？」

入社時よりもずいぶんと伸びた顎鬚《あごひげ》に指で触れるニューランズは、しばらく透を見つめ、やがて口をひらいた。「書いてあれば即決で雇ったような言いかただな」

「俺が即決したかどうかはわからない」と透は言った。「パイロットの募集だったからね。でも、少なくとも会社が興味を持ったのは確実だ」

「故郷を去ったはずの人間が、故郷の会社の権威にすがるのは哀れだと思わないか？」ニューランズは肩をすくめて透に言った。「ＢＡＳエンジニアリングの経歴を伝えれば、俺に関心を持ってくれる企業は世界中にある。だけどそれは俺じゃなくって、ＢＡＳへの関心だ。そういう待遇には飽きちまった。だが俺が身につけた技術と知識は別だ。俺の人生の一部だしな。好きなときに、好きなように使うさ」


格納庫の床に降り立った透は、作業内容を記した図面をニューランズから受けとり、細部まで入念にたしかめた。正確で無駄のない図面に、エンジニアとしての能力の高さが宿っていたが、これだけではＢＡＳエンジニアリングに在籍した裏付けにはならない、と透は思った。

図面をひろげる透は、まるで無関係の質問をニューランズに投げかけた。

「フューエルドラウリックってわかるか？」

同僚の発した唐突な問いに、ニューランズはにやついた。

「俺を試すのか。おまえってやつは、わりとサディスティックなところがあるよな」

透はだまって図面を眺めつづけ、相手の返答を待った。

「燃料《フューエル》と油圧《ハイドラウリック》の合成語なんて、まったくなつかしいね——」目を閉じたニューランズは、そう言って首を横に振った。「主翼内のタンクから浸みだしてくるジェット燃料を、そのまま作動オイルとして活用する。高高度を超音速レベルで飛ぶような、ごくかぎられた機体だけで可能だ。これで満足か?」

「まだ一問正解しただけだよ」

ふいに大きな物音がして、格納庫のシャッターがひらきはじめた。射してくる曙光とともに、シャーアマーナト空港の滑走路の景色が、透とニューランズの眼前に少しずつひろがった。

29

バングラデシュの戦勝記念日を翌日に控えた十二月十五日、午後のフライトを予定していたパイロットの一人が急に熱を出し、オフィスで事務を手伝っていた透が呼びだされて空港に向かうことになった。

ビルの階段を駆け下りる途中に、ショフィクルがすわりこんでいた。レッドブルの空き缶に小石を放りこむショフィクルは、透の足音に気づいてその手を止めた。

「なんの用だ」透は舌打ちして吐き捨てた。

立ちどまらずに階段を下りつづける透のあとを、ショフィクルが追いかけた。

「相談があるんだ」とショフィクルは言った。「きょうの夜、ニルのアパートに来てよ」

「このあいだの『リクシャを買うから融資してくれ』って話か？　それなら俺の考えもニューランズと同じだ。リクシャを引くには、おまえはまだ体が小さすぎる」

「そっちじゃないよ。もっと大事な相談なんだ。ここじゃとてもできないような、秘密の話だ」

「たいした秘密だな。ニューランズに話せ」

「タルが来ないなら、ニルにも話さないよ」

三階ぶんの階段を駆け下りて地上に着いた透は、背後の少年を振りかえって訊いた。

「どうして話さないんだ」

ショフィクルはいつになく真剣なまなざしで答えた。「だって俺たちは仲間だろ？」


――夜になってコンノフリ川に近いアパートをおとずれた透は、一階のテーブルでチャを飲んでいるニューランズとショフィクルの前に、新聞紙で包まれたジャール・ムリを置いた。さっそくジャール・ムリに手を伸ばしたニューランズが言った。「タル、おまえにしては気が利くな」

バングラデシュの十二月、透はいまだにTシャツ一枚でも平気だったが、町ですれちがう人々にじろじろ見られるのを避けて、カーキ色の半袖のキューバシャツをTシャツの上に羽織っていた。

ソファにすわった透は、キューバシャツを脱いで言った。「二十分だ。ショフィクル、それで話を終わらせろ」

「地図を持ってきてくれよ」

「地図がいるような話か？」とニューランズが言った。

「うん」

やれやれとこぼしながら、立ち上がったニューランズは、フライト用の地図を持ってテーブルに戻ってきた。それは古い情報を載せたままこの国で売られているものよりも精度の高い、カナダ製の地図だった。

「チッタゴン丘陵地帯《ヒル・トラクツ》って二人も知ってるだろ」とショフィクルが言った。

「俺は行ったことがない」ニューランズはそう言って透を見た。「上空を飛んだこともないよ。うちの会社は事実上、コックスバザール海岸航空だからな。タルは行ったことあるのか？」

訊かれた透は首を横に振った。

「チッタゴン丘陵地帯《ヒル・トラクツ》——略してＣＨＴ」とニューランズは言った。「この国の先住民族が暮らしてる。タルによく似たチャクマもな」

「うん」とショフィクルは言った。

ニューランズは熱いチャを飲み、ジャール・ムリを口に放りこみ、またチャを飲んだ。「ＣＨＴは問題だらけだ。昔は内戦もあった。だよな？」

「あったよ」とショフィクルが答えた。「はじめからいた先住民族と、あとから来たベンガル人が戦ったんだ」

「小僧のくせに、くわしいじゃないか」とニューランズは言った。「おまえ、解放戦線に興味あるのか？」
「ないよ」

チッタゴンのローカル航空会社に採用された当初、透もこの国の内政事情について最低限必要なレクチャーを受けた。そのなかで最初に教わったのが丘陵地帯、ＣＨＴの問題だった。インド、ミャンマーと国境を接する丘陵地帯には、バングラデシュの独立以前からおもに仏教を信仰する人々、現代では〈ジュマ〉と総称される先住民族が暮らしていた。チャクマ族、マルマ族、トリプラ族、バウム族など、ＣＨＴにはおよそ十二の民族がいたが、過去に起きた自治をめぐるバングラデシュ陸軍との戦闘を受けて、人々の生活圏はつねに軍や警備隊に監視され、秘密警察が暗躍し、外国人の立ち入りは制限されてきた。

それでも近年は観光地化が進み、少しずつ緩和される規制のなかで、仏教文明の名残りを求めて行きたがる海外からの観光客は増加していた。

「ＣＨＴ解放戦線のゲリラから強盗になった連中もいるらしいな」とニューランズは言った。「ついこのあいだも、どこかで渡し船に乗った観光客が強盗に殺されただろ？　いや、船の上だから強盗じゃなくて海賊か？」
「そのＣＨＴに俺の友だちがいて、きのう電話したんだよ」とショフィクルは言った。
「おまえがどうやって電話するんだ」思わず笑みをこぼしたニューランズは、すぐに真顔に戻って言った。「電話屋を使ったのか」

個人で家に電話回線を引く慣習のないバングラデシュには、路上に公衆電話が設置されないかわりに、昔から電話屋という商売があるのを透も知っていた。客は店のなかで金を払い、固定電話から電話をかける。

「おまえの友だちはベンガル人なのか？」とニューランズがショフィクルに訊いた。

「母親がトリプラ族なんだ。前はショドル・ガット近くのボスティに家族で住んでいて、俺もしばらくいっしょに暮らした」

「ボスティってのは？」と透が訊いた。

「スラム街のぼろ小屋だよ」とショフィクルは答えた。「俺より歳上だけど、あいつとはいちばん仲がよかった。あいつの家族がみんな病気で死んじゃって、ボスティもほかのやつに占拠されて、それであいつは思い切って、母親の生まれた丘陵地帯に旅立ったんだ」

「友だちの家に電話はあるのか？」とニューランズが訊いた。

「ないよ」

「じゃあどうやって電話に出るんだ」

「村にあいつの親戚がいて、その家に電話がある。そこにかければいいだけさ。つぎにかける時間を伝えておけば、あいつは電話の前で待ってるから」

「なるほどな」と言ってニューランズは腕を組んだ。

「もう十分たった」透が口を挟んだ。「あと十分だ」

透の言葉を耳にしたショフィクルは、めずらしく緊張した面持ちで息を吸った。透もニューランズも見たことのないような表情だった。

ショフィクルは言った。「電話をかけたら、あいつは悩んでいて、怖がっていた。あいつは宇宙人を撃ち殺したらしいんだ」

部屋は静まりかえり、しばらくたって、表情のない顔でうなずくニューランズがジャール・ムリを口に放り、乾いた咀嚼音をむなしく響かせた。

透は脱いだキューバシャツをソファの上から取って立ち上がった。

「待ってよ」とショフィクルは言った。「あいつは、脊髄《メルドンド》は嘘をつくようなやつじゃないんだ」

「つづきはニューランズと二人でやってくれ」

「メルドンドって、友だちのあだ名か？」ニューランズがわざとらしいまじめな口調で訊いた。

「そうだよ」少年はニューランズに答えながら、いまにも帰ろうとする透の前に立ちはだかった。「メルドンドは猟師になったんだ。猪なんかを殺して、肉と剝《は》いだ毛皮を売って金を稼ぐのが仕事だ。銃を持ってる。だけど銃の許可証はないから、ここだけの秘密だよ。その日もあいつは狩りに出ていて、丘を下りるときに猪を見つけて、そいつを追って遠回りしたらしいんだ」

透はなにも言わなかった。

「それで？」とソファにすわっているニューランズが言った。

「結局猪には逃げられて、遠回りのせいで帰りが遅くなって、夜になった。あいつは無理に動くのをやめて、朝が来るのを待ったんだ。そうしたら急に嵐がやってきた。ものすごい雷と雨で、このまま洪水になってここで死ぬのかと思っているうちに、夜空からＵＦＯがまっすぐに降りてきて、なかから宇宙人が出てきた」

「おまえ、話がうまいな。それで？」

「メルドンドは怖くなって、UFOを降りてきた宇宙人を銃で撃ったんだよ。いままでずっと誰にも言わなかったのに、俺にだけ話してくれたんだ」

「――メルドンドか。ものすごいあだ名だ」煙草を吸いはじめたニューランズは微笑んだ。「つまりおまえの友だちは、宇宙人の仲間が復讐《ふくしゅう》に来るのを恐れているのか？　なるほどな。俺はきらいじゃないね、こういう話」

ショフィクルはニューランズをにらみつけた。「メルドンドは、本気で秘密警察を怖がってるんだ。自分のやったことがばれたら、連行されるかもしれないって。だから俺は、ニルとタルに話したんだよ。なにが降りてきたのか、二人が見に行ってくれるかもしれないから」

「俺たちが外国人《ビデシ》だからか？」とニューランズが訊いた。

「うん。だってベンガル人が来たら、政府とか秘密警察の人間かもしれないって、メルドンドが怖がるだろ」

「おまえの友だちの話を信じて、俺たちに危険を冒してCHTに行けというわけだ」

「俺だってすぐに信じたわけじゃないよ。ただ、なにかが空から降りてきて、そこから誰かが出てきて、その誰かをメルドンドが撃ったことはまちがいないんだ。だってあいつは、絶対に嘘をつかないやつなんだ」

――透がキューバシャツの袖に腕を通しながらショフィクルの顔に目をやると、大きな目にくやし涙を浮かべていた。

透は少年に訊いた。「降りてきたＵＦＯは、まだあるのか」

「ある」

「どんなかたちをしている？」

「飛行機に似てるけど、まっすぐ降りてきたから飛行機じゃないって、あいつは言ってた。コックピットの後ろにもう一つのドアがあって、そのなかに歯車があるらしいんだ」

シャツの襟を正していた透の動作が、凍りついたように止まった。

透は低い声でショフィクルにたずねた。「それはどこに着陸したんだ？」

ショフィクルは地図上の丘陵地帯の北に、指先で円をえがいて言った。「カグラチョリの密林《ジョンゴル》だよ」

「友だちが宇宙人と遭遇したのは、いつの話なんだ？」

「三つ前のジョイスト月だってさ」

「二年前か」と透は言った。「もう一度訊くが、ショフィクル、友だちは『飛行機に似てるけど、まっすぐ降りてきたから飛行機じゃない』、そう言ったんだな」

「ああ」

「それで『コックピットの後ろにもう一つのドアがあって、そのなかに歯車がある』と？」

「うん」

部屋におとずれた沈黙は、ついさっきまでの気の抜けた静寂とは別物で、厳粛と呼べるほどの緊張感が漂いはじめたのを透は感じた。透はニューランズの顔色をうかがった。

新聞の包みを抱えてジャール・ムリを口に運んでいるニューランズの手つきは、壊れた機械人形のように緩慢になって、宙の一点を見つめる青い目は、本物の人形と化してしまったようだった。

じゃあ俺はタイヤ倉庫の番があるから、そう告げたショフィクルがアパートを出ていってしまうと、残された透とニューランズは顔を見合わせた。

「二年前の五月」とニューランズは言った。「あのニュースはおぼえてるよ」

二人は螺旋階段をのぼって二階に移り、娯楽映画の海賊版がダビングされつづける部屋で、一台のパソコンのモニターをそろってのぞきこみ、薄暗い光に浮かび上がるインターネットの記事を無言で読んだ。

――五月二十六日、クアッドの共同軍事訓練実施中、夜間飛行訓練に参加したオーストラリア空軍所属のステルス型戦闘機F-35B一機が、ベンガル湾上空で消息を絶った。時刻の詳細とパイロット名は非公開。

機体はベンガル湾に墜落した可能性があり、大規模な捜索活動がおこなわれるなか、各国の司令官は共同声明で遺憾の意を表した。機体およびパイロットはいまだ発見に至っていない。アメリカとインドは共同訓練終了後も海軍の一部を残留させ、オーストラリアの主導する捜索活動に協力するとみられ――

二〇三四年の五月に世界各国で大きく報じられたニュースの記事は、検索をかければいくらでも出てきた。人々が騒ぎ、さまざまな憶測を立て、グーグルアースで捜し回り、結局どこにも機体は見つからず、しだいに忘れ去られたニュースだった。

航空関係者の多くは、過去に何度か墜落事故を起こしてきたF－35のことを考えれば、機体はおそらくベンガル湾の海中深くに沈んでいるだろうと思っていた。沈まずに波間を漂ったわずかな残骸は強力な熱帯性低気圧《サイクロン》で遠くに吹き飛ばされ、いつの日か地上のどこかで見つかるかもしれない——

その見方は透とニューランズも同じだった。ショフィクルの友人の話を聞くまでは。

二人は沈黙のうちに複数の記事を読み、ＢＢＣとＣＮＮのアーカイブにじっくり目を通したあとで、透がニューランズにかわってキーボードを操作した。

透が調べたのは、二年前の五月二十六日、戦闘機がレーダーから消えた夜の天気図だった。ベンガル湾上空の天候はそれほど悪くなかったが、インド亜大陸の西部に大きな雨雲がひろがっていた。そして低気圧の移動は、チッタゴン丘陵地帯の北側が、猛烈な暴風と集中的な豪雨に見舞われたことを示していた。戦闘機が消失した新月の夜、カグラチョリは嵐だった。

どちらが先に口にするのか、たがいに牽制し合っていたような言葉を、とうとうニューランズが言った。「ＳＴＯＶＬなら垂直に降りてくる。この国のスラムに育った子どもが見たら

――」


「ああ」と透は言った。「本当のUFOが来たと思うだろうな」

「だとしたら、ショフィクルの友だちが撃ち殺したってのは――」

透はニューランズの言葉にだまってうなずいた。

透の頭に浮かぶのは嵐の夜のイメージだった。一度はバーティゴに陥ったF‐35B〈ライトニングⅡ〉のパイロットが、どうにか墜落を回避して、嵐にあらがって懸命に機体をコントロールしようと試みる姿を思いえがいた。

現在地を見うしない、バングラデシュ南部の海岸線を北上したか、あるいはベンガル湾上空を闇雲に突っ切って、戦闘機は丘陵地帯に迷いこんだはずだった。そしてパイロットが垂直着陸を選んだのは、ジャングルに滑走路がないからだった。


二年前の天気図を映すモニターを透は眺めつづけた。ふと腕時計を見ると、いつのまにか夜明けが近づいていた。

透はおだやかな声で言った。「ニューランズ、できれば海賊版を一枚作ってくれないか?」

「――部屋で映画でも観て落ち着こうってのか?」

いぶかしむニューランズに透は言った。「DVDじゃなくて、NGOの森林保全調査員の身分証が欲しいんだ。それをぶら下げて、カグラチョリになにがあるのか、自分の目でたしかめてくるよ」

30

二日間の休暇をどうすごすの、とオフィスで営業部長のノベラ・ホセインに訊かれた透は、「カプタイ湖に釣りに行くつもりです」と答えた。

透は買ったばかりの五種類のルアーをバッグから取りだして机に並べ、さらに伸縮式の釣り竿も取りだした。

カプタイ湖は、チッタゴン丘陵地帯のランガマティにある観光名所の一つで、自然湖ではなく、巨大な人工の湖だった。バングラデシュがまだパキスタンの一部だった時代、パキスタン政府がダム建設のためにコンノフリ川の流れを堰きとめ、古くから先住民族の暮らす土地が犠牲となった。住民の多くはチャクマ族で、人々は補償もなく家屋を追われ、そこにあった王宮や寺院は、かつてこの国が仏教国として栄えた記憶とともに湖の奥底に沈められた。

「あなたが釣りなんてめずらしいわね」と部長は言った。

「観光客に釣りの話題を振られることが多いので」と透は言った。「自分でもやってみようと思って」

ふだんは仕事にしか関心のない透の返答に、部長は笑みをこぼした。「飛行機以外の人生も大切よ。いい魚が釣れたら、今度うちの夫にも教えてやって」

「釣りって案外むずかしいんですよ」事務員のレカが話に加わってきた。「いきなりカプタイ湖まで行かなくても、その辺で練習したらどうなの?」

「そうだな。でも、湖だけ眺めて帰ってくるのも悪くない」そう答えた透は、部長と事務員に見せつけたルアーと釣り竿を、バッグのなかにそっと戻した。ランガマティにも、カプタイ湖にも行く気はなく、釣りをするつもりもなかった。

オフィスを出てリクシャに乗り、チッタゴン駅近くの高級ショッピングモールに行って、透は新しい携帯電話を買った。すでに一つ持っていたのでそれは二台目だったが、いっさいのデータの共有はしなかった。携帯電話を手に入れたのち、ワイヤレス・イヤホンの売り場に向かった。そこで新しいアップルのエアーポッズを現金で購入してから、同じ階にある双眼鏡の売り場に行き、持ち運びしやすいサイズの防水加工された双眼鏡を選び、店員に頼んでレンズをのぞかせてもらった。バングラデシュ製、倍率八倍、口径二八ミリ。透はその双眼鏡も現金で買った。

＊＊＊

――休暇初日の冬の朝、透はチッタゴン港で自分を待っていたトラックの助手席に乗りこんだ。港には濃い霧が立ちこめていた。

カグラチョリからチッタゴン港まで果物を運んできて、ふたたびカグラチョリに戻るトラックの運転手と透は交渉して、およそ一一〇キロメートルの陸路を二五〇〇タカの謝礼で乗せてもらう手はずになっていた。

昨晩に果物を下ろしたトラックの荷台には、カグラチョリの各村の市場で売られる色とりどりの衣料品が、でたらめなほど大量に積んであった。

安物の衣料品の山は、道中で何度も荷崩れしそうになり、そのつど運転手はトラックを停めて、荷台によじのぼっては積み荷のバランスを調整した。やがて透も手伝うようになって、とうとう走行中もずっと荷台に乗ったまま、崩れそうになる荷を押さえているのが透の役割になった。

トラックはいくつもの村を通りすぎたが、チャクマ族とよく似た透には誰も関心を払わず、チッタゴン管区のパトロール車に乗った係員でさえ反応を示さなかった。

荷台でゆられる透は、ニューランズが〈船の墓場〉時代の友人に頼んで用意させた、偽造のNGO職員の身分証を持っていた。名前はタン・バルアで、バルアはチャクマ族に多い姓として知られ、NGOの森林保全調査に協力するタン・バルアという人物も実在した。その身分証は、透がニューランズに依頼したとおりの海賊版だった。

なだらかな傾斜の林道から川沿いの幅広の道に出たところで、リヤカーに瓶入りの飲み物を積んで売っている男が煙草を吹かして立っていた。

運転手はすぐにトラックを停め、ドアから降りていった。ダブのジュースを一本くれ、と言う声が透に聞こえた。ダブとはココナッツの呼び名だった。

透も荷台を降りて川岸に立ち、周囲の風景を見渡した。緑に覆われた小高い山が点々とつづき、鳥の澄んださえずりはやむことがなかった。バングラデシュの国土には天を衝《つ》くような峰は一つもなく、せいぜい一〇〇〇メートル級の山がいくつかある程度で、この国で山は概して丘と呼ばれ、その呼び名のとおりチッタゴン丘陵地帯に集中していた。

ココナッツジュースを飲みながら隣にやってきた運転手に、透は北の方角を向いて言った。

「たしか、あの丘の向こうに国境警備隊が駐屯しているんだ。昔、俺の同僚が森林調査中に捕まってしまってね」

運転手は東を指した。「いや、連中がいるのはずっと向こうだよ」

「そうだったかな」透はつぶやきながら、地図をたしかめるふりをした。

およそ四時間かけてカグラチョリの町に着き、トラックの荷台を降り、運転手に別れを告げた透は、薄緑色のトタンで屋根を葺《ふ》いた店舗がつらなる市場をしばらく歩いて、この国で一年中手に入るグァバ《ペアラ》を買った。豚肉をさばきながら売る店に客が並んでいる光景を目にしたとき、チッタゴン市を離れ、先住民族の土地にやってきたことを実感した。

腕時計をたしかめて、待ち合わせ場所の残骸ビルを探して通りに出た。通りにはリクシャの姿はなく、天然ガス三輪車のＣＮＧが数台走っているにすぎなかった。

目当ての残骸ビルはすぐに見つかった。

空爆を受けたように建物のほぼ半分しか残っていない廃墟を見て、なるほどたしかに残骸ビルだなと透は思った。中途半端に鉄骨がのぞき、窓も壁もない薄汚れたコンクリートの枠は、煤《すす》けた額縁のように背後の青空を切り取っていた。

その廃墟の前に立っている背の高い少年が、メルドンドにちがいなかった。革のケースに収めた鉈《なた》を腰にぶら下げた、ベンガル人の父とトリプラ族の母のあいだに生まれたという少年の風貌は、タイ人によく似ていた。歳は十五、六に見えて、かつてバンコクのラチャダムヌーン・スタジアムで試合をしていた若いムエタイ選手の姿を透は思い起こした。

メルドンドは消え入りそうな声で言った。「あなたが足《バ》の友だち？」

「そうだよ」と透は言った。「航空機の専門家だ。日本人《ジャパニ》だが、ここではチャクマのふりだ。ＮＧＯ職員のタン・バルアと呼んでくれ。ただし都会育ちだから、チャクマ語はできない」

透が最後に付け加えた言葉は冗談のつもりだったが、メルドンドはまったく笑わなかった。

硬い表情でメルドンドは言った。「俺はあなたを信用するよ」

「ありがとう《ドンノバド》」

「あなたは足《バ》の友だちだからな」

「そうだ《ヘーン》」

「あいつはずるがしこいやつ《チャラック》だけど、本当はいいやつだから」

町でのんびりすごしている余裕はなく、一刻も早く出発したかったが、透はメルドンドの緊張を解くために、眼前の残骸ビルを見上げて質問した。「このビルは、どうしてこうなったんだ？」

「最初からずっとこうだってさ」

「最初から？」

「俺がここに来る前の話だ。建設工事をやっている途中に、組んだ足場が吹き飛ばされて、それきり工事をやめたんだ。そのときは市場の店もばらばらになって、電柱も残らず倒れた」

「ものすごい風が吹いたのか」

「カル・ボイシャキだよ」


透は残骸ビルを眺め、それからトタン屋根に覆われた店の並ぶ市場のほうを振りかえった。屋根の薄緑色はあざやかで、壁にはさまざまな明るい色のペンキが塗られていた。しかし耐風性を示すような建築の要素はどこにもなかった。粗末な造りにかさねられた色彩に、どうせ風には敵わないのだから、という人々の前向きなあきらめを透は見てとった。

猛暑の夏に新年を迎えるベンガル暦、その夏の終わりに吹く突風が、カル・ボイシャキだった。航空機は例年運航を見合わせて、沖では船が転覆し、町では窓ガラスが割れ、家屋が倒壊した。

31

町を遠ざかり、ひたすら歩くうちに緑は濃くなって、透とメルドンドは熱帯の密林に呑みこまれた。ショフィクルがジャングルを〈ジョンゴル〉と発音したように、メルドンドも緑の支配するその領域を、ジョンゴルと呼んだ。

チッタゴン市を出発する前に、英語とベンガル語の辞書を引いた透は、英語のジャングル、ベンガル語のジョンゴルの語源をたどると、サンスクリット語の〈ジャンガラ〉に行き着くことを知った。その言葉は元来、密林ではなく、砂漠のような荒野を指し、のちに虎の潜むような危険な森も示すようになっていた。

砂漠とジョンゴルは、ずっと昔には一つの言葉だった。たとえそれが言語上の定義であっても、過去にアリゾナの砂漠に不時着した経験のある透にとっては、そこになにか深淵のようなものが顔をのぞかせているように感じられた。

本物の丘陵地帯の奥地に来てみると、透が考えていたよりもはるかに道は険しかった。急傾斜でないとはいえ、山道を歩くのはひさしぶりで、しかも前をゆく少年が選ぶのはすべて獣道《けものみち》だった。なるべく姿勢を正し、歩幅を小さくして体力を温存しながら、透は進んだ。悪路と体力以前に問題なのは、前が見えないほどの濃い霧《クワシャ》だった。

冬のバングラデシュには、朝夕に霧が立ちこめるのを透はよく知っていた。だがジョンゴルのなかは真昼でも霧に包まれ、点在する小高い丘から、ドライアイスの気流のようにたっぷりとした霧がさらに下りてくるのを、透はまれにひらける視界のなかで目撃した。

霧の向こうに見え隠れする少年の背中を追いながら、透は自分自身を追っているような錯覚に見舞われた。あれは登山者が見るドッペルゲンガーにすぎず、おまえ自身の幻なのだ、と誰かに言われても、反論できる気がしなかった。自分がなんのためにここへ来たのか、いったいなにを求めて歩いているのか、しだいにその理由がわからなくなってきて、立ちこめる霧のなかで現実感をうしないながら、透は雲のなかでバーティゴを起こすパイロットの焦燥にはじめて近づいた気がした。

陸地だと俺もこの程度だな、と透は思った。

ようやく霧を抜けたところで、透は岩壁の下で休むメルドンドに追いついた。少年の横には小さな滝《ジョルナ》があり、落下する細い水流が絶えまなく飛沫を振りまいていた。

ここまで二時間以上も歩かされた透の脚の筋肉は、すでにかなり強張っていた。透は滝つぼに近づき、冷たい水をすくって飲み、顔を洗った。霧のなかで朦朧となりかけた意識を覚まし、きつく締めた靴ひもをほどいた透は、すわって脚を休ませながら、マラリア対策の蚊《か》除《よ》けスプレーを全身に吹きつけた。そしてリュックからデジタルカメラを取りだし、周囲に生い茂っている植物を撮影した。森林保全調査員の持つデジタルカメラ、そのSDカードに記録されるべき丘陵地帯の植物たち。画像はどれも接写で、森や丘の全景を映すような撮影はしなかった。

軍や秘密警察にＳＤカードを調べられたときに、スパイの嫌疑をかけられないように細心の注意を払っていた。

透が写真を撮るあいだ、メルドンドは滝つぼに入っていき、うがいをするように真上を向いて、落ちてくる滝の水で喉をうるおした。


倒れることの少ない椰子の木がいくつも地面に横たわる姿に、透は丘陵地帯に吹く突風の威力を見せつけられた。その倒木を乗りこえて、メルドンドとともになおも進んだ。やがてジョンゴルを蛇行する川があらわれ、メルドンドは泥の色に染まった流れの前で立ちどまった。岸辺からやや離れた茂みに近づくと、その奥に腕を伸ばして、布でくるまれたなにかを取りだした。

メルドンドがその布を無造作に外したとき、一丁の銃の姿があらわになった。細長い銃身に力強さはなく、透が知るボルトアクション式のライフルでもなかった。ニス塗りの木製ストックと、時代がかった彫金で飾られたデザインは、透に火縄銃を連想させた。


すり切れたストラップのついた銃を抱えたメルドンドは言った。「ここまでたいした獣はいなかったけど、川を渡った先には猪と熊がいる」

「マレーグマとツキノワグマだろう」と透は言った。「どっちも草食だ」

「怒らせたら向かってくるし、あいつら死肉だったら食べるんだ。この銃も連発式じゃないから――」

「死肉にならないように気をつけるよ。その銃は一発ずつしか撃てないのか？」

「つぎの弾を撃つまでに時間がかかるんだ。大きな相手だったら、こっちが先に見つけないとだめだ」

「熊が襲ってきて、一発目を外したらどうする？」

「背を向けるのは危ないから、マレーグマなら鉈で追い払う。ツキノワグマが向かってきたらまず鼻を狙う。弾が当たれば追い払える」

「相手が人間なら？」

「人間には会わないよ。この辺には誰も来ないんだ」と言ってメルドンドは銃口に息を吹きかけた。


銃どころか、少年が腰に下げる鉈すら持たない丸腰の透は、新たな霧の立ちこめる対岸をしばらく見つめた。それからリュックに入れてきた双眼鏡を取りだして、周囲の空を見回した。軍のヘリコプターの影はなく、ローターブレイドの回転する音はどこからも聞こえなかった。心配していたのは監視用のドローンだったが、バングラデシュ軍のドローン配備数はまださほど多くなく、この国ではダッカに暮らす富裕層が趣味で飛ばすような機体が、マーケットでの需要を占めていた。

双眼鏡をのぞきながら、透は少年に訊いた。「虎は出ないだろうな」

「虎はもっと北にいるよ。言い忘れたけど、蛇にも気をつけたほうがいい」

「――蛇か」透の表情が曇り、声は低くなった。

布を巻きつけた棒で銃身の内側を掃除していたメルドンドは、透の声に蛇への恐怖を察して微笑みを浮かべた。「踏みだすときに足もとを見ていれば、そんなに心配しなくていいよ。洪水のときほど危なくはないから」

「どうして洪水のときは危ないんだ」

メルドンドは作業の手を止めて、なぜそんなことを訊くのかと言いたげな表情で透を見た。

「あいつらも溺れないように、高いところに上がってくるからだよ。洪水のときは町にいても大変なんだ。逃げ遅れて溺れたり、切れた電線で感電死するほかに、蛇に咬まれて死ぬ人がたくさんいる」


双眼鏡で川の向こうの霧を眺めていた透は、少年の話を聞くうちに、記憶の奥底から浮かび上がってくる、ある音の響きを聞きとった。その響きは鉱物のように硬くもあり、ゆらめく炎のようにやわらかくもあった。それは蛇にまつわる呪文だった。

ガラガラ蛇のいるアリゾナの砂漠ではまったく思いださなかったのに、なぜいまになって心に浮かんできたのか——透にはふしぎだったが、考えてみると、草木の支配するこのジョンゴルも、サンスクリット語のジャンガラでは不毛の地を意味するので、つまり自分のいる場所も、はてしない砂漠と変わらなかった。

六年前に不時着したアリゾナの砂漠を、いまださまよっているような感覚に陥りながら、双眼鏡をのぞく透は言った。「仏教にある蛇除けの呪文を知ってるか」

「知らない」と少年は言った。

「オン・マユラ・キランデイ・ソワカって唱えるんだ」

「チャクマの呪文?」

「いや、別の宗派だ」透は双眼鏡をのぞいたまま言った。そしてチャクマ族の信仰する上座部仏教にはない真言を、もう一度口にした。

棒を使って、銃身の内側に火薬と鋼鉄の弾丸を慎重に押しこみながら、メルドンドは透に訊いた。「熊にも効くかな」

「どうだろうな」と言って透は双眼鏡から目を外した。


竹を数本並べただけの、とても橋とは呼べないような橋をどうにか渡り終えた透は、川沿いを上流に向かって歩くメルドンドを追いかけた。少年の背にしている旧式の銃が、透の視線の先でときおりゆれた。

細い銃身、古びた木製のストック、すり切れたストラップ。銃規制のきびしいこの国で、少年のメルドンドが違法に銃を所持しているのは、ショフィクルの話で透も知っていた。だがどうやって違法に入手したのかまでは聞いていなかった。


ふたたび視界が濃い霧にさえぎられ、メルドンドの姿は消えて、透にわかるのは足音だけになった。

前方の足音に向かって透はたずねた。「その銃はなんていうんだ」

「ジェザイル」

「弾と火薬を銃口から入れる銃なんて、実物ははじめて見たよ」

「俺はこれしかあつかったことがないから、ほかの銃は知らない」

「どうやったら手に入る？」

投げかけられた問いに、メルドンドはだまりこんだ。

透は言葉をつづけた。「またここに来る必要があったら、たぶん俺にも銃がいるだろう？きみに頼らなくても済む準備が必要だ。どこで買える？」

少年の沈黙はつづいた。もう答える気はないのかと透が思ったとき、メルドンドはつぶやくように言った。「コックスバザール」

意外な地名に、透はおどろかされた。銃を手に入れられるとすれば、おそらく〈船の墓場〉のあるバティアリだろうと予測していたが、世界中から観光客の集まる地名が出てくるとは思わなかった。


透の眼前で、少年の背負った銃は、霧のなかにあらわれては消えた。毎日のように上空を飛んできた海岸線の眺めと、十九世紀の遺物のような単発式の銃のかたち、この二つを透は頭のなかでどうしても結びつけられなかった。コックスバザールでわざわざ旧式の銃を密造する必然性がなかった。だとすれば、ほかの土地から運ばれてくると考えるべきだった。

「どこからコックスバザールに入ってくるんだ？」と透は訊いた。

透の質問に、少年は短く「ラカイン」と答えた。

淡い紫色の花で埋めつくされた、なだらかな丘の斜面を透は下っていった。外来種ヒマワリヒヨドリの花。ジョンゴルに少しずつ馴れてきた透は、丘を下りながら、強い繁殖力を持つ外来種の侵略と定着を、チッタゴン丘陵地帯の歴史にかさねて考えたりするだけの余裕があった。丘を下った先の平地に竹林《ちくりん》があり、透は高木《こうぼく》のひしめくなかに丈の低いゴールデンキャンドルの木を見つけた。三メートルばかりの高さに育った木は、枝葉を傘状にひろげて、丸みのある葉のあいだから、真っすぐ上に伸びる細長い黄色の花を咲かせていた。ふしぎなかたちに咲く冬の花は、その名のとおり、木に飾りつけられた幾本もの黄金の蠟燭《ろうそく》のようだった。

案内役の少年は、透になにも言わなかった。まだ歩くとも、もうすぐ着くとも説明しなかった。透もだまって、ひたすら歩きつづけた。

突然その姿が霧の向こうにあらわれたとき、立ちどまった透は、物体が音速を超える瞬間のソニック・ブームを耳にしたように思った。架空の衝撃波で木々がゆさぶられ、ふいに出現した人間におどろき羽ばたいた樹上の鳥たちも、爆音に怯えて逃げだしたと信じたくなるほどだった。

何本もの幹を折り、ジョンゴルの大地に着陸を試みた機体は、ベンガル菩提樹《ぼだいじゅ》の強靭な巨木が横にひろげた枝に引っかかって、宙で大きく傾いていた。機首は透のほうを向き、水滴型と称されるキャノピーの表面は天然の結露に覆われ、流線型のレドームに落とされた無数の鳥の糞は、いつかの雨水に溶けて、ステルス・グレーの湾曲にフラクタルじみた模様をえがいていた。

濃い霧が漂い、風に吹き消されたかと思うと、すぐに新たな霧があらわれた。霧のなかに立ちすくむ透は、未知の古代遺跡を発見した考古学者の味わう恍惚を知った。だが透の目の前に存在しているのは、あり得ないはずの光景ではあっても、未知ではなかった。

宿主に選んだいくつもの別種の木に複雑にからみつき、それらの幹を絞め殺しながら、常緑の葉を空に向かってひろげるベンガル菩提樹の枝が支えているのは、まぎれもなく戦闘機だった。リフトファンのカバーはひらかれ、左側の主脚が完全に折れ曲がっていた。

チッタゴン丘陵地帯の奥深いジョンゴルで、透はF－35B〈ライトニングⅡ〉の姿をじっと見つめ、自分も同じように戦闘機に見つめられるのを感じた。

F－35Bにもっと近づこうとした透は、地面にあお向けに倒れている死体に目を留めた。透はゆっくり歩いてゆき、両膝を土につけて、死体を観察した。長く孤独な時をすごしてきた死体は、湿度の高いジョンゴルで白骨化して、その骨を包んでいた肉とともに獣の咬みちぎった穴が、泥に汚れた衣服のあちこちにできていた。階級やタックネームを示すタグは見当たらず、名前を知る手がかりはなかった。獣が食べやすい手を持ち去ろうとしたためか、左右の腕の肘から先がうしなわれていた。

透は死体の衣服にそっと触れた。それは衣服というより、破れた耐Gスーツだった。胸に穴が空き、価格にして一千万円を超えるヘッド・マウンテッド・ディスプレイも割れて、頭蓋骨にも穴が開いていた。

透はメルドンドのほうを振りかえって訊いた。「これがきみの撃った宇宙人か?」

メルドンドはなにも答えなかった。

嵐のなかで空中停止《ホバリング》し、垂直着陸《バーティカル・ランディング》してくる戦闘機を間近に目撃したとき、自分が少年と同じ境遇に育っていればUFOだと信じただろう、と透はあらためて思った。ついに宇宙人が攻めてきたのだ、と。しかし少年は、いまでは人間を撃った現実を理解しているのにちがいなかった。

透はじっと死体を見つめて考えた。少年の罪をとがめる言葉も、少年が感じた恐怖をなだめる言葉も、この場にはふさわしくないように思えた。

やがて透は立ち上がり、うつむいているメルドンドに向かって言った。「相手は最新型の戦闘機だ。きみは機関砲で蜂の巣にされてもおかしくなかった。運がよかったな」

透とメルドンドは、これまでの立場をすっかり入れかえたようだった。

銃を抱えて呆然と立っている少年を尻目に、透はベンガル菩提樹によじのぼり、少年に借りた鉈で蔓《つる》を断ち切って、地上最高の技術が注がれた戦闘機の状態を調べはじめた。筋肉痛のことは忘れていた。キャノピーを持ち上げ、コックピットのなかをすばやく眺め、つぎにリフトファンをのぞき、つぎに主翼と尾翼の損傷をたしかめた。主翼には機体のステルス・グレーよりわずかに濃い灰色で円がえがかれ、その内側に灰色のカンガルーがえがかれていた。一頭の駆けるカンガルーのシルエットは、オーストラリア空軍の紋章だった。

着陸当時の視界の利かない気象状況を考えた透は、なぜこんなところに迷いこんだのかは別にして、パイロットの腕は一流だと思った。木にさえぎられた以外は、完璧な垂直着陸のおかげで、機体の被るダメージを最小限にとどめていた。見たところ、折れた左主脚をのぞけば、同じ側の主翼後端にある可動部分の左フラッペロンが損傷しているにすぎなかった。

ふたたびキャノピーを開けてコックピットをのぞいた透は、馴れた手つきで電子システムを立ち上げた。F-35シリーズの開発にあたって、取得性《アフォーダビリティ》とともにアメリカ軍が強く要求したのは生存性《サバイバビリティ》だった。民間航空機ならとっくに電気系統が死んでいるような環境下でも、最大高度五万フィート、マッハ1・6の超音速飛行に耐える戦闘機であれば生きている可能性を、透は信じて疑わなかった。

落ち葉や蔓がこれ以上入りこまないように、リフトファンのカバーを閉じ、つづけて機体下部のウェポン・ベイのカバーを開ける操作をして、なにが搭載されているのか下から中身を確認するために、透はベンガル菩提樹の枝を伝って地面に降りた。

ウェポン・ベイのなかを真下から見上げる透は、日没前にジョンゴルを出よう、と呼びかけるメルドンドの声に、まったく反応しなかった。自分自身の考えに取り憑かれて、ただずっとそこに立っていた。

いつしか透は、からみ合うベンガル菩提樹の樹肌に、巨大な蛇の胴体がかさなり合う姿を見いだした。それはあの透明な蛇だった。超音速と窒息感《チョーク》。透は思った。祖父に教わった真言をいまこそ唱えるべきだろうか？

だが同時に、目の前にいる蛇は、孔雀明王の姿そのものでもあった。ベンガル菩提樹のひろげた枝に支えられる戦闘機の姿は、あたかも孔雀に乗った仏のように見えて、そこでは救済と呪いが表裏一体になっていた。

透は、自分がここにやってきた意味を考えた。わかっているのは、これまでの人生のすべての日々が、目の前の光景に凝縮されているということだった。

メルドンドに肩を叩かれてやっとわれに返り、透は立ち去る前の最後の作業に取りかかった。もう一度ベンガル菩提樹の木をのぼって、F－35Bのキャノピーをひらき、コックピットのなかに白く小さな物体を放りこんだ。それはチッタゴン市のショッピングモールで買ったアップルのエアーポッズだった。樹上から地面に戻った透は、新しく買った携帯電話を取りだして、紛失したエアーポッズを探す機能を起動させた。

ほどなくしてディスプレイの地図上にエアーポッズの現在地が表示され、その座標を最後のひと桁まで記憶すると、透は足もとの石に携帯電話を叩きつけ、さらに踏みつけて粉々にした。

32

パイロットの仕事を辞める、と透が言いだしたとき、それを真に受けた従業員はローカル航空会社のオフィスに一人もいなかった。冗談だろうと笑う人間もいた。プロペラ機で飛ぶことしか頭にない日々を送っている変わり者《パゴル》に、別の生きかたが選べるとは誰にも思えなかった。ベンガル語でしたためた辞表を持った透が社長室に向かい、後ろ手にドアを閉ざしたときにようやく、驚愕と動揺がオフィスにひろがり、事務員たちはパソコンのキーボードを叩く指を止めた。

競合他社からの引き抜きを疑ってくる社長に、透は言った。「ビーマン・バングラデシュ航空に入る予定もないですし、別の観光フライトの会社に移る話もありません」

「じゃあどうして辞めるんだ」

「休暇中に行ったランガマティのカプタイ湖で、小型ボートの魅力を知りました。これから船舶免許を取って、近いうち湖上の観光ガイドになって働きます」

その場で社長に給与の増額を提案されたが、金銭的な不満はないと言って透は取り合わなかった。慰留をあきらめない社長と、決意を変えないパイロットのやりとりは、何度かの沈黙に中断されながら、しばらくつづいた。

閉ざされた社長室のドアを眺める事務員のレカは、先週入社したばかりの後輩に小声で耳打ちした。「うちは給料が安いから、これをきっかけに揉《も》めるわよ。それでもパイロットは私たちよりずっと高給取りなのに――私がパイロットだったら辞めないかも」

＊＊＊

すでに透は、自分が戦闘機《ファイター》パイロットだった過去をニューランズに打ち明けていた。航空宇宙自衛隊、階級は二等空尉、NATOコードだと士官のOF-1に相当する――

その過去を教えるいっぽうで、プロペラ機に観光客を乗せる最後のフライトから帰ったのち、正式に航空会社のオフィスを去る日が来ても、透はカグラチョリで目撃した光景や、自分がなにをするつもりなのか、ニューランズにはいっさい話さなかった。

オフィスを去った一週間後の夜、透はボストンバッグを一つ持って、ニューランズのアパートをおとずれた。

いくつものモニターが並び、映画の海賊版がダビングされている薄暗い二階の作業部屋で、透は最初に〈脚のない机〉の話をした。

「一本だけ脚が短くなった机を想像してくれ」

透にそう言われたニューランズは、モニターの光に淡く照らされる作業台を軽く叩きながら、赤毛の太い眉をひそめた。「机？」

「その机は傾いてしまって、とても使えないから、水平にするために残りの脚を切る。すると、今度はちがう脚が短くなっている。それで、また脚を切る。そうやってどんどん脚を短くしていって――」

困惑するニューランズが、透の言葉を待たずに言った。「最後には脚がなくなるっていうやつか。ところでタル、なんの話なんだ？」

透はニューランズの問いが聞こえなかったかのように、話をつづけた。「そのとおりだよ、ニューランズ。脚がなくなるんだ。だけど〈脚のない机〉って、いったいどういう意味なんだろう。それは机なのか。もう机じゃなくって、床なんじゃないのか。あるいはただの板なんじゃないか。――でも、よくよく考えてみると、それは板でも床でもなくて、やっぱり〈脚のない机〉なんだ」

「なにが言いたい？」

「とくになにも」透はめずらしく笑った。「これからする話の前に、なんとなくきみに伝えておきたかったんだよ。俺はたぶん〈脚のない机〉なんだ。もうずっと前から、そうだった」

そして透は、カグラチョリのジョンゴルで目にした光景を淡々と語りだした。証拠になる写真は一枚もなかった。あるのは記憶と言葉だけだった。

不時着した戦闘機を透が撮影しなかった理由は、ニューランズにも理解できた。自分でも写真は撮らないだろうと思った。CHTでそんな画像データを持ち歩くのは、ドラッグとアルコールをジーンズの左右のポケットに入れて、チッタゴン市の警察署前を闊歩《かっぽ》するような無謀さと変わらなかった。

透は見てきたものを伝えながら、しかしジョンゴルをさんざん歩いた苦労にはまったく触れなかった。おだやかな口調で、ベンガル菩提樹の枝に支えられたオーストラリア空軍機、世界から姿を消したはずのF－35B〈ライトニングⅡ〉の状態だけを語った。

ニューランズは透の目の前で、密輸品のアイリッシュ・ウイスキーを足もとの棚から取りだした。もはや密輸品の酒を隠すどころの話ではなかった。

「飲むか？」とニューランズは言った。

「遠慮するよ」透は首を横に振った。

ニューランズは作業台にあったグラスを引き寄せて、ウイスキーを注いだ。瓶を持つ手が興奮と緊張で震えていた。その自分の手をニューランズは見つめた。「子どものころ、海底探検にあこがれたことはあるか？　潜水艦に乗って、深い海の底に眠っている秘宝を見つけるんだ。それはきっと、いまみたいな気分なんだろうな」

ひきつったような笑みを浮かべるニューランズが、ストレートのシングルモルトを飲みほし、落ち着きを取り戻すのを透は待った。

ニューランズは大きく息を吐いた。「――で、どうするつもりだ。まだカグラチョリの警察には届けてないんだろう？」

「ああ」

「だったら、俺たちだけの秘密にしておくのもいいな」

ニューランズの声の響きには、聞かされた事態の衝撃と深刻さから逃れるための、ふざけた調子があった。

「なんだって？」

透は、そんなニューランズの目を真っすぐに見つめて言った。「俺はあのF-35Bに乗るよ」

「あの機体を飛ばす」

「――飛ばすって、離陸《テイクオフ》するってことか」

「そうだ」

うなずいてみせる透を、ニューランズは鼻で笑った。「そりゃ結構なこった。趣味のグライダー滑空みたいですてきな計画だな。飛んでどうする？　大空に舞い上がったところで、バングラデシュ空軍に撃ち落とされて終わりか？」

「落とされない。着陸《ランディング》する」

「どこにだ？　シャーアマーナト空港か？　シャージャラル空港か？」

透は答えなかった。

まだかすかに震える手で、ウイスキーをグラスに注いだニューランズは、透の顔をじっと見た。なにかに憑かれた様子も、高揚した様子もなく、いつもどおりの表情だった。落ち着き払った透の姿をニューランズは恐れた。同時に、ひさしく忘れていた感覚が、シングルモルトの熱と相まって自分のなかによみがえってくるのを感じた。それは地上で味わう人生の影を駆逐するなにかの予感だった。

「仕事まで辞めて、なにをやらかす気だ」

「さっき話したよ」

「F－35Bはジョンゴルの奥地で巨木に引っかかって、左主脚と左フラッペロンが損傷しているんだろう？」

「だからニューランズ、きみに手伝ってほしい」

「――修理しろっていうのか。第五世代戦闘機を？」

透はうなずいた。


しばらく沈黙したニューランズは、ふいに声を立てて笑いだし、ウイスキーを飲み、飲みほす前に瓶をつかんでグラスに注ぎ足した。「トリップする茸《きのこ》でも食ってきたようだな。俺の家はフォートワースじゃない」

ロッキード・マーチンが工場を置くアメリカの地名を口にして、ニューランズは透を皮肉った。

相手の態度にかまうことなく、透は静かに言った。

「損傷していない右主脚と右フラッペロンを取りはずして、3Dスキャンする。反転させたデータを3Dプリントすれば、左主脚と左フラッペロンが作れる。BASエンジニアリングにいたきみならできるはずだ。きみに頼みたい」

ニューランズはだまりこみ、グラスのなかにゆらめく琥珀《こはく》色の液体を見つめた。左側にある八台のディスクドライブが、相変わらず海賊版のＤＶＤを複製しつづけ、わずかなノイズを発していた。ニューランズが頭のなかで反復する透の発言は、突拍子のない提案というわけではなかった。じっさいにアメリカでは、空母の艦内に３Ｄプリンターを積んで、外洋航海中に戦闘機の部品を製造、交換できる態勢を整えていた。

グラスを見つめたままニューランズは言った。「なるほどな。ただし元戦闘機パイロットさんよ、そいつは無理な話だ。主脚の内部構造もやっかいだが、問題は主翼の下端を構成する左フラッペロンだ。材料がない。第五世代のステルス戦闘機なら炭素系複合材だ。グラファイトとエポキシとカーボンファイバーとＢＭＩのミックスなんだ。そんなもの、かりに〈船の墓場〉を丸ごと逆さにしても出てこない。そこらのプラスチックで代用できればよかったのにな」

「買うよ」

「買う？　おまえのささやかな貯金程度で、炭素系複合材が買えると思ってるなら――タル、過去に戦闘機パイロットだったたっていうおまえの話は、つまり真っ赤な嘘ってことだ。同僚が虚言症だったと知るのは残念だね」

透はなにも言わずに、持ってきたボストンバッグのファスナーを開けた。なかから取りだした掌ほどの黒い鉄塊《てっかい》は、小型の拳銃だった。

透が作業台に置いた拳銃を見つめて、ニューランズは冷え切った声で言った。「俺を脅す気か」

「ジョンゴルを歩くときの護身用だよ。弾はまだ装塡《そうてん》していない」

「動物相手にそのアンティークな小型拳銃で立ち向かうのか。もっと大型の猟銃を買うべきだったな」

「大きな銃は、俺にはうまくあつかえない。それにここから先、俺が怖い相手は人間だ。使いやすくて、人が撃てればそれでいい」

ニューランズはだまりこんだ。

透は拳銃に目を向けて言った。「ベレッタM1934、昔のイタリアの軍用拳銃で、第二次世界大戦後の鹵《ろ》獲《かく》品がアフリカに流れて、いまも売買されているそうだ。一九四八年のガンディー暗殺にも使われたらしい。コックスバザールで買ってきた」

「コックスバザールで?」眉をひそめるニューランズは、ウイスキーの瓶に思わず目をやった。密売人に酒と麻薬はすすめられたが、銃の話題が出たことはなかった。

透は言った。「銃はこの国の南部に隣接するミャンマーのラカイン州から入ってきて、コックスバザールまで北上してくる。そこでメルドンドは、アフガニスタン製のジェザイルっていうマスケット銃を買っていた。銃身に旋条《ライフリング》はないし、発火は火打石式《フリントロック》で、一発撃ったら銃口から次弾を装塡しなきゃならない。あれにくらべれば、こっちの拳銃のほうがましだよ」

「おまえからブラックマーケットの講義を受ける日が来るとはね」

ニューランズは、好奇心で作業台の上のベレッタM1934に手を伸ばした。とがめるでもなく傍観している透の様子に、本当に弾は装塡されていないのを察した。

「きみなら知っていると思うが」と透は言った。「二〇一七年にラカイン州北部で、ミャンマーの反政府組織が複数の警察拠点に大規模攻撃を仕掛けた。内戦に近い混乱状態になって、七十万人以上の難民がバングラデシュに逃げてきた。そのなかに実行犯のテロリストたちも交ざっていたそうだ。難民といっしょに移動したのは最高のカモフラージュだったな。現在も自国の仲間と連絡を取っていて、彼らがいろんな銃を売っている」

話に耳を傾けるニューランズは、左手に拳銃の冷たい重みを感じながら、つぶやくように訊いた。「――おまえも連中に加わる気か」

「彼らとつながっているのは俺じゃなくて、チッタゴン丘陵地帯に潜伏するチャクマ族のゲリラだよ。手数料をかなり取られたが、仲介役になってもらった」

そう言って透はふたたびボストンバッグに手を伸ばし、なかにあった紙の包みをつかんで、その内側から無造作に分厚い札束を取りだし、作業台の上に置いた。

「三〇万ドルある。アメリカ・ドルだ。この金で、破損した左主脚と左フラッペロンを修理してほしい。ほかに必要なものは、耐Gスーツとジェット燃料だ。俺のほうでも探してみるが、〈船の墓場〉のバティアリに人脈のあるきみが見つけてくれるのなら、心から感謝したい。耐Gスーツは古いものでもかまわない。だけどジェット燃料の銘柄だけは指定だ。民間規格のものはいらない。軍用のJP－8でなければ、F－35シリーズは飛ばせないから」

ニューランズはあきれたように、首を左右に振った。「その金はどこから来た？」

「じつは、現金はまだあるんだ。額は教えられないが、必要経費を差し引いたあとは、全部きみにやるよ」

「質問に答えろよ。俺は『その金はどこから来た？』と訊いたんだ」

「F－35Bのウェポン・ベイにあったミサイルを売った金だ」

「冗談だろ」大きく目を瞠いたニューランズは天井をあおいだ。

「落ち着けよ、ニューランズ。当たり前だが、クアッドの共同訓練に参加する機体に、戦術核なんてものは絶対に用意されない。売却したミサイルの弾頭は高性能成形炸薬《さくやく》で、なにより空対地ミサイル《AGM》だ。慣性航法装置《INS》と全地球測位システム《GPS》の二つにデータリンクさせて撃つ方式だから、そう簡単にはあつかえないよ」

「戦術核じゃないから安心しろってのか？　正気じゃないな。本物のミサイルだぞ？　弾頭が模擬《ダミー》じゃないからこそ、それだけの高額で売れたんだろうが」

激しく非難するニューランズへの、透からの返答はなかった。


ニューランズは口を閉ざし、グラスに残った酒をあおった。伸びた赤毛の顎鬚を二本の指でつまむように撫でつづけて、長いあいだ言葉を発しなかった。三〇万ドルの札束を見て、手にしたベレッタＭ１９３４を見た。ふいにその銃口をこめかみに押しつけたくなる衝動に駆られたが、そもそも弾は入っていなかった。もう一度札束を見た。タルの頼みを引き受ければ、あと戻りはできなかった。だが断ったところで、自分の人生にはたしてなにが残されているのかを考えた。人生を考え、孤独を考え、収入を考え、西暦でいまは何年なのかを考えた。バングラデシュの新年はまだ先だったが、西暦ではもう新しい年になっているはずだった。

今年は二〇三七年か？　とニューランズは思った。俺ももうすぐ五十になろうってのに、いまごろニール・アームストロング級の仕事が来ちまったな。心のなかでそうつぶやくと、泣きたいような、笑いたいような気分になった。ニューランズはウイスキーの瓶のふたを閉めて、作業台に右肘を乗せ、その手で顔を覆った。じっと考えつづけながら、長いため息をついた。

五度目のため息のあとに、ニューランズは作業台に並んだリモコンを一つずつ手に取った。それぞれのボタンを押し、海賊版をダビングしているディスクドライブを残らず停止させた。

ニューランズは透に視線を戻してたずねた。「F－35Bも売るのか」

透はためらいなくうなずいた。「ジョンゴルのなかを運ぶのは不可能だ。売るには空を飛ばすしかない。だが飛び立つ保証のないものに、前金を払うやつはもちろんいない。支払いは納品後だ。だから先にミサイルを売って、修理と燃料の資金を作るしかなかった」

「なぜこんなことをする？　金が欲しいのか」

「金はきみにやると言っただろう」

「どうかしてるよ。機体は誰が買うんだ？　飛ばしたとして、着陸地点の答えを聞いてない」

ニューランズの二度目の問いに、透はやはり答えなかった。答えるかわりに、ポケットからダイスを取りだして宙に放り投げ、片手で受けとめた。

同じ動作をくりかえしながら、透は言った。「死んだパイロットのかぶっていたＨＭＤは壊れていたよ。ヘッド・マウンテッド・ディスプレイ――説明したほうがいいか？」

「しなくていい」

「いくら金を積んだとしても、さすがにあれは手に入らないだろうから、探すのはあきらめよう。俺は昔ながらにＨＭＤなしで飛ぶよ。不可欠なのは機体の修理、そして耐Ｇスーツと燃料だ」

ニューランズは、まじまじと透を見つめて言った。「おまえ、自分がなにをやっているのか、わかっているんだろうな?」

**

「一定距離選択精密効果《Select Precision Effects At Range》」の頭文字を取って、槍を意味する〈SPEAR《スピア》〉と名づけられたミサイルは、ジョンゴルに不時着した戦闘機のウェポン・ベイのなかに、合わせて八基搭載されていた。

〈スピア〉はイギリス空軍が装備する小型の精密誘導空対地ミサイルのシリーズで、航空宇宙自衛隊にいたころの透は、F－35Aが使用する〈スピア4《フォー》〉の能力と構造までは知らされていたが、イギリスではなくオーストラリア空軍機に、それもF－35Bに搭載された最新の〈スピア5《ファイブ》〉を間近に見たことは一度もなかった。

F－35Bを蘇生させ、そのコックピットに搭乗し、ふたたび空を飛翔しようとする透は、資金を必要とした。しかし最初から機体そのものを誰かに売ることは、ためらわれた。ひとたび譲渡してしまえば、当然機体は他人の所有物となり、自分は計画全体の歯車にすぎなくなる。

透がもっとも恐れたのは、非合法行為そのものではなく、ジョンゴルの奥地に自分以外のパイロットが派遣されてくる可能性だった。

ジョンゴルにある機体を逃せば、超音速飛行する戦闘機を操縦する日は永遠にやってこない、透はそう確信していた。それでいて、一人ですべてを成し遂げることはできないのもわかっていた。他人の協力を得ながら、短期間で資金を手に入れつつ、計画の主導権を自分が持ちつづけなければならなかった。そして短期間で資金を手に入れる方法を、透は空対地ミサイルを売ること以外に思いつかなかった。

それでも透は苦悩した。

なにを売ろうとしているのか、よくわかっていた。それはかつての仲間たちへの背信行為であるばかりか、世界にたいする裏切りだった。

すさまじい重圧が透の全意識にのしかかり、透は立ったままジョンゴルの地の底に呑みこまれるような感覚のなかで、どうすればいいのかを考えつづけた。

緑の地に赤い円、格納庫の壁に掛けられたバングラデシュ国旗の前に立って、幾度となく思い起こしたキドの言葉が、ふたたび胸のうちによみがえった。

——義の行動ってのは水平的じゃなくて、垂直的なんだ。易永さん、あんたもたぶんそう考える人間だから——

航空会社を辞めた翌日、違法に所持するマスケット銃で狩りをするメルドンドに教えられたとおりに、透はコックスバザールのブラックマーケットで銃を買った。

世界最長のビーチで、観光客にビーチパラソルを貸しだしている店の一つに行って、薬指と小指で挟んだ五〇〇タカ紙幣を店員に差しだし、ベンガル語で「病院に連れていってくれ《ホシュパタレ》」と告げるのが、銃を買いたいと伝える合言葉だった。

密売人からイタリアの古い小型拳銃と弾を買ったのち、透はさらに情報料を支払って、チッタゴン丘陵地帯に潜伏するチャクマ族のゲリラの連絡先を聞きだした。


――八基の空対地ミサイルを、チャクマ族のゲリラの仲介で誰かに売り渡す。

それが、ひたすら考え抜いた末に透のたどり着いた結論だった。

バングラデシュが独立戦争を戦ったパキスタンには、買い手がどういう者であれ、透は空対地ミサイルを渡したくはなかった。超大国となったインドなら買い手がつくかもしれないが、流出したミサイルが隣国バングラデシュとの関係の悪化を招くような事態は避けたかった。

パキスタンにもインドにも買い手を探さないのであれば、売却の呼びかけに反応するのはおそらく中国とつながる人間で、そのつぎにはロシアとつながる人間があらわれると予想するのはたやすかった。どちらもイギリスの作った最新の誘導装置と、爆発反応装甲《リアクティブ・アーマー》で防護された敵車輌すら破壊するタンデム弾頭のデータ解析に、大きな価値を見いだすにちがいなかった。

だからこそ、透はチャクマ族のゲリラに売却を仲介してもらいたかった。

ベンガル人が占めるこの国で、先住少数民族の自治を求めて活動する反政府ゲリラ、そんな組織であれば、そしてそんな組織だからこそ、中国やロシア以外に兵器の買い手を見つけてくれるのではないか？　一つの国家のなかで固有の民族自治を望むゲリラであれば――

パキスタンとインドはともかく、せめて中国やロシアではないところに〈スピア5〉を売ろうとした透の思いは、過去に自衛隊に所属していた自分自身の亡霊へ手向ける最初で最後の義、一輪の花のようなものだった。

透の前にあらわれたチャクマ族のゲリラのリーダーの女は、仲間からベンガル語の数字で〈4《チャール》〉と呼ばれていた。チャールは仲間を引き連れて、透の案内するジョンゴルの奥地へ赴き、戦闘機とそのウェポン・ベイの中身をたしかめた。透は彼女の澄んだまなざしに、タイで出会ったキドと同じ光が宿っているのを感じた。

ゲリラによる視察のわずか二日後、長さ一・八メートル、重さ九〇キロ、直径一八センチ、有効射程一五〇キロメートルの空対地ミサイルは、なかを空洞にした丸太の内側に一基ずつ隠されてジョンゴルから運びだされ、トラックの荷台に積まれた本物の丸太にまぎれてカプタイ湖に向かったのち、湖を渡る木材運搬船に移されて、どこかへと運ばれていった。

正規の軍需産業では、一基で少なくとも五〇万ドルの値がつく〈スピア5〉を、八基まとめて七〇万ドルで購入したのは、南米に複数の拠点を持つ有名なハクティビストだった。コンピューター用語の〈ハック〉と政治用語の〈積極行動主義《アクティビズム》〉の合成語であるハクティビズムを信条とするハクティビスト、いわばデジタル活動家が、空対地ミサイルをどのように使うのか、透には知るよしもなかった。

チャクマ族のゲリラに透が聞いた話では、そのハクティビストは〈バスクール〉と名乗り、正体はオランダ人あるいはベルギー人ではないかとうわさされながら、しかし素顔も本名も不明のまま、おもにロシアとニカラグアの反政府ゲリラへの支援によって、その活動を賛辞する攻撃的なハッカーと、その活動を敵視する過激主義者に名を知られているようだった。

ハクティビストが名乗ったバスクールとはベルギーに実在する地名で、第一次世界大戦後に残された地雷原を指し、かつての農地にいまも眠る未処理の爆薬の総量は二二トンを超えるとされていた。


チャクマ族のゲリラのリーダーは、部下の開発したチャットアプリを用いて、バスクールと交渉していた。あらゆる通信は文字や音声ではなく画像を介しておこなわれ、そこでは絵や写真にメッセージを潜ませる〈ステガノグラフィ〉という暗号法が駆使された。

ジョンゴルの闇とデジタルの闇が混ざり合う時代の一端で、ついにミサイルの代価が支払われ、その金を透とチャクマ族のゲリラが分け合った。

透は大きく前に進んだが、機体そのものを蘇生させる道が見えただけで、考えなくてはならない課題はまだ残っていた。

ゲリラのリーダーのチャールに、透はF－35Bの離陸と売却に関わらないかと持ちかけた。だが彼女の反応はそっけなかった。

――私たちが求めるのは、この国におけるチャクマの自治を超えるものではない。

その言葉は、すでに空対地ミサイルの売買の仲介後とあっては、透には論理が破綻しているようにも思えたが、しかし彼女は論理ではなくて、人々にあたえる印象の強度を問題にしているようだった。

ベンガル菩提樹の樹上で傾くF－35B、ステルス・グレーの機体が放つ圧倒的な迫力をじっさいに目にすれば、「自治を超えるもの」という言い回しで、チャールが暗に懸念を示したくなるのもうなずけた。

ラチャダムヌーン・スタジアムの通路で日本刀を振ったキドの姿がよみがえり、透はあるベンガル文字を心に思い浮かべた。

যুদ্ধ——すなわち戦争《ジュッド》。

33

チッタゴン市内で唯一の高台である丘、その上に建っている旧裁判所博物館のなかで、透は男と待ち合わせた。

博物館に入った透は、約束どおり先に入館していた男をすぐに見つけた。この国のごく一般的な中年男性にくらべると細身で、背は透より高く、薄緑色の開襟シャツに黒のスラックスを穿いていた。

眼鏡をかけ、白と灰の混ざった縮れ毛の頭髪を短めに整えて、数冊の生物学の本を小脇に抱えている男の姿は、山岳ゲリラでも銃の密売人でもなく、たったいま講義を終えたばかりの大学教授のようだった。あるいは本当にどこかの教授なのかもしれない、と透は思った。

自分を見つける目印だと指定した生物学の本を抱える男は、近づいてきた透にあいさつもなく英語で言った。「なかなかあれの買い手がつかないでしょう。しかしこの世界のごく一部でですが、あなたはちょっとした有名人になっていますよ」

平日の午前中で、まだ観光客は少なかった。旧裁判所博物館の廊下を歩く二人の足音が、閑散とした館内の静けさを際立たせた。

男の声は低くおだやかで、表情には微笑みがあった。「表舞台で売ることができたら、あれを欲しがる金持ちは大勢いたでしょうね。とくに男たちは。たとえ中身がなくとも、外側の毛皮だけでも買い手がついたはずです。あの中身は、たしかプラットニー――」

「プラット・アンド・ホイットニーF135－PW－100エンジンです」男と並んで歩く透は、長い廊下の先を見つめてそう答えた。

「失礼。名称はきちんとおぼえなくてはなりませんね。ところであなたは、なぜあの異形のペットに買い手がつかないのか、原因がおわかりですか？」

透はなにも答えなかった。

上階に延びる階段を指差し、立哨《りっしょう》する警備員の前を優雅に歩く男は言った。「帰る場所がないからです。食事をあたえて寝かせる場所もなければ、散歩をさせたあとに戻す小屋もない。むろん、空間的なひろさのことを言っているのではないですが――」

立ちどまって自分を見た男に、透は無言でうなずいた。

男は話をつづけた。「そういう生き物はペットではなく、都市に迷いこんだ架空の怪物のようなものです。ひとたび外に放たれれば、それで終わりですよ。そのことを踏まえた上で、私はあなたに条件を二つ提示したいと思います」

「聞かせてもらいます」

「あなたがあれを、ある場所にまで連れてきてくれたら、われわれは購入したいと思います。前金はないですが、連れてくるための協力であれば、力をお貸ししましょう」

「ありがたいです」

透が男に言ったその言葉は、強がってみせた交渉上の皮肉ではなく、本心だった。ニューランズだけに負担をかけるわけにはゆかず、保険を用意しておく必要があった。この冬が終われば春になり、春のあとには新年の夏がやってくる。透には時間がなかった。


階段をのぼってきた二人は、見晴らしのよい窓の前に立った。そこからチッタゴンの港湾都市の全景を見渡すことができ、その眺望こそが、丘の上に建つ旧裁判所博物館に観光客が足を運ぶ理由だった。

世界中の船舶を迎える巨大なクレーンの群れは、透に鬱蒼《うっそう》としたジョンゴルの木々を思い起こさせた。


窓の向こうを眺める男は言った。「もう一つの条件は、われわれの仲間に、あれを寝ている状態から起こしてやる方法を教えてもらいたい、ということです」

はるか沖に浮かぶ貨物船を見つめる透は、男の言葉について考えた。自分たちの組織のパイロットにF－35Bの操縦法を指導してくれ、男がそう言っているのだと察するのは容易だった。起こしてやる方法という言葉が、離陸と飛行を指しているのなら、透には確認するべきことがあった。

「寝かしつける方法は知らなくていいのですか」

男は無言で笑みを浮かべ、透の顔を見た。すでに答えたはずだ、と言いたげな表情がそこにあった。

透は気づいた。たしかにこの男は質問に答えている。帰る場所がない、という表現で。

離陸と飛行だけを教わって、着陸を習わない。

その要望が示しているものは明白だった。

平地からは見えなかったチッタゴンの水平線の眺めに、透は超高層ビルに突っこむF－35Bの姿をかさね合わせた。ふたたび資本主義の象徴が破壊される光景。炎、煙、逃げまどう人々。既視感のあるその惨劇は、しかしアメリカの生んだ第五世代戦闘機が使われることによって、新たな恐怖の時代の幕を開ける力を秘めていた。

透の沈黙の意味を察したように、男が言った。「ふつうはこんなことまで話さないんですよ。いっそなにもかも、あなた一人に頼めればいいんですがね。まあ、頼めなくても、あなたはわれわれと同じ側にいる人間だ。そうでないかぎり、あれが隠していた鉤爪《かぎづめ》を、あんなふうに売ったりはしません。あの鉤爪は相当に危険な毒針でもある。ただ、くやしさはあるんですよ。あの鉤爪について、なぜわれわれに相談してくださらなかったんです？」

透は男に答えずに、だまって自分の考えに浸っていた。ゲリラのおかげですぐに話の決まった空対地ミサイルの売却とはちがって、いまの透には、支援してくれる買い手を選り好《えごの》みしている余裕はなかった。

笑っている男に透はたずねた。「——それで、私はあれをどこに連れてゆけばいいのですか？」

透に訊かれた男は、小脇に抱えた生物学の本のあいだから、一枚のクリアファイルを抜きとった。学生が使うような、メルカトル図法の世界地図が印刷された折りたたみ式のファイルだった。

男の指はまず地図上の小さなチッタゴン丘陵地帯の辺りに置かれ、それからベンガル湾を斜めに横切った。ひたすら南西の方角に進みつづけて、やがて巨大なインド半島の突端と向き合うようにして海に浮かぶ島の上で止まった。

そこはセイロン島だった。スリランカ民主社会主義共和国の領土。

「せっかくお会いできたのですから」と男は言った。「食事でもごいっしょにいかがですか」

ホテル・グリニッジに雇われたシェフたちが腕を振るう料理には、タイ料理と中華料理の二種類があり、男は二人ぶんの中華料理をオーダーした。

器用に箸を使って前菜の海月《くらげ》を食べながら、男は透に言った。「ぜひお聞きしたい。あれをどうやって飛ばすつもりです？」

透は男の顔を見つめ、それから周囲のテーブルを見回した。チッタゴンの高級ホテルで昼食をとる客に、自分たちに関心を払っている者は一人もいなかった。

透は一本の箸を静かにテーブルに置いた。白いテーブルクロスの上で、箸の先は向かいにすわる男に向けられていた。

「滑走路を作ります」と透は言った。

「ジャングルのなかに？」

「この直線上にある木を伐《き》るんです」透は置いた箸を指先で叩いた。

「チェーンソーでの作業は、さぞやかましいことでしょうね」

「チェーンソーは使わずに、電熱ワイヤーカッターで伐ります。切断の騒音は出ませんし、木が倒れるときの音だけです。山火事に注意しなくてはなりませんが、丘陵地帯の湿度を考えればそれほど危険ではありません」

「どれくらいの滑走路が必要なんです？」

「幅はそんなにいりません。長さは最低でも一六〇メートルは欲しいですね。基礎は地面の上に鉄板を並べて作り、その鉄板をアスファルトで覆い、耐熱剤を吹きつけて、ターボファンエンジンの噴射する高熱で溶けないようにします」

「一六〇メートルの滑走路ですか——」

「リフトファンの揚力で短距離離陸《ショート・テイクオフ》できるから、それだけで済みます。別の機体なら倍の長さが必要です。通常、滑走路が途切れた直線上も完全な平地ですが、今回はその先にも当然、土に根を張った木があります。際限なく伐り倒すことはできないので、木の高さはスキージャンプで回避します」と言って透は、テーブルの上の箸の先を、わずかに持ち上げた。「残り六〇メートルの地点から滑走路に傾斜をつけます。そこから終端まで十二・五度」

「その数字はどこから？」

「イギリスの空母の甲板にあるＳＴＯＶＬ用滑走路の設計です」

男は龍を彫った茶壺《チャフウ》から器に注いだ中国茶を味わった。「あなたの頭には、もう図面ができているようだ」

「森のなかにテントを張って暮らしていますから」

「冗談ではなく？」

「事実です。チッタゴン市内では暮らしていません」

「すばらしい熱意ですね。では、ご自分の計画の欠点もおわかりでしょう？」

男はテーブルの中央の、竹と檜《ひのき》で編まれた円形の中華せいろのふちをつかんで、真っすぐに引き上げた。せいろのなかで海老餃子《ぎょうざ》が湯気を立てていた。

「ＳＴＯＶＬは垂直離陸《バーティカル・テイクオフ》ができる。このように真上に飛べるそうですね」と中華せいろを浮かせた男は言った。「原理的に可能なのに、通常それをしないのは荷物の重さがあって、燃料を無駄に消費するからです。だから現実には短距離離陸がおこなわれる。ですが、すでに荷物も手放して身軽になったいま、あなたはなぜその選択をしないのですか？」

訊かれた透は二本の箸を手にして、男が持ち上げたせいろから海老餃子を一つ取った。

「あなたがおっしゃるとおりです」と透は言った。「しかし身軽になったところで、燃料を無駄に消費するのは変わりません。垂直離陸をやってしまえば、苦労して集めたジェット燃料がこの餃子の湯気よりも早く消滅します。戦闘行動半径という言葉を聞いたことは？」

「いいえ」

「私たちのような訓練を受けた人間は、いつもそのことが頭にあります。決められたルートをただ進めるわけではないからです。途中で出会った相手を追跡したり、交戦したり、回避したりする。その上で帰還する徹底的な訓練を受けています。飛び立って終わりじゃない。着陸するまでがフライトです」

「私とあなたのあいだの、思想信条の差異を話されているわけではなさそうですね」

「ええ」と透は言った。「かりに海の上空を横断するとして、途中でレーダーに捕捉され、その相手に追跡される事態は想定しておくべきですよ。しかし最初に垂直離陸をやって大量の燃料をうしなっていたら、回避は困難になります。加速して真っすぐ逃げるのもままならない。ですが、じゅうぶんな燃料が残っていれば問題ないんです。私が言っているのは——」

「納品を確実にするための離陸時のジェット燃料の節約、ということですか」

＊＊＊

男は去り、一人になった透がホテル・グリニッジのレストランを出ると、そこは第二次世界大戦兵士墓地の近くだった。ナショナル・モーニング・デイだった日とは異なり、観光客を乗せたいくつものリクシャが極彩色の装飾を輝かせながら、透の目の前を走りすぎた。そのあとを追うように、この国の冬の涼しい風が吹き渡った。

旧裁判所博物館で会った男に指示されて、コックスバザールに出向いた透は、男の仲間だという羽振りのよさそうなミャンマー系ベンガル人たちに迎えられ、彼らのうちの一人が地元の航空会社に用意させた単発プロペラ機で、操縦技能を披露することになった。

本当に戦闘機パイロットだったのなら、プロペラ機の曲技飛行くらいやってみせろ、というのが男たちの言いぶんだった。

F－35Bを買う相手がどういう組織の連中なのか、いまだに透にはわからなかったが、こうしてすぐにプロペラ機を準備できる現実には、少なくとも口先だけではない資金力を感じた。てっきり複座機がスタンバイしているものと思っていた透は、飛行場に単座機が停まっていたのでおどろいた。危険を判断して操縦を引き継ぐ別のパイロットがいないことは、自分が信頼されている証なのかもしれず、あるいは墜落するときは一人で落ちろという意味なのかもしれなかった。

たとえ空で複雑な機動《マニューバ》をくりかえしたところで、遠い地上から眺める男たちにはたいして評価されそうにないと考えた透は、雲がなく風がおだやかなその日の天候に着目して、発煙筒のスモークで図をえがくことを思いついた。自身で実行した経験は一度もなかったが、かつて三沢基地のイベントで、ブルーインパルスがバーティカル・キューピッドをやる様子を眺めた記憶があった。

砂浜に立って雲のない青空を見上げ、右手を動かしながら、ハートの軌道をイメージしたのち、透はレシプロエンジンの単発プロペラ機に乗りこんだ。

ブルーインパルスが二機で同時にえがくハートの軌道を、透は一機だけでたどった。中心のくぼみの部分からスモークを焚きはじめ、左にループして、ハートの下端からふたたび上昇し、宙がえりを加えて、最初のハートのくぼみに戻ってくる手前で、発煙筒のふたを閉じた。驚異的な空間把握能力を発揮した透の曲技飛行は、ほとんど完璧な左右対称のハートをかたちづくった。

なんのアナウンスもなく、突如としてコックスバザールの海岸上空にスモークでえがかれた巨大なハートの輪郭に、ビーチから大きな歓声と口笛と拍手が湧き起こった。空を見上げるのは世界各地から来た観光客と、ハネムーンの休暇でおとずれた新婚のバングラデシュ人たちだった。

熱帯モンスーン気候の涼しい冬、裸足で砂浜を歩く人々は、ハートがえがかれることになった背景を知ることもなく、ベンガル湾の潮風を浴びて満ち足りた気分になった。

⁂

カグラチョリに戻った透は、ジョンゴルに向かう途中の町で、メルドンドと最初に会った残骸ビルのまわりに工事用の足場が組まれているのを目にした。足場はまだ完成していなかった。近くの市場でペアラの実を買ったついでに、透は残骸ビルを囲む足場について店の女にたずねてみた。

「ずっと昔に中断された取り壊しが再開されるそうだよ」と女は言った。「なんでいまごろになって急にやるんだろうね。ホテルでも建つのかしらね」

ペアラをかじりながら透は、もう一度残骸ビルに視線を向け、足場に用いられる鉄板が、トラックの荷台から順に降ろされる様子を眺めた。


ジョンゴルの奥地にあるF−35Bのもとに帰ってきた透を待っていたのは、町で見かけたあの足場用の鉄板を、つぎつぎと人力で運んでくるミャンマー系ベンガル人労働者たちの姿だった。

ほどなくして透は、丘陵地帯への鉄板の搬入を正当化するために、残骸ビルの解体工事が偽装として突然再開された、という事実を知った。黄金三角地帯《ゴールデン・トライアングル》で富を築く麻薬王なのか、スリランカで国家転覆をもくろむテロリストなのか、いずれにしても戦闘機の離陸の支援者は、仕事に取りかかる早さによって透を安堵させた。

透は旧裁判所博物館で会った男に、こんなふうに伝えていた。

——この冬はまもなく終わり、春が来て、やがて夏になります。夏のボイシャク月をすぎれば、カル・ボイシャキが吹き荒れます。突風はせっかく作った滑走路を吹き飛ばしかねませんし、これまで運よく樹上にとどまりつづけた戦闘機を破壊するかもしれません。ですから、夏の終わりの嵐が来る前に、機体を修理し、滑走路を完成させなくてはならないのです。

34

ジョンゴルでテント暮らしをはじめたころ、透は立ちのぼる煙で居場所を知られるのを恐れていっさい火をおこさなかったが、チャクマ族のゲリラが平然と焚き火をするのを見て以来、夜には火をおこすようになった。

　バングラデシュの季節は春になっていた。透の用意した図面にしたがって木を伐り倒し、地面をならして鉄板を配置する労働者たちは、日中に作業をして、日没前にジョンゴルを去っていった。


　一人用テントの近くで焚き火をする透は、防水シートで覆われたF－35Bを見上げた。クレーン車を搬入できない環境で、その機体はロープと滑車を用いて、もうすぐ樹上から滑走路の端に下ろされる予定だった。滑走路は部分的に耐熱剤で保護され、予定の半分に迫る七二メートルまで完成していた。

　戦闘機が三年振りに地面に下ろされる前に、透にはやっておきたいことがあった。おぼろげな月明かりのなか、透は一本の朽ち木に火を移して松明《たいまつ》を作り、リュックを背負って木々の奥へ歩いていった。F－35Bの背後にひろがる森のなかに、小さな塚があって、そこで透は立ちどまった。自分の手でパイロットの死体を埋めた場所だった。

誰が弔いに来るわけでもない、オーストラリア空軍パイロットが眠る塚の前で、透は松明を土に突き立て、リュックから丸筒を取りだし、なかに収められていた和紙をひろげた。祖父の筆による孔雀明王図と、〈仏母大孔雀明王心陀羅尼〉を、松明の火と月明かりを頼りに眺めた。いまとなっては、それは透のすべての所有物のうちで、故郷の日本に由来するただ一つのものになっていた。

読みかたをどれほどおぼえているのか、心許《こころもと》なかった。一行も読めない可能性もあったが、それでも透は遠い祖父の声の記憶をたどって、たどたどしい調子で陀羅尼を読み上げはじめた。

怛儞也他《タディヤター》　壹底蜜底《イティミティ》　底哩蜜底《ティリミティ》　底哩弭哩蜜底《ティリミリミティ》　底黎比《ティレビ》　弭哩《ミリ》
弭哩底弭《ミリティミ》　底哩弭哩《ティリミリ》　蘇頓嚩《スウトンヴァー》　頓嚩《トンヴァー》　蘇嚩遮《スウヴァチャ》　唧哩枳臬野《チリキシヤ》　牝那謎膩《ビンナメディ》——

月が雲に隠れ、死者へのせめてもの弔いをつづけるうちに、ふと気配を感じた透が視線を上げると、目の前の茂みに人影があった。息を呑んだ透は、とっさにポケットからベレッタＭ１９３４を取りだして、銃口を人影に向けた。

蒸し暑さのなかで、指に触れる引き金だけがひどく冷たかった。月を覆っていた雲が空を流れ、光量を増した月明かりが、ジョンゴルの暗闇にうっすらとオレンジ色の僧衣を浮かび上がらせた。

チャクマ族の僧か？　戦闘機と滑走路を見られたのか？

銃をにぎりしめて凍りつく透は、まったく予期しない言葉を僧が発するのを耳にして、さらに呆然となった。

「日本のかたですか？」と僧は言った。それは日本語だった。

塚の前にかがんでいた透は、僧に銃口を向けたままゆっくり立ち上がった。

僧はその銃口にたじろぐ様子もなく言った。「危ないものは持っておりません。どうかお許しください。密教の陀羅尼を聞くなど生涯ないと思っておりましたので、それも日本語の発音でしたので、つい——」

おそらく八十代には差しかかっている老僧を見て、透は一瞬、祖父があらわれたのかと思った。だが祖父はもうこの世になく、まったくの別人にちがいなかった。

手足も、首も、ひどくやせ細った老僧を見つめながら、透は花がしおれるように銃口を下げていった。一歩、二歩と近づいてくる相手の顔つきは、どことなく航空学生のころに指導を受けた飛行教官の面影を思わせた。しかし何人もいた教官のうちの、いったい誰に似ているのかは、透にもはっきりしなかった。

「あなたも仏門のかたでいらっしゃいますか？」と老僧は訊いた。

沈黙を挟んで、透は低い声で答えた。「——実家は真言宗——」

答えながら透は、俺はなにを言っているんだ、と思った。めまいがするような異様な状況だった。

かすれた声で、老僧は言った。「こんなところで日本語を聞かされて、夢を見ているのかと思われたことでしょう。じつは私も同じです。恥ずかしながら、菩提樹に夢を見せられているのかと鳥肌が立ちました」

「いつからそこにいた?」

訊かれた老僧は微笑んだ。「流れ流れて、上座部仏教の残るこの地にたどり着き、ご覧のとおり、もはやすっかり老いさらばえました。森のあばら屋で雨露をしのいで、いつまでも死にそこねておりますが――しかし、そうですか、真言宗――じつになつかしい――生まれ生まれ生まれ生まれて生の始めに暗く、死に死に死に死んで死の終わりに冥《くら》し。空海の『秘蔵宝鑰《ひぞうほうやく》』でしたかな」

透は土に刺した松明を引き抜いた。ゆらめく火の照らす薄闇のなかで、なによりも視覚を重んじるパイロットの透はすぐに気がついた。老僧の目は火を追わなかった。

老僧は目が見えていなかった。

透と老僧は、テントのそばの焚き火を囲んで腰を下ろした。透は湯を沸かしてチャを淹れ、老僧の前にカップを置き、自分は歯みがき用のカップでチャを飲んだ。

チャを味わった老僧は、カップを置くと両手を合わせた。「こういうお茶はひさしく口にしておりませんでした。火で暖を取るのもひさしぶりです」

透は焚き火が老僧の顔に映す光と影を凝視した。「どうやってここまで来た?」

「先ほども申しましたとおり、あなたの声に引き寄せられて参りました。あれはたしか孔雀明王経の――」

透はなにも答えなかった。

老僧は言った。「おかげで、ありがたい陀羅尼を耳にすることができました」

チャクマ族の住む土地には、寺に属さず山林に暮らす僧がいると透は聞いていたが、これまで出くわした経験はなかった。この目の見えない老僧の突然の来訪にたいして、どのように対処するべきか迷いながら、考える時間を稼ぐように透は質問をつづけた。

老僧は正確な暦を把握していなかったが、二十年ほど昔にこの国にやってきて、仏教徒であるチャクマ族の村に長く暮らしていたようだった。

ベンガル語とチャクマ語、それにサンスクリット語を教わった友人の僧が亡くなると、別に誰に追われるでもなく村を去り、丘陵地帯をさまよううちに、猟師が放置した竹小屋を見つけて住みついた――老僧は透に向かってそんな過去を語った。

目が見えないのにどうやって小屋を、と透が口にしかけたとき、老僧が言った。「鳥たちが屋根に並んで鳴いているのが聞こえたんですよ。きっと屋根に木の実が落ちていたんでしょう。私が住みついてからは、来なくなってしまいましたが」

透の放りこんだ竹が、熾火《おきび》の熱に当たっているうちに弾けた。竹の破片が爆《は》ぜて生じた音が漆黒の森にひろがって消えた。戦闘機が飛ぶ爆音にくらべればはるかに小さな響きでも、空気中を伝わる速度は音速《ソニック》だった。透の耳は竹の爆ぜる音を追いかけた。

老僧のほうも、竹の爆ぜる音になにか感じ入った様子で、しばらく口を閉ざしていた。

やがて静寂のなかで老僧は言った。「私を気にかけてくれた友人は洪水のときに、蛇に咬まれて死にましてね。若くして悟りをひらいたかのような上座部の名僧でした」

「——蛇ですか?」と透は言った。それは老僧との会話ではじめて発した、時間稼ぎのためではない質問だった。

「はい。蛇です」と老僧は答えた。

「蛇か」と透はつぶやいた。

「蛇はおきらいですか?」

ためらいがちに透は言った。「——蛇とはなんでしょうか?」

老僧は微笑んだ。「蛇は蛇です。あなたは先ほど、蛇除けの陀羅尼をお読みになっていたのではありませんか?」

「なんというか、その——」焚き火を見つめる透は、適当な言葉が見つからず困惑し、唐突にあらわれた老僧とこんな会話をしている自分自身にもとまどいながら、こう言った。「この世のものでない蛇、というのはいるのでしょうか?」

「この世のものでない? あなたがおっしゃるのは怪物のような蛇ですか?」

「怪物といっても、じっさいにいるわけではなく——」

「徴《しるし》として、宇宙をつかさどるような蛇のことですか?」

「ええ、そういう感じです」

「となると、たとえば孔雀明王の手にも負えないような——」

「そういうものかもしれません」

「なるほど、これは奥深い闇中問答《あんちゅうもんどう》になりました」と老僧は言った。

しばらく沈黙が流れ、また竹が爆ぜて静寂を破った。

「宇宙をつかさどるような大きな蛇――」と老僧は言った。「つながりつながって、みずからの尾を噛《の》んでいるような、巨大と呼ぶのもおろかな蛇のことを、これは仏の言葉ではありませんが、たしか古いギリシャの言葉で、〈ウロボロスの蛇〉といいました」

「聞いたことはあります」

「そういう蛇は、どういうものだと思われますか？」

「どういうもの？」

「はい」

「わかりません」

「答えが早いですね」老僧は微笑みを浮かべた。「仏門のかたではないとおっしゃるのは本当のようです」

「〈ウロボロスの蛇〉というのはいるんですか？」

「この世のものでない蛇について、あなたはお聞きになりたかったのでしょう？」

「――そうでした」

「いや、愉快ですね、問答というのは。ましてや日本語で――」と老僧は言った。「みずからの尾を噛むというのは無限のことですから、円が回ることではないでしょうか？」老僧は宙に指で円をえがいた。

「円が回る――回転のことですか」

「はい。輪廻の輪と答えたいところですが、私は〈ウロボロスの蛇〉というのは、おそらく天道《てんどう》として映っているのではないかと思います」

「テンドウ？」

「天の道、仏教では天体の運行のことをそのように申します。太虚《おおぞら》に天体のえがく回転の軌道です。これがなければ昼も夜もありません。昼も夜もなければ季節もなく、一年もなく、人の歴史も、そもそも時の流れすら生じません。前に進むでもうしろに退《さ》がるでもなく、星はただ回りつづけているのです。ですから天道とは、すなわち時間の蛇のことです」

「――時間の蛇――それはなんなのですか？」

「見てのとおりの愚僧ゆえ、私にもわかりません」老僧は微笑んだ。「私にできるのは、なさけない自分にあたえられた時間をどのようにすごすのか、それを考えて考えて、考え抜いて生きることだけでした。

こうも老いさらばえて参りますと、つくづく自分に僧としての才がないのを思い知らされます。しかし仏の教えがなければ、森で考える日々もなく、こうしてあなたと話す日本語も、きれいに忘れてしまったことでしょう。あるいはそのほうがよかったのかもしれませんが。

どのようにして時間と向き合うのか、その難題について、いま私の心を占めるのは、じつはチャクマやサンスクリットの経典ではなくて、日本で読んだ書物の、ほんのわずかな記憶なのです。あなたは心敬《しんけい》という歌人をご存じですか？」

「シンケイ？」

「はい。心を敬うと書いて、心敬です」

「知りません」

「仏道と連歌《れんが》の二つを追い求めた室町の人で、歌についての教えを説く『心敬僧都《そうず》庭訓《ていきん》』に、まず最初に、このように記しております――」

老僧は、焚き火の前でこう口にした。


心もち肝要にて候《そうろう》。常に飛花落葉《ひからくよう》を見ても。草木の露をながめても。此世《このよ》の夢まほろしの心を思ひとり。ふるまひをやさしく。幽玄に心をとめよ。


森の彼方で鳥が鳴くのを透は聞いた。丘の上空を満たしている暗黒に深い青が混ざり、夜明けが近づいているのがわかった。そして老僧の心を占めているという言葉は、なにかふしぎな力で透を捕えていた。

「幽玄に心をとめよ――」老僧は火の粉の舞う宙に、まるでなにもかも見えているような手つきで字を書いた。「有る限りの有限ではなくて、幽《かす》かに玄と書く幽玄です。私は心敬の残したこの言葉だけを心に灯して、いまでは森をさまようようになりました」

透にはユウゲンという言葉の響きが、なぜかはじめから有限ではなく、幽玄だとわかっていた。自分でも奇妙だったが、老僧に説明されたとき、〈玄〉の一字が自分を引き寄せたような思いがした。祖父の寺、玄安寺の最初の一字。

このジョンゴルに来て、俺は最初に戻るのか。

頭のなかで老僧の声が勝手にくりかえされた。ふるまひをやさしく。幽玄に心をとめよ。その反復は一日の疲れと相まって、透を強い眠気へと誘《いざな》った。よろめきながら立ち上がる老僧の声が、ずっと遠くに聞こえた。

「太虚《おおぞら》を求めてなおも見つからず。心もち肝要にて候——お茶をごちそうさまでした。どうぞお気をつけて——」

目を覚ました透は、夜が明けたジャングルを見回した。誰もいなかった。猟犬が獲物に躍りかかるように、わずかに熱を放っている焚き火の灰を飛びこえて、チャを注いだカップをたしかめた。チャは一滴も減っていなかった。老僧が飲まなかったのだと思えばそれまでだったが、そのカップのほかに、老僧がここにいたことを示すものはなにもなかった。

鳥がさえずり、茂みをかきわける音がした。透が音のほうを振りかえると、早朝に滑走路の鉄板を運んでくる男たちの一団が、泥と汗にまみれて到着したところだった。

35

チョイットロ月の春が終わり、バングラデシュの年が明けた。

太陽は苛烈に輝き、眠りから覚めた巨大な獣が熱い息を吐いたように気温は上昇して、熱帯モンスーン気候の夏のおとずれを、ボイシャク月の到来を、この国に生きるすべての人々の皮膚が感じとり、易永透もそのなかの一人となって汗を流した。

ジョンゴルに作られる滑走路の全長は一四〇メートルに達し、透の要求する設計の実現まであと二〇メートルに迫っていた。

透と同じようにいつのまにかローカル航空会社を辞めてしまい、ジョンゴルとバティアリを往来しながら作業に没頭していたニール・ニューランズは、第五世代戦闘機の修理と電子機器《アビオニクス》のメンテナンスを、夏の日射しのなかですべてやり遂げた。

ニューランズの仕事を見守ってきた透は、空自にいたころ、おまえは天才だ、と先輩や同期によく声をかけられたのを思いだした。自分自身を外から見ることはできず、自分がどういう存在として他者の目に映っているのか、まったくわからなかった。しかし透は、知識と技術を駆使するニューランズの姿を目の当たりにして、はじめて天才の存在を実感できた。

なにかを追い求めるのではなく、つねになにかにおびき寄せられ、なにかに絞めつけられているような人間、それこそが天才だった。そうでなければ、本物のF－35Bがニューランズの眼前にあらわれるはずがなかった。たぐいまれな知識と技術を要するメカニズムのほうがニューランズの魂を見つけて、獲物を捕えるように狡猾《こうかつ》におびき寄せたのだ、としか透には考えられなかった。自分と同じように。

F－35Bは地上の滑走路の端に下ろされ、予期しない突風が吹いた場合の対策に、鎖を使って前脚と主脚を土中に埋めた柱に固定してあった。

——もし俺がニューランズと同類なのだとしたら、俺をおびき寄せたものはなんだろうか？

透は防水シートに覆われた機体を見つめて考えた。戦闘機におびき寄せられたのだろうか。

そうではない気がした。自分をおびき寄せて、絞めつけるもの、それは青空の彼方だけで実現される超音速の速度にほかならないように感じた。かつて自分が拒否された衝撃波《ショック・ウェイブ》の先、時速一二二五キロを超える速度そのものが、原始のジョンゴルの奥地へと自分をおびき寄せたものの正体ではないかと思われた。

　おびき寄せられることは欲望に関わり、絞めつけられることは諦念とつながった。その二つは一つに結びつき、獲物となった透の逃げ道は絶たれた。胴に巻きつく大蛇のように、そして他種の木を絞め殺すベンガル菩提樹のように、宿命は透の魂を絞めつけた。

　最後にジョンゴルのなかで会ったニューランズは、噴きだす汗をぬぐって笑みを浮かべ、墜落しても俺をうらむなよ、と透に言った。まずいと思ったら脱出しろ。ＵＳ16Ｅ射出座席を完璧にメンテナンスした俺の労働を無駄にするな。

　これからブラジルに移り住んで牧場を購入する——荷物をまとめながらそう語るニューランズがはたしてどこまで本気なのか、透には判別できなかったが、バングラデシュにとどまるのが危険なのはたしかだった。

　ジョンゴルを去るニューランズは、茂みの手前で立ちどまり、透を振りかえった。なにかを口にしかけて、その言葉を呑みこむように口を閉ざした。

　透は去ってゆくニューランズの背中に、ありがとう《ドンノバド》、と声をかけた。

　樹上からＦ－35Ｂが未完成の滑走路に下ろされたとき、ジョンゴルにＡＫ47を抱えた夜間の見張り役が配置された。その役目はミャンマー系ベンガル人が交代で務める場合が多かったが、透にとって親しみのある典型的な顔立ちのベンガル人が派遣されてくる夜もあった。見張り役は誰もが無口で、しかし話しかける透を無視するような態度は取らなかった。ジョンゴルに暮らす透は全員と顔見知りになり、煙草を分けてやったり、チャやコーヒーを飲ませてやって、そんな気づかいに誰がいちばんよろこぶのかを知るようになった。

日中の作業を終えた労働者が引き揚げてしまうと、ジョンゴルには小銃を携帯した見張り役と透だけが取り残された。

夜明け前のもっとも暗くなる時刻、透は眠らない見張り役の男に、急に蚊が増えてきたと言って、韓国製の蚊除けスプレーを貸してやった。蚊の媒介するマラリアは、ジョンゴルではツキノワグマよりずっと恐ろしかった。それから透は、火をおこして湯を沸かしはじめた。二人ぶんの熱いチャを淹れたときには、透から声をかけなくとも、見張り役のほうから焚き火に近づいてきた。

蚊除けスプレーを透に返す見張り役は、なにを作ったのかと訊いた。

「塩を足したアダ・チャだ」と透は答えた。「塩分を取らないとな。ドゥド・チャのほうが好きか？　でもこの暑さだから、ミルクはすぐに悪くなる。しばらくお預けだよ」

透にカップを手渡された見張り役は、自分の持ち場に戻っていった。

小銃を抱えて歩くその背中を、透がベレッタM1934で撃つ機会はいくらでもあった。肩と足を狙って自由をうばうこともできたし、頭を狙って殺すのも不可能ではなかった。だが透は撃たなかった。

ジョンゴルのテントで暮らしはじめた当初、いずれは用意されるであろう見張り役を、計画の実行のさいには撃って排除するしかない、と透は考えていた。別にためらってもいなかった。老僧と会う夜まで、引き金を引く気でいた。

——ふるまひをやさしく。幽玄に心をとめよ。

日本語で透にそう言い残した老僧は、あれから一度も姿をあらわさなかった。自分が幻と話したのではないという確証を透は得られなかったが、老僧が幻ではなく、ふたたび姿を見せたとして、ただちに見張り役に銃弾を浴びせられるだけでしかなかった。

老僧に会った夜を契機に、透は銃に頼るかわりに、ジョンゴルに自生するゴールデンキャンドルの葉を摘《つ》むことを思いつき、数枚の葉を乾燥させて、来《きた》るべき夜にそなえていた。

透が耳を澄ましていると、暗闇から男のうめき声が聞こえた。ゴールデンキャンドルの葉の煮汁を混ぜこんだアダ・チャを飲んだ見張り役は、たちまち激しい腹痛に襲われたようだった。葉にふくまれるセンノシドには、強力な下剤作用があった。

腹を押さえてうめきながら、見張り役が茂みのなかに入ったとき、透はすでに耐Gスーツを身につけて、ヘルメットを小脇に抱えていた。耐Gスーツはベトナム戦争後に放出された中古品で、ヘルメットは透が遺体を埋めたパイロットのものを借用していた。映像を映すバイザー部分が破壊された装備品は、本来のヘッド・マウンテッド・ディスプレイではなく、ただのへルメットになっていた。

透はＦ－35Ｂに駆け寄り、防水シートの覆いを引きはがし、前脚と主脚を固定する鎖を取りはずした。それから右主翼によじのぼって、足の置き場を慎重に選びながらキャノピーにたどり着き、コックピットに乗りこんだ。


滑走路の長さは最低限必要な一六〇メートルにまだ二〇メートル足りず、だからこそ見張り役にも透の裏切りはまったく警戒されていなかった。

透には、短距離離陸《ショート・テイクオフ》でジョンゴルを飛び立つ気などなかった。最初から垂直離陸《バーティカル・テイクオフ》をやるつもりでいた。旧裁判所博物館で会った男にいろいろと説明して、わざわざ滑走路を作らせたのは、ニューランズが修理を終えて、さらに軍用の燃料が入手できるまでの時間稼ぎにすぎなかった。樹上で傾いた機体が水平と安定を確保した場所に移動しさえすれば、透には滑走路はどうでもよく、スリランカに機体を運ぶ約束をはたすことなど考えてもいなかった。

透の願ったとおりにニューランズは機体を蘇生させ、支援者は機体を樹上から下ろしてジェット燃料ＪＰ－８を補給してくれた。すべての準備は整い、あとは地上の鎖を断ち切るのみだった。


コックピットのなかで、透は半世紀以上前の耐Ｇスーツを機体に接続し、背中をハーネスで座席に固定して、ラップベルトの長さを調節し、酸素ホースを機上酸素発生装置《OBOGS》につなぎ、ヘルメットをかぶった。通信用のケーブルやインターコムに気をくばる必要はなかった。通信する相手など誰もいなかった。
主力電源スイッチを〈バッテリー〉に入れると、ライトが点灯し、未完成の滑走路とジョンゴルが闇に浮かび上がった。〈メインパワー〉にスイッチを切りかえた透は、正面の主計器盤の操作に取りかかった。フルカラー液晶表示、幅五〇・八センチ、高さ二二・九センチの一枚のタッチパネルは、さらにその中央から縦二〇・三センチ、横一二・七センチで左右均等に分割されていた。透の指は演奏するピアニストのようにタッチパネルの上を躍った。

十八度の角度の座席、主計器盤、左コンソール、右コンソール、スロットル、サイドスティック、キャノピーから見えるライトの照らす闇、すべてがなつかしかった。しかし透には、感傷に浸る時間はなかった。あわただしく操作をつづけながら、つくづく戦闘機とは人間をのんびりさせてくれない機械だと思った。一刻一秒を争うスクランブル発進を誰かに命じられている感覚だった。

リフトファンのカバーをひらき、ロールポストを開放し、排気口の角度を下げ、エンジンを作動させた。衝撃で機体がゆさぶられ、液晶に映る燃料流量表示の数値が上昇しつづけるのを透は見つめ、同じ視界のうちに、ＡＫ47を構えた見張り役が滑走路の先でなにかを叫んでいる姿を認めた。見張り役がどれほどこちらを罵倒しようと、雇い主の取り引き商品そのものである機体を撃つことはできないはずだった。そして透には、これから男が目にする光景がどんなものかがわかっていた。ターボファンエンジンの排気口が下向きに吐きだす炎は、夜明け前のジョンゴルで地獄の業火のように映るはずだった。

ターボファンエンジンの千度を超える排気熱が、周囲の防水シートを飴のように溶かした。滑走路に労働者たちが吹きつけた耐熱剤も、苦労して並べた土台の鉄板も、その下の大地さえも溶かされた。案の定、男は恐怖に満ちた顔で逃げだし、透の視界から消えた。

F-35Bが真っすぐに空中に浮かび上がっても、透は冷静だった。空中停止《ホバリング》の状態でやるべきことは多かった。湯水のように消費されてゆく燃料の残量をたしかめながら、タッチパネルとスロットルとサイドスティックを同時に操作し、リフトファンを作動させたまま、エンジンの排気口の角度を水平に戻していった。バングラデシュ空軍に逆探知されかねないレーダーは起動せず、赤外線センサーのみで周囲の地形情報を取り入れた。

ゆったりと加速しはじめた機体は、前脚と左右の主脚をいまだに伸ばしていた。透は収納の操作をして、不時着時に折れていた左主脚がきちんと折りたたまれるかどうか、集中して計器を見守った。ニューランズの腕の見せどころだった。

修理した左主脚の油圧システムは正常に機能し、機体下部に完全に収納された。リフトファンのカバーも閉じられ、F-35Bのフォルムに無駄な凹凸はなに一つなくなり、ステルス戦闘機のあるべき姿に空中で変身した。

透がスロットルを押しこみ、プロペラ機には不可能な加速で高角度急上昇《ハイレート・クライム》をおこなうと、あのなつかしいGがコックピットにやってきた。

高度四万六〇〇〇フィートの空を透は飛んだ。チッタゴン丘陵地帯を南下し、右手には黒々としたベンガル湾が横たわっていた。主計器盤の知らせる機体各部の状態は、交換された左フラッペロンに異常がないことを伝えていた。あっけなくコックスバザールの上空にさしかかると、透は息を大きく吸い、両脚に力を込め、亜音速まで加速して、左旋回を試みた。F－35Bに許される7Gを超えないように液晶表示に目をくばり、全身に襲いかかるGに耐えながら、震える手でサイドスティックを傾けた。筋肉が悲鳴を上げ、骨がきしんだ。見えない力が透の頭をわしづかみにして、首を押し曲げ、意識もろとも引きちぎろうとした。方向を変えようとするだけで襲ってくるその苦痛は、透が戦闘機で空を飛んでいる証だった。

視界がブラックアウトする寸前で高G旋回の機動《マニューバ》を終え、大きく息を吐きだした透は、バングラデシュの領空に別れを告げ、ミャンマーの首都ネーピードーのはるか上空を通過した。F－35Bはスリランカとは真逆の方向に飛びつづけた。

東へ向かうにつれて、空が明るくなってきた。雲は眼下にあり、透はのぼってくる太陽に近づいていった。ラオス領空に入ったところで、ゆったりとループの軌道をえがいて針路を変更して、タイの領空へ侵入した。

主計器盤で機体の状況を随時確認し、対気速度をたしかめて南下する透は、いっきに高度を下げた。急降下する機体のコックピットのなかで、透は漠然とした大地でしかなかった眼下の光景に、しだいにモザイクがあらわれ、輪郭があらわれ、都市があらわれるのを眺めた。やがて見えてきたのは、かつて一度も空から目にしたことのなかった暁の寺だった。

寺院の上空、二三〇〇フィートまで下降して、機首を水平に戻し、ふたたび上昇してアフターバーナーを点火した。F-35Bは亜音速に至り、遷音速に至り、ついには音速の壁をつらぬいた。ソニック・ブームで空気をゆるがしながら、なおも加速した。マッハ1・0、マッハ1・1、マッハ1・2。

静寂に包まれるコックピットのなかで、透は一人だった。指示を送ってくる僚機も、通信する管制官もいなかった。誰とも交信しないという意味では、たった一人で空を飛ぶのは、これがはじめてだった。自分の息づかいだけが聞こえた。

かつて窒息感《チョーク》に襲われたマッハ1・3に達しても、静寂は保たれていた。透はさらに加速した。マッハ1・4、1・5、1・6。

透は空の上で蛇の襲来を待ち受けた。窒息感《チョーク》をもたらす透明な蛇の前に無防備な肉体をさらして、機体のコントロールをうばわれる瞬間を覚悟した。

だが、あれだけ苦しめられた蛇は、なぜかあらわれなかった。

超音速の領域は、地上の重力だけではなく、あらゆるしがらみを捨て去って、ただ一人この世界にやってきた透を歓迎しているかのようだった。

透には、いつのまにか自分自身が透明な一匹の蛇となったように感じられた。

夜明けの空を飛ぶ透には、どこへ行くあてても、どこへ降りるあてもなかった。離陸から着陸までがフライトだとするなら、透がやっているのはもはやフライトではなかった。それは人間の認識の外にある謎めいた行動だった。

赤外線センサーの探知によって、二つの機体が自分を追ってくるのを透は知った。おそらくスクランブル発進したタイ空軍機で、正体不明機を追跡してくるのは当然の反応だといえた。数秒後に左フラッペロンの異常を液晶表示が映しだした。Gのかかる状態で、座席をつかみ、懸命に体をひねった透は、左主翼の後端から生じている飛行機雲を視界に入れた。フラッペロンは激しく振動して、全体に摩擦熱が発生しているようだった。

正面に向き直った透は、旋回半径を小さくするために亜音速まで減速し、二度目の高G旋回に挑んだ。体力のかぎりをつくしてGに耐えるうちに、大量の汗が噴きだし、目に流れこんだ。透はまばたきをくりかえして、タイ領空を北東方向に向かった。

＊＊＊

F－16Aを操縦するタイ空軍のパイロットが、本来なら見うしなうはずの相手、レーダー網をかいくぐる低視認性を帯びたステルス戦闘機を、どこまでも追いかけられたのは、左主翼からたなびく飛行機雲が位置を知らせてくれるおかげだった。

領空侵犯だけではなく、バンコクの上を低空であざ笑うように飛んでみせた正体不明機は、いかなる通信手段の警告にも応じようとせず、ラオス領空へ逃れようとしていた。タイ空軍のパイロットは管制室に指示を仰ぎ、空対空ミサイルの使用を許可された。F－16CMが主翼下に搭載しているのはサイドワインダー、AIM－9Xだった。

＊＊

コックピットに警告音が鳴り響いた。過去に透が何度も耳にしたおぼえのある音だったが、ただし訓練中のもので、それ以外に聞いたことはなかった。

Gにあらがって体をひねり、後方のミサイルを目視した透は、あらゆる回避機動を取った。ひとすじの飛行機雲が身をくねらせて空にえがく軌跡を、火を噴くミサイルの輝きが追いかけた。

飛行機雲をたなびかせて飛ぶ機体では、熱を探知して自動的に追ってくるミサイルを逃れることはできなかった。そして回避機動をつづけるうちに、残り少ないジェット燃料を燃焼しつくして失速《ストール》するのは目に見えていた。

透は最後の燃料を投じてアフターバーナーを点火し、超音速飛行に移った。ミサイルの最高速度はどんな戦闘機をも上回り、直線上で振り切るのは不可能だとわかっていた。それでも、脱出装置のことは意識の片隅にすら浮かばなかった。

目の前に無限の空がひろがっていた。うっすらと明るんでゆく青緑の世界に、ふと透は、その色が死の補色だったことを思いだした。血の赤と空の青緑《シアン》。

地上から見上げた空の色が赤い血の残像なら、と透は思った。俺が見ているこの空は血そのもの——俺はいま、自分のからだを流れる血のなかを飛んでいるのか——

透はようやく夢から、人生という長い訓練から覚めたような気がした。

そして夢から覚めたあとには、現実がやってくるはずだった。輝かしい現実が。

太陽と空。

雲一つない場所で、戦闘機とミサイルは、巨大な蛇がみずからの尾を嚥《の》んで円環をかたちづくるように結びついた。

＊＊＊

——雄大なメコン川の流域で米を育てるノーンカーイ県の農家の人々は、天空の火の玉を見上げて呆然と立ちつくした。暑季の猛暑をもたらす太陽が、突然もう一つ姿をあらわしたかのようだった。

バンファイ、という叫び声が上がった。その声は連鎖し、たちまち水田を埋めつくした。バンファイ・パヤー・ナーク。

人々は口々に叫び、空を見上げ、見上げながら合掌する者があらわれ、それを見て別の者がまた合掌し、親は子に、子は親に、夫は妻に、妻は夫に、夫は夫に、妻は妻に、友は友に、天に向かって祈りをささげるようにうながした。

バンファイ・パヤー・ナークは、その地で信じられている蛇の神ナーガが天に還ってゆく姿のことだった。火の玉の名残りがすっかり風にかき消され、いつもと変わらない青空が頭上に戻ってきても、人々は騒ぎ、祈るのをやめなかった。

エピローグ——紙の航空力学

ひとしずくの闇をくちづけに――
目覚める空－虚。
かすかな轟音――。
彼方に――。　裂果と雷鳴

――河村悟『黒衣の旅人・後編　裂果と雷鳴　或る天使刑の破片』

チッタゴンを去る前夜、ニール・ニューランズはショフィクルをアパートに呼びつけた。ローカル航空会社を辞め、海賊版のＤＶＤ制作からも足を洗っていたニューランズは、自分の使い走りだったショフィクルにリクシャの修理工場の仕事を紹介してやって、ときおり本人から勤務状況を聞くようにしていた。

やってきたショフィクルの小さな指先は油と煤《すす》で黒ずんで、Ｔシャツには溶接の火花に焦がされた跡があった。それらはまぎれもない労働の一日を示していたが、あえてニューランズはたずねた。「きょうもしっかり働いてきたか？」

「もちろんだよ」とショフィクルは答えた。

「いい心がけだ」とニューランズは言った。「おまえの修理したリクシャでチッタゴンを観光する客の身になって働け」

「わかってる。何回も聞いたよ」

「何回も言ったからな」

「もう帰っていいか？　俺、明日の朝も早いんだ」

「急な話だが、おまえとは今夜でお別れだ」

そう言われたショフィクルは、しばらくニューランズの顔を見つめて、冗談の気配がないのを察した。「――本当に？」

「明日には町を出る」とニューランズは言った。「さよならだよ《コダ・ハフィーズ》」

おどろいた顔をしたショフィクルは口を閉ざし、しだいに沈んだ表情になっていった。

ニューランズは一枚の紙を掲げてみせた。「メールアドレスとパスワードがここに書いてある。いいか？　おまえが十六歳になったら、このアドレスにメールを送れ。パソコンも携帯も持ってなければ、町の電話屋で端末を借りて、無料の送信用アドレスを取得しろ。メールは一度きりでいい。返信は来ない。パスワードと、おまえの勤務先の所在地を正しく書いて送信するんだ。ただし、おまえが十六歳まで生き延びられたらの話だがな」

「――どうして十六歳なんだ？」

「ずっと昔、俺が一人で生きると決めて、家を出たのが十六だった。それだけさ。どうする？　このメモを受け取るか？」

訊かれた瞬間、ショフィクルはニューランズの手からすばやくメモをつかみ取り、そこに走り書きされたメールアドレスとパスワードと送信にあたっての注意事項をたしかめた。

「それ、なくすなよ」とニューランズは言った。

ショフィクルは顔を上げずにメモを見つめていた。「タルもどこかへ行って、ニルもいなくなっちまうのか」

ニューランズは密輸品のウイスキーを飲み、それから煙草を吸った。「俺たちパイロットはみんな変わり者《バゴル》だ。同じ場所に長くいられない。おまえもパイロットになりたきゃ、俺たちのような変わり者になれ」

「さあな。それより、俺の言った話を頭に叩きこんだのか？　十六になったらそのアドレスにメールを送ってこい」

「自分の誕生日なんか俺だって知らないよ」

「だけど年齢はわかってるんだろ？　本当の年齢だ。おまえが十六になるのは来年でも再来年でもない。その年が来たらメールしろ。調子よくごまかそうなんて考えるな」

「——わかったよ」ショフィクルはうなずいた。「でも、ニルはどこに行くんだよ？」

「遠くだ。あんまり遠くだから、ベンガル語を忘れるかもな」

「だったら、俺の送ったメールも読めないじゃないか？」

「読めない字が届いたら、ベンガル語だと思うことにするさ」ニューランズは、さみしげな顔をするショフィクルを眺めて、左手でウイスキーの瓶をつかんだまま、空いている右手を宙に伸ばした。「おまえはよくやってる。最後だからな、頭を撫でてやるよ」

「いいよ」

「これでお別れなんだぞ」

「いや、いいよ」

「まったく最後まで生意気な小僧だ」

「変わり者になれって、さっき自分で言っただろ？」

ニューランズは肩をすくめた。「まあ、それもほどほどにしておけ。タルみたいなやつにはなるな」

「また会える？」

「タルはどこに行っちまったのかな？　メルドンドに訊いても知らないんだ」

「俺も知らないね」とニューランズは言った。「――あいつのことは誰にもわからないよ。ただ、あいつがパイロット史に残る変わり者だったのはたしかだな。よし、もう行け。明日早いんだろ？　俺だって忙しいんだ。じゃあな。元気でやれよ」

ニューランズは煙草を灰皿に押しつけてもみ消し、ショフィクルを追い払うように椅子から立ち上がった。

＊＊＊

おそらく自分が十六歳になるはずの年、ショフィクルはチッタゴンから姿を消したニューランズに指示された手順にしたがい、メッセージを送信した。パスワードを書き、勤めているチッタゴンのリクシャ修理業者の所在地を書いた。

それから十日たって、リクシャの修理工場にブラジルのサンパウロからショフィクル宛の小包が届き、ショフィクルがなかを開けてみると、円周率を百万桁並べた本が一冊入っているだけで、ほかにはなにも同封されていなかった。

小さな数字が延々と羅列されるページをショフィクルがめくっているうちに、硬いカードが挟まっているのを見つけた。バングラデシュ全国に支店のある銀行のキャッシュカードだった。そしてショフィクルは、カードのあった同じページに、鉛筆でアンダーラインが引いてある数字を見つけた。

ショフィクルが銀行のＡＴＭにキャッシュカードを差しこみ、円周率の数字を使って伝えられた暗証番号を入力すると、個人口座の画面があらわれ、その残高を調べたショフィクルは息を呑んだ。

一万ドル相当のバングラデシュ・タカは、透から受け取った金の一部を振りこんだニューランズには些《さ》細《さい》な額にすぎなくても、ショフィクルにとっては天文学的な数字で、まさしく無限の円周率に匹敵する桁に映った。

めまいをおぼえ、ニルはブラジルで事業に成功したのかと思いながら、ここから先は自分自身の判断なんだ、とショフィクルは理解した。ニルがくれた金で生き延びるのも、散財して破滅するのも、選ぶのは自分しかいない。

一度に引きだせる限度額こそ決まっていたが、「返信は来ない」とニューランズが話していたとおり、なんの連絡もなく、金の使い道についての指示はいっさいなかった。

リクシャの修理工場を辞めたショフィクルは、チッタゴンを去ることに決めた。贅沢をするつもりはなかったが、スラム街の知り合いに大金を持っているのを勘づかれると、どこかで襲撃される可能性があった。

円周率の本とキャッシュカードを手に、ショフィクルは生まれてはじめて高速バスに乗った。無造作に丸めた紙幣をポケットに突っこんでいるのは、車中で強盗に遭った場合に、キャッシュカードの存在から目を逸らせるための工夫だった。

薄汚い身なりのショフィクルをバスの運転手は一瞥したが、チケットを買って乗ってきたのでなにも言わなかった。

自分の座席を探しつつ、ショフィクルは車内に目を光らせた。乗っているのは海外の観光客ばかりで、強盗を心配する必要はなさそうだった。

高速バスはハイウェイを北へ進み、三時間ほどかけてクミッラに着いた。

ドアを開けたバスのまわりに、ペットボトルの水を売るストリート・チルドレンが駆け寄ってきた。その水を買ったり買わなかったりする観光客のほぼ全員がモエナモティの仏教遺跡群に向かい、ショフィクルのほうは駅の窓口に行って切符を購入して、停車中の列車に乗りこんだ。定時に発車した満員の列車は、西へ、バングラデシュの首都ダッカをめざして線路を駆け抜けた。

鉄道の旅を終えたショフィクルは、チッタゴンとは雰囲気の異なるダッカの巨大さを目にして圧倒されそうになったが、空から見ればどんな町も点に映るよ、と以前にタルが言っていた言葉を思いだして、どうにか冷静さを取り戻した。ショフィクルは駅の売店で地図を買い、最初にダッカ大学を探した。

フラール・ロードを東へ歩いて大学の門まで来たショフィクルは、キャンパスを出入りする男子学生の服装を観察した。ダッカの若者たちの平均的な私服が知りたかった。観察を終えると、来た道を戻ってニューマーケットに行き、学生と似たような服と新しい靴を、ねばり強い値段交渉《ダマダミ》の末に安く買った。

路地裏でくたびれたTシャツとジーンズとサンダルを脱ぎ、学生風の服と靴を身につけたショフィクルは、この町の路上に暮らす誰かが拾って使うだろうと思いながら、脱いだ服とサンダルをその場に残して去った。


公園の池で顔を洗い、床屋で散髪してもらい、身なりを整えてから、海外のバックパッカーが利用する市内の安宿に行って、そこでも根気よく値段交渉《ダマダミ》をやり、しばらく滞在するかわりに少しだけ安く部屋を借りた。

スプリングの軋《きし》むベッドに横たわったショフィクルの頭には、チッタゴンに暮らしていたときから温めてきたいくつかの計画が渦巻いていた。部屋の天井を見つめて考えつづけ、真夜中になってようやく目を閉じ、浅い眠りに就いた。寝ているあいだもキャッシュカードは肌身離さず持っていた。


ショフィクルは学生たちに混ざって、ダッカのニューマーケットにある書店を回り、目当ての本を探しつづけた。だが、欲しい本はどこにも見つからなかった。

探索の場所をニルケットの古本屋街に移して、やっと二冊だけ見つけることができた。紙飛行機制作の教本。一冊は英語、もう一冊はドイツ語で書かれていた。

手ごろな質感とサイズの紙をまとめて仕入れたショフィクルは、安宿に戻り、床にすわりこんで紙飛行機をひたすら折りつづけた。英語もドイツ語も読めず、図解や写真が頼りで、はたして教本どおりにできているのかわからなかったが、じっさいに外で飛ばしてみれば完成度はあきらかだった。ショフィクルはいくつもの紙飛行機を折り、風と重力を相手に飛行テストをくりかえした。

ニューマーケットにほど近い路上に安物のカーペットを敷き、ショフィクルはそこに自作の紙飛行機を並べて売りはじめた。飛距離の長いタイプ、上昇したのちに旋回しながら降下するタイプ、滞空時間の長いものや、最初から螺旋状に飛ぶものなど、さまざまな紙飛行機を取りそろえているのは、この都市でもめずらしいはずだった。一日かけてニューマーケットの雑貨屋をのぞいても、専門家が考案した紙飛行機は売っていなかった。

商売をはじめて一週間がすぎたが、ショフィクルの折った紙飛行機は一つも売れなかった。売れるどころか風に吹き飛ばされ、通りを行き交う車やリクシャに踏みつぶされたりした。観光客に声をかけても、相手は笑顔で写真を撮ってくるばかりで、誰も紙飛行機を手に取ろうとはしなかった。

夕焼けの光がダッカを染めはじめたころ、ショフィクルは顔見知りになった地元のリクシャの漕ぎ手の男に、「きょうは売れたのか?」と訊かれた。

ショフィクルはだまって首を横に振った。

「商売はむずかしいな」とリクシャの漕ぎ手は言った。

ショフィクルはなにも答えず、撤収に取りかかった。頭にあるのは、これまで折った紙飛行機がいつまで飛行性能を保っていられるのか、という問題だった。素材の紙が劣化すれば、それだけ飛行性能は下がる。せっかく作った商品も、品質を維持できなければ捨てるしかなかった。

「そういや、うちの息子が新聞紙を折って、紙飛行機を作りはじめたんだよ」とリクシャの漕ぎ手が言った。「でも、これが全然飛ばないんだ。俺の見た感じだと、おまえが折ったやつはよくできているように見えるね」

路上のカーペットに並べた紙飛行機を片づけながら、ショフィクルは飛距離の長いタイプを一つ手に取って、リクシャの漕ぎ手に差しだした。「これあげるよ」

「いいのか?」

「気に入ったらつぎは買ってくれよな」

翌日、路上にすわりこんで青空を見上げていたショフィクルは、リクシャが近づいてくる音を耳にして、視線を正面に戻した。先頭のリクシャに乗っているのは、きのうの夕方に紙飛行機を持ち帰った漕ぎ手で、後続の二台のリクシャの漕ぎ手は、どちらも知らない顔だった。三人はそろってリクシャを降りると、ショフィクルの前に立った。

「こいつの作った紙飛行機が、とんでもなく遠くまで飛ぶんだ」と顔見知りの漕ぎ手が別の二人の漕ぎ手に説明した。

「もうあげないよ」とショフィクルは言った。

「きょうは一つ買う」と言って顔見知りの漕ぎ手は笑った。「息子にやった紙飛行機と、どっちが遠くまで飛ぶのか、競争したいからな」

「そんなに飛ぶのか?」別の漕ぎ手の一人が言った。

「試しに飛ばしてやるよ」そう言ってショフィクルは立ち上がった。

飛距離が長いタイプの紙飛行機は全部で五つあり、それぞれ紙の色がちがっていた。一つずつ手にしてみて、どれがもっとも遠くへ飛ぶのかを見抜いたショフィクルは、路地に吹く横風が収まるのを待ってから、選んだ白い紙飛行機を宙に放った。

紙飛行機はなめらかに直進して、目の覚めるような安定した飛翔に、リクシャの漕ぎ手たちは感嘆の声を上げ、彼らとともにショフィクルは紙飛行機の行方を見守った。

それはダッカの路地を、雑踏の上をどこまでも飛びつづけ、空に漂う雲の白さとかさなって、いつのまにか見えなくなった。

謝辞

本作の執筆にあたって、三島由紀夫の元担当編集者であり、『天人五衰（豊饒の海・第四巻）』の遺稿を受け取った小島千加子氏を取材させていただいた。面会に応じてくださった小島氏と、取材の実現に尽力してくださった新潮社の中瀬ゆかり氏のお二方に、心からお礼を申し上げたい。あの取材の印象がなければ、「三島由紀夫をモチーフに」という依頼に端を発した本作の執筆は、私にとって手に余るもので、おそらく書き終えることはできなかった。

河出書房新社の坂上陽子氏には、三島由紀夫による超音速戦闘機の搭乗体験記「Ｆ１０４」の貴重な初出データ（『文藝』一九六八年二月号掲載）を送っていただいた。私はそのページを、あたかもコックピットに配置された計器を見るように、つねに意識していた。『文藝』編集長の激務のなかにありながら、本作の担当編集者も兼ねていた坂上氏の情熱と助力に感謝するとともに、作中の航空用語等を監修してくださった軍事フォトジャーナリストの菊池雅之氏にも深くお礼を申し上げたい。

最後に、文学について、そして三島由紀夫という小説家が残した謎について、私に数多《あまた》の示唆を与えてくれた詩人、河村悟氏への尽きせぬ哀悼と感謝の意をここに表しておく。

河村氏が病に倒れ、七十四歳で世を去ったのは、本作の完成が近づいた二月二日の払暁《ふつぎょう》だった。エピローグの冒頭に置いた詩は、河村氏に託された遺稿より引用した。『幽玄Ｆ』の作業を終えたいま、いずれは遺稿の刊行にたずさわりたいと思っている。

二〇二三年　七月

参考文献

書籍

・青木謙知 著『ツウになる！　F-35完全教本』（秀和システム）
・青木謙知 著『ツウになる！　戦闘機の教本』（秀和システム）
・赤塚聡 著『ドッグファイトの科学 改訂版　知られざる空中戦闘機動の秘密』（サイエンス・アイ新書）
・石川潤一 著『ミリタリー選書31　主要空軍の部隊と航空機を知る・見る・調べる！　世界の空軍』（イカロス出版）
・大田垣晴子 画と文／石川ともこ イラスト『絵を見て話せるタビトモ会話 タイ』（JTBパブリッシング）
・唐木順三 著『無常』（ちくま学芸文庫）
・大橋正明 村山真弓 日下部尚徳 安達淳哉 編著『エリア・スタディーズ32 バングラデシュを知るための66章【第3版】』（明石書店）
・河村悟 著『純粋思考物体』（テテクイカ）
・河村正雄 著『ひとりぽっちの戦争　日記1941-1944』（七月堂）
・佐々木美佳 著『うたいおどる言葉、黄金のベンガルで』（左右社）
・澁澤龍彦 著『澁澤龍彦　日本芸術論集成』（河出文庫）
・黒澤英介 田中克宗 撮影『航空自衛隊 戦闘機写真集』（双葉社）
・小島千加子 著『三島由紀夫と檀一雄』（ちくま文庫）
・小峯隆生 著／柿谷哲也 今村義幸 撮影／『青の翼 ブルーインパルス―東京2020・大空に五輪を描く―』（並木書房）
・小峯隆生 著／柿谷哲也 撮影／『鷲の翼 F-15戦闘機―歴代イーグルドライバーの証言―』（並木書房）
・坂本明 著『最強 世界の戦闘艦艇パーフェクトガイド』（ワン・パブリッシング）

・佐藤正孝 監修『自衛隊&米軍 全国エアベースガイド』（イカロス出版）
・高田胤臣 著／丸山ゴンザレス 監修『亜細亜熱帯怪談』（晶文社）
・竹村牧男 著『唯識・華厳・空海・西田　東洋哲学の精華を読み解く』（青土社）
・田原義太慶 編著／柴田弘紀 友永達也 共著『大蛇全書』（グラフィック社）
・徳永克彦 全撮影／武田頼政 文『X：未踏のエンベロープ』（ホビージャパン）
・内藤政敏 著『日本のミイラ信仰』（法藏館）
・奈良毅 編『ベンガル語基礎1500語』（大学書林）
・丹羽京子 著『ニューエクスプレスプラス　ベンガル語（CD付）』（白水社）
・塙保己一 編／太田藤四郎 補『続羣書類従・第十七輯下　連歌部』（続群書類従完成会）
・土方巽 著『土方巽全集Ⅱ』（河出書房新社）
・船場太 著『元F-15パイロットが教える 戦闘機「超」集中講義』（パンダ・パブリッシング）
・松岡正剛 著『千夜千冊エディション　ことば漬』（角川ソフィア文庫）
・丸山ゴンザレス&世界トラベラー情報研究会 編『旅の賢人たちがつくったタイ旅行最強ナビ』（辰巳出版）
・三島瑤子 藤田三男 編『写真集 三島由紀夫'25〜'70』（新潮文庫）
・三島由紀夫 著『美しい星』（新潮文庫）
・三島由紀夫 著『仮面の告白』（新潮文庫）
・三島由紀夫 著『金閣寺』（新潮文庫）
・三島由紀夫 著『決定版　三島由紀夫全集　第三四巻』（新潮社）
・三島由紀夫 著『行動学入門』（文春文庫）
・三島由紀夫 著『太陽と鉄・私の遍歴時代』（中公文庫）
・三島由紀夫 著『葉隠入門』（新潮文庫）
・三島由紀夫 著『春の雪（豊饒の海・第一巻）』（新潮文庫）
・三島由紀夫 著『奔馬（豊饒の海・第二巻）』（新潮文庫）
・三島由紀夫 著『暁の寺（豊饒の海・第三巻）』（新潮文庫）
・三島由紀夫 著『天人五衰（豊饒の海・第四巻）』（新潮文庫）
・三島由紀夫 著／平岡威一郎 藤井浩明 監修／山内由紀人 編『三島由紀夫 映画論集成』（ワイズ出版）

・三島由紀夫 著／佐藤秀明 編『三島由紀夫スポーツ論集』（岩波文庫）
・渡邉吉之 著『戦闘機パイロットの世界』（パンダ・パブリッシング）
・ウィモン・サイニムヌアン 著／桜田育夫 訳『アジアの現代文学――タイ 第一一巻 蛇』（めこん）
・ジル・ドゥルーズ・フェリックス・ガタリ 著／市倉宏祐 訳『アンチ・オイディプス』（河出書房新社）
・ジェラール・ケイスパー 著／源田孝 監修／青木謙知 訳『F-35 JOINT STRIKE FIGHTER（上）・（下）』（ニュートンプレス）
・ジョルジュ・バタイユ 著／酒井健 訳『太陽肛門』（景文館書店）
・スティーブ・デイビス 著／佐藤敏行 訳『F-16完全マニュアル』（イカロス出版）
・ピーター・ブルックスミス 著／大倉順二 訳『政府ファイルUFO全事件』（並木書房）
・ホイス・グレイシー 著／中井祐樹 監修／黒川由美 訳『ブラジリアン柔術 バーリ・トゥード テクニック ボトム・ポジション編』（新紀元社）
・ユリア・エブナー 著／西川美樹 訳『ゴーイング・ダーク 12の過激主義組織潜入ルポ』（左右社）
・イカロスMOOK『全国空港ウォッチングガイド 改訂版』（イカロス出版）
・EIWA MOOK『F-4ファントムⅡからF-35ライトニングⅡまで 完全保存版 日本の戦闘機部隊』（英和出版社）
・EIWA MOOK『新たな空の主役F-35〈ライトニングⅡ〉完全保存版 これからの日本防衛を支える最新鋭戦闘機のすべて』（英和出版社）
・エソテリカ編集部 編『密教がわかる本』（学研）
・『航空ファン 2022年8月号』（文林堂）
・日本航空技術協会 編『航空技術英単語』（日本航空技術協会）
・自衛隊の謎研究会 著『図解でわかる自衛隊のすべて』（宝島社）
・青山社編集部 編『佛母大孔雀明王経』（青山社）
・防衛省 編『令和3年版 日本の防衛 ―防衛白書―』（日経印刷株式会社）
・MUSASHI BOOKS『KŪKAI 空海密教の宇宙 vol.2』（高野山真言宗 総本山金剛峯寺）
・旅行人編集部 編『旅行人ウルトラガイド バングラデシュ改訂版』（旅行人）
・『Newsweek ニューズウィーク日本版 2022年3／1号 緊迫ウクライナ 米ロ危険水域』（CCCメディアハウス）
・John M. Collins 著／久保田晃弘 監訳 金井哲夫 訳『世界チャンピオンの紙飛行機ブック』（オライリー・ジャパン）

コミック
・月島冬二『US-2 救難飛行艇開発物語①・②・③・④』（小学館）

動画
・「CNET Highlights」Watch DARPA's AI vs. Human in Virtual F-16 Aerial Dogfight (FINALS)
URL : https://www.youtube.com/watch?v=IOJhgC1ksNU

PDF
・谷山洋三著「想い出の場所 チャクマ族の山村」（東北大学機関リポジトリ）URL : http://doi.org/10.50974/00127434

国立国会図書館デジタルコレクション
・『偕行 5月号 1986.5』（偕行社）

初出　「文藝」二〇二三年夏季号

佐藤究（さとう・きわむ）

１９７７年、福岡県生まれ。２００４年、佐藤憲胤名義で執筆した『サージウスの死神』が第47回群像新人文学賞優秀作となりデビュー。16年、佐藤究名義の『ＱＪＫＪＱ』で第62回江戸川乱歩賞を受賞。18年『Ank: a mirroring ape』で第20回大藪春彦賞と第39回吉川英治文学新人賞を、21年『テスカトリポカ』で第34回山本周五郎賞と第１６５回直木賞をそれぞれダブル受賞。

幽玄《ゆうげん》Ｆ

２０２３年10月30日初版発行
２０２３年11月10日２刷発行

著者　佐藤究
発行者　小野寺優
発行所　株式会社河出書房新社
〒１５１－００５１
東京都渋谷区千駄ヶ谷２－32－２
電話　０３－３４０４－１２０１（営業）
　　　０３－３４０４－８６１１（編集）
https://www.kawade.co.jp/

印刷　株式会社亨有堂印刷所
製本　小泉製本株式会社

Printed in Japan
ISBN978-4-309-03138-5